크레아 대륙 전도
수도
교육원
국경
대공동
죽음의 땅
얼음의 땅
라발 산맥
샤미트 산맥
리오즈 왕국
라발 대수림
성 리온 제국
백색 탑
마법연맹
라팔
라이덴 제국
이티드 평원
헤미아스 대평원
리온 강
벨크레아
토르빈
스피노스텐
카일공국
토레비넨
황금평야
에벨 동맹 연합
리즈 연맹
리마 고원
리마 대수림
에리오트 제국
크리온 강
리즈 대사막
카발 왕국
N

일진광풍

Blast

김인환 퓨전 판타지 소설
FANTASY EXCITING STYLE

일진광풍 1

김인환 퓨전 판타지 소설

초판 1쇄 찍은 날 § 2007년 11월 22일
초판 1쇄 펴낸 날 § 2007년 11월 30일

지은이 § 김인환
펴낸이 § 서경석

편집장 § 문혜영
편집책임 § 이재권
편집 § 이환진 · 조수회

펴낸곳 § 도서출판 청어람
등록번호 § 제1081-1-89호
등록일자 § 1999. 5. 31
어람번호 § 제1-0919호

주소 § 경기도 부천시 원미구 심곡1동 350-1 남성B/D 3F (우) 420-011
전화 § 032-656-4452 팩스 § 032-656-4453
http://cyworld.nate.com/bluebook_
E-mail § blue_book@hanmail.net

ISBN 978-89-251-1047-9 04810
ISBN 978-89-251-1046-2 (세트)

Blast

1

An explosion, or the strong shock-waves spreading out from it, a strong sudden stream or gust (of air or wind, etc), a sudden loud sound of a trumpet or car horn, etc, a sudden and violent outburst of anger or criticism.

colloq, chiefly & originally US a highly enjoyable or exciting event, occasion or activity, especially a party. verb (blasted, blasting) to blow up (a tunnel or rock, etc) with explosives. tr & intr (especially blast out) to make or cause to make a loud or harsh sound Rock music blasted from the room.

to destroy or damage something severely and beyond repair BLAST one's hopes. to criticize severely, or to rage or curse at something or someone. to wither or cause something to shrivel up.

exclamation (also blast it!) colloq expressing annoyance or exasperation, etc blaster noun a person or thing that blasts. golf a sand-wedge.

일진광풍

김인환 퓨전 판타지 소설

FANTASY EXCITING STYLE

BLUE BOOK

도서출판 청어람

BLAST

CONTENTS

Chap. 0	계획의 시작	7
Chap. 1	맹수는 상처 입은 다음이 진짜다	15
Chap. 2	미치광이의 계획	83
Chap. 3	우리에 갇힌 맹수는 이빨을 간다	129
Chap. 4	필사의 탈출	163
Chap. 5	벨크레아로…	209
Chap. 6	벨크레아의 골동품 상인의 기록	311

CHAPTER 0
계획의 시작

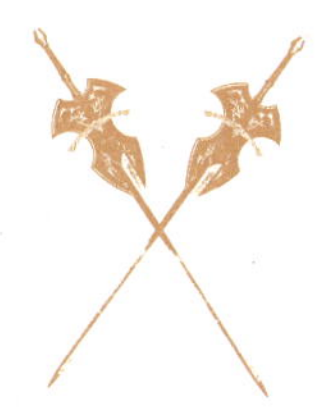

크레아 대륙. 주신 쿠베스가 창조하여 수십 종의 이종족이 살아가고 있는 지구와 전혀 다른 차원의 세상.

북부 샤미트 산맥 위에 위치한 얼음의 땅에서 20년을 주기로 열리는 드래곤들의 정기회의가 열렸다.

정기회의에 참석할 자격은 6,000년 이상을 살아온 고룡 급에게만 주어진다. 그중에서 실버족의 문제아라고 불리는 에리온에게서 열변이 터져 나오고 있었다.

"인간들을 이대로 가만히 내버려 두고 있을 수는 없어요!"

아름다운 소녀의 모습을 하고 있지만, 그는 실버 드래곤 중에서도 다섯 손가락 안에 드는 세월을 살아온 고룡이다.

정기회의에 참여할 자격을 얻은 그의 발언은 언제나 같았다. 올해도 마찬가지요, 20년 전에도 40년 전에도 마찬가지였다.

그의 주장은 인간이란 이 세상에게 있어서 악이라는 것!

"이 대륙은 인간들의 것이 아닙니다! 모든 생명체의 것이 아닙니까? 그러나 우리가 이대로 가만히 방관하고 있으면 머지않아서 더욱 늘어난 인간들 때문에 우리의 존망마저도 위협받고 말 겁니다! 그걸 막아내기 위해서 우리는 더 이상 늦기 전에 인간의 발전을 막아내고 도시를 불태워야 합니다!"

인간을 학살하자는 에리온의 열변에도 불구하고 다른 종의 고룡은 물론이요, 수장이나 드래곤 로드는 말도 안 된다며 고개를 저을 뿐이었다.

"에리온, 예전부터 그랬지만… 올해는 정말 비약이 너무 심하다고 생각하지 않느냐! 아무리 인간들이 세력을 늘리고 빠른 속도로 발전하고 있다고 하더라도 그들이 우리들을 위협할 것이라고는 생각할 수 없다!"

블루 족의 수장도 로드의 말에 동조했다.

"로드의 말이 맞소. 기껏해야 100년을 사는 인간이 우리의 위협이 된다니… 터무니없군!"

"우리에겐 인간의 발전에 제약을 걸 자격이 없습니다. 그들 또한 주신 쿠베스께서 만드신 생명이기에 나름대로의 방법으로 열심히 삶을 개척해 나가는 것뿐이지 않소? 우리가 직접 도시를 불태우자니… 율법에 어긋나는 끔찍한 발상이군!"

골드 족의 수장도 에리온의 말에 반박했다.

"그들이 발전해 나가는 것도 주신의 뜻이오. 우리는 그저 신이 정해준 율법을 지켜 나가며 각기의 방법으로 우리의 번영을 꾀하고 신 마족의 참견을 막아내면 족하오."

"우리들의 개입은 이 정도면 충분하오. 이 모든 것이 주신 님의 뜻이 아니겠소?"

거듭된 반대에도 에리온은 포기하지 않았다.

"이 차원이 아닌 다른 차원, 지구라고 불리는 곳의 이야기를 들어보셨습니까? 그곳은 이미 인간들이 점령한 세상입니다. 인간을 제외한 이종족은 수천 년 전에 모조리 인간들에게 멸망당했어요! 심지어 우리와 같은 종족인 드래곤들까지! 그러고도 인간들은 멈추지 않고 발전해서… 자신들의 땅을 더럽히고 멸망을 향해 달려나가고 있단 말입니다!"

에리온의 말에 몇몇 드래곤은 잠시 술렁거렸지만 로드와 수장들은 다른 것을 트집 잡았다.

"에리온, 설마 차원 이동을 하고 있었던 것이냐? 우리에게 그것은 율법으로 엄중히 금지된 행위이다!"

에리온은 무서운 눈초리로 바라보는 로드를 보며 자신이 말실수를 했다는 것을 깨달았다.

드래곤들에게 율법이란 모든 것! 누구에게도 예외란 없었고, 어길 시엔 소멸까지 당할 수 있는 중대한 사항이라는 걸 알고 있는 에리온은 재빨리 부인했다.

"아닙니다. 제가 어찌 감히 율법을 어기겠습니까? 과거 지구에서 차원을 넘어온 야족(夜族)이라는 종족으로부터 그렇게 들었을 뿐입니다."

사실 에리온은 몇 번이고 몰래 차원계를 넘나들었지만 그것은 극히 조심스럽게 행한 일이었다. 들키면 엄청난 처벌이 있겠지만 에리온은 표정 하나 바꾸지 않고 거짓을 고했다.

"그게 정말인가?"

드래곤 로드가 의심스럽게 거듭 물어보자 에리온은 고개를 조아리며 대답했다.

"제가 어찌 거짓말을 하겠습니까?"

에리온이 부정하자 로드도 더 이상 캐묻지 않았다. 잠시 생각을 하던 그는 다른 고룡들에게 고개를 돌리며 말했다.

"자, 여러분. 지금 중요한 문제는 인간이 아닙니다. 갈수록 개체 수가 줄어가는 우리 종족의 미래에 대한 대책이 필요하니 그에 대한 의견을 모아보도록 하겠습니다."

그리고 그들은 계속해서 의견을 주고받았다. 더 이상 에리온의 발언은 허용되지 않았다.

*　　　*　　　*

"바보 같은 것들!"

퍼걱!

회의장을 빠져나오며 에리온은 죄없는 석상 하나를 때려 부수고 화풀이를 했다. 드워프의 솜씨로 정교하게 조각된 인간형 석상은 모래성마냥 조각나 부서졌지만, 에리온은 그래도 분이 풀리지 않았다.

"이번에도 잘 안 되셨군요."

밖에서 에리온을 기다리고 있던 은발 미남자가 아직 분기를 이기지 못하고 있는 에리온에게 말을 걸었다.

그는 고룡 급이 아니라 회의에 참가할 자격은 없었지만 마룡이라는 칭호로 대륙에 이름을 날리고 있는 실버 족의 '펜드로' 라는 드래곤이었다.

에리온은 고개를 끄덕이고는 펜드로와 함께 공간 이동 마법으로 자신의 레어로 이동했다. 이제 다른 드래곤의 눈을 조심할 필요도 없으니 에리온의 화가 폭발했다.

"그 늙은이들은 상황의 심각성을 몰라! 가만히 방임하여 천 년이 지나고 또 천 년이 지나면 인간들이 어느 정도로 발전할지 상상도 하지 못할 테지!"

"그야 옛날부터 이해하지 못했으니까요."

"게다가 로드가 마지막에 뭐라고 했는지 알아? 더 이상 인간 군주들의 정신을 조작해서 전쟁을 일으키는 것을 용납하지 않겠다고 했어! 멍청한 로드 같으니라고! 내가 그렇게 하지 않았으면 이 정도로 인간들을 억제할 수 있을 거라고 생각해?"

에리온의 눈동자는 아름다운 소녀의 모습을 하고 있는 것과는 어울리지 않게 광기에 젖어서 번들거리고 있었다. 율법이나 다른 드래곤이 두렵지만 않았다면 그는 분명 직접 인간의 도시로 날아가서 수십, 수백만의 인간을 살상하고, 가공할 만한 힘으로 도시를 송두리째 날려 버렸을 것이다. 그에겐 그럴 능력이 충분하고도 남았다.

그만큼 인간이라는 종에 대한 증오는 그에게 있어 극에 달해 있었으니까.

"역시… 방법은 그 방법밖에 없겠어."

에리온이 진지하게 중얼거리자 펜드로는 깜짝 놀라며 물었다.

"설마… 전에 말씀하신 그 계획을 실행하실 생각이십니까? 다른 차원계의 인간을 이용한 인간 대학살 계획을……?"

에리온은 고개를 끄덕이며 사이하게 웃었다.

"이미 적격자를 생각해 뒀어. 다른 차원의 존재가 활동하는 데에는 늙은이들도 손대지 못할 테지."

"어떤 인간입니까?"

"내가 기억하기론 가장 강했던 인간의 피를 이어받은 녀석이지."

에리온은 광기가 번들거리는 눈동자를 반짝이며 웃었다.

CHAPTER 1
맹수는 상처 입은 다음이 진짜다

BLAST

서울의 중심가.

지구에 온기를 안겨주는 고맙고도 고마운 축복의 태양이 높게 솟은 정오이련만 지금 이 순간의 햇살은 저주에 가깝다.

바야흐로 무더운 여름. 한여름이 완연히 당도해 있으니 길 가는 사람들은 모두 더위에 지쳐 그늘진 곳을 선호하며 움직이고 있었다.

이십대 초반으로 보이는 청년도 북적대는 거리를 걷고 있었다.

그는 한눈에 봐도 음악을 하는 것으로 보였다. 너바나의 커트 코베인이 그려진 반팔 티셔츠만 봐도 그렇고, 무거워 보이는 철제 기타 케이스를 둘러멘 것만 본다면 그가 기타를 친다는 건 자명해 보였다. 이 날씨에 그저 액세서리로 저런 쇳덩이를 메고 다닐 만한 사람은 없을 테니까.

"후, 덥구나."

잠시 그늘에 서서 그는 땀을 닦았다. 여름엔 덥고 겨울엔 추운 건 당연하지만, 이놈의 더위란 누구에게나 지긋지긋했다.

그늘에서 잠시 숨을 돌리는 청년의 외모는 꽤 준수한 축에 들었다. 이목구비가 뚜렷하여 남자다운 잘생긴 얼굴에 군살이 없는 몸을 하고 있었으니, 잘 꾸미고 돌아다닌다면 뭇 여자들의 마음을 흔들어놓기에 어렵지 않으리라.

청년의 이름은 강인수. 인디밴드 '블라스트'의 기타리스트이자 리더이다.

그는 어려서부터 악기를 연습하고 작곡을 공부했다. 밴드 활동을 시작한 것은 군 전역 이후. 그때부터 인디밴드를 조직해서 라이브 클럽에서 공연하며 뮤지션의 꿈을 키워왔다. 다행히 그 노력에 성과가 있어서 인기도 상승 곡선을 그리고 있었고, 그 미래도 낙관적이었다.

그가 음악을 하는 건 꼭 유명해지고 싶다거나 스타가 되고 싶어서는 아니다. 그저 인정받고 싶었을 뿐이다.

그래서 얼마 전 유명 기획사의 PD가 계약하고 싶다고 다가섰을 때엔 세상을 모두 얻은 것처럼 기뻐했었다.

그리고 오늘은 무엇보다 중요한 날이었다. 그의 꿈이 하나의 결실을 맺으리라 생각되는 날이었으니까.

"드디어 도착했군."

'제일기획'이란 간판이 붙어 있는 기획사의 빌딩 앞에 서서 인수는 땀을 닦으며 웃었다.

오늘 여기에 온 것은 계약하자고 했던 기획사의 PD가 중요한 문제로 방문해 달라고 연락을 해왔기 때문이다. 그 중요한 문제가 계약을 하자는 것 외에 또 뭐가 있겠는가?

분명 정식 계약서를 작성하자고 불렀을 것이라 생각하며 인수는 희망에 가득 찬 미소를 지은 채 빌딩 안으로 발걸음을 옮겼다.

*   *   *

"계약… 을… 전부 없던 것으로 한다니요?"

담배 연기가 자욱한 기획사의 접대실에서 인수는 눈을 부릅뜨고 금방 들은 말이 잘못 들은 것이길 간절히 빌었다.

그러나 청천에 날벼락 같은 진실은 잔혹했다.

"그렇네. 진지하게 잘 토의해 본 결과 아쉽지만 계약하기가 힘들겠다는 결론이 나오더군. 미안하게 됐네."

기획사의 유명 PD는 가차없이, 그렇게 잔혹한 이야기를 뱉은 후 입에 물고 있던 양담배를 폐부 깊이 들이켰다가 뱉어냈다.

"계약하자고… 우리 음악에서 가능성을 보았다고 제의했던 게 그쪽이잖습니까!"

"그래서 미안하다고 하지 않나."

인수가 분기 가득한 목소리로 소리쳤지만, 상대는 떫은 표정으로 대답할 뿐이었다.

너무나 갑작스럽고 억울해서 손이 부들부들 떨렸다. 하늘로 향하는 금빛 계단이 내려왔다고, 이제 밟고 올라가기만 하면 된다고 그렇게 기뻐했는데 갑자기 그게 사라져 버리다니 이 얼마나 원통한 기분인가.

그러나 억울함을 표현할 뿐, 그에겐 그 이상 할 수 있는 것이 없었다. 문서화된 계약서가 있다면 몰라도 구두로 계약할 생각이 없느냐고 제의해 왔던 것뿐이니 기획사 측에 책임을 물을 수도 없었다.

"그럼… 다음 달에 있을 락 페스티벌에 참가하게 해주시겠다고 한 것은……."

"그것도 유감이지만 취소되었네."

"…너무하시네요, 정말. 너무하시는 거 아닙니까?!"

장밋빛 미래를 꿈꾸고 찾아왔는데 갑자기 며칠 전과 상반된 태도를 보이다니! 인수가 화를 내는 것도 무리가 아니었다.

"어떻게 이렇게 갑자기 태도를 완전히 바꿀 수가 있습니까? 이유라도 좀 말해주세요! 그래야 납득이 될 것 아닙니까?!"

"……."

그러나 PD는 줄이어 담배만 피워대고 있을 뿐, 그 이유를 명확하게 설명해 주지 않았다. 그저 기획사의 경영진 측에서 계약에 대해서 부정적인 의견을 피력해 왔다고만 말할 뿐이다.

인수가 계속 추궁하자 그는 한숨을 쉬며 말했다.

"이 친구야, 나도 답답하네. 내가 이러고 싶어서 이러겠나? 나도 기대가 컸어. 그런데 위에서 안 된다고 하는데 어쩌겠어?"

"……."

인수는 고개를 푹 숙였다. 꿈만 바라보고 살던 청년이 꿈을 부정당하니 인생을 부정당하는 것이나 다름없었다.

PD는 벌써 네 개비째 줄담배를 피우고 있었다. 그도 인수의 밴드에 기대를 많이 했던 탓에 일이 이렇게 되니 속이 적지 않게 쓰렸던 것이다.

"자네도 한 대 피겠나?"

"끊었습니다."

"그랬군."

PD는 적은 금액이긴 했지만 약간의 돈이 든 봉투를 건네줬다. 나름대로 양심을 표현한 위로금이리라.

그리곤 마지막으로 물었다.

"그런데 자네 혹시 과거에 죄를 지었다든지… 고위층의 누군가에게 잘못 보인 게 있는가?"

인수는 아무리 생각해도 그런 기억이 없어서 고개를 저을 뿐이었다.

"음… 그냥 그런 생각이 들어서 물어본 거네. 미안하지만… 더 이상 내가 도와줄 것이 없군."

결국 인수는 그렇게 기획사 빌딩을 나섰다. 하늘이 푸르지 않고 노랗게 보일 수도 있다는 걸 생전 처음으로 깨달았다.

비틀거리는 발걸음으로 겨우 집에 돌아왔다.

네 가구가 함께 사는 2층짜리 연립주택이 인수의 보금자리다. 10년 넘게 홀로 살아온 그의 집엔 여느 때와 다름없이 적막감만이 가득했다.

"다녀왔어요, 아버지."

좌절에 젖은 목소리로 다녀왔다는 인사를 해도 대답을 받아줄 사람이 없다. 거실에 걸려 있는 빛바랜 아버지의 사진이 절대로 변하지 않는 모습으로 침묵을 지키고 있을 뿐이다.

싸구려 업라이트 피아노와 앰프, 그리고 고뇌와 괴로움으로 그려진 악보들이 어지럽게 널려 있는 방에 기타를 내려놓은 그는 땀에 젖은 티셔츠를 세탁기에 던져 넣고 샤워를 했다.

시원한 물을 끼얹었으니 샛노랗던 하늘이 조금은 푸르게 보이는 것 같았다. 그러나 정신이 든다고 현실이 달라지진 않는다. 절망의 혼미함에 일그러진 현실이 원래의 자리로 돌아오는 것일 뿐이다.

"아버지, 전 어쩌면 좋을까요?"

샤워를 마친 인수는 허탈한 목소리로 아버지의 사진을 향해 물었다. 그러나 역시 대답은 없다.

그리고 잠시 과거를 떠올렸다.

인수는 어머니가 계시지 않다. 어릴 때 돌아가셨다고 한다. 어떤 분이었고 어떻게 돌아가셨는지 인수는 아무것도 기억하지 못했다. 아버지 역시 아무것도 말해주지 않았다.

"때가 되면 말해주마."

이렇게 대답을 피했을 뿐이다.

형제도 없으니 가족이란 아버지뿐이다. 아버지의 이름은 강일. 인수가 기억하는 아버지는 매우 강하고, 어떤 면에선 서투르기도 했던 사람이다.

"우리 아버지는 사냥꾼입니다."

사람들이 아버지의 직업이 뭐냐고 물어보면 인수는 이렇게 대답하곤 했다. 그러면 사람들은 실소를 지었다. 지금이 조선시대도 아니고, 사냥꾼이라면 나무꾼과 함께 멸종한 직업이 아니던가?

그러나 그건 진실이었다. 다만 보통 사냥꾼에서 연상되듯 짐승 따위를 사냥하는 것이 아니라 조금 다른 것을 사냥했을 뿐이다.

아버지는 괴물을 사냥했다.

4,000년이 넘는 세월 동안 세상의 이면에 숨어 있다고 하는 괴물들, 바로 야족(夜族)이라고 부르는 존재를 사냥하는 것이 아버지의 사명이었다. 조상 대대로 야족과 사투를 벌였던 무극신공(無極神功)의 27대 계승자. 그것이 인수의 아버지 강일이었다.

"너도 나와 같은 길을 걸을 테냐?"

어린 시절 강일은 믿기지 않는 야족의 이야기와 사명을 설명하며 인수에게 강요 대신 선택지를 주었다.

인수는 망설이지 않고 대답했다.

"전 음악가가 되고 싶어요."

강일은 자신이 선택한 길이라면 무엇이든 좋다며 고개를 끄덕이곤 말했다.

"그러나 무극신공의 맥은 이어갈 수 있도록 하여라. 세상을 약자로서 살아가는 것보단 강자로 살아가는 것이 좋단다."

인수도 계승에는 불만이 없었다. 막강한 아버지의 힘을 동경하기도 했었기 때문이다.

어린 시절부터 아버지의 지도에 따라서 무극신공의 28대 계승자로서 기초적인 수련을 했다. 인수의 자질은 아버지도 감탄할 정도로 뛰어나서 상당히 빠른 성취를 얻을 수 있었다. 수련을 시작하여 3년도 걸리지 않아 2성의 성취를 기록했으니까.

"네가 옛날에 태어났다면… 야족과의 지긋지긋한 전쟁이 끝났을 수도 있었을 텐데 아쉽구나."

강일은 천고에 보기 드문 기재가 시대를 잘못 만났다고 몇 번이나 한탄하곤 했다.

현대의 자연은 병들어 무너져 가고 있다. 귀에 못이 박히게 들은 환경오염으로 병든 자연은 대기에 담긴 기운을 메마르게 했다. 과거 천지에 가득했던 대자연의 기운은 현대에 와서 거북 등껍질처럼 갈라진 논바닥마냥 메말라 버렸다. 기를 수련하는 사람들에게는 참으로 잔혹한 환경이었다.

그러나 인수에겐 별 감흥이 없었다. 그는 뮤지션이 되고 싶었으니까. 자신에게 그런 하늘이 내린 재능이 있다면 무공에 대한 재능보다는 음악가로서의 재능이 있는 것이 좋을 것 같았다. 역사에 남지도 않을 야족 사냥꾼보다 역사에 길이 남을 명곡을 만드는 뮤지션이 되는 게 가치있다고 생각했던 것이다.

그런데 무극신공의 전수에서 초급 단계를 거의 마무리 짓고 3성의 경지를 수련하기 시작할 무렵, 바로 인수가 초등학생이던 때에 돌연 아버지가 행방불명이 되었다.

그저 잠시 외국에 다녀오겠다고, 그러니 그동안 수련을 게을리 하지 말라고 했던 것이 인수가 기억하는 아버지의 마지막 모습이었다.

사실 아버지가 자주 집을 비우긴 했지만 전혀 연락을 주지 않고 종적을 감춘 것은 처음이었다.

졸지에 고아가 되어버렸다. 아이가 갑자기 혼자서 세상을 살아가기란 결코 간단한 일이 아니다.

아버지가 남겨놓은 재산은 그리 큰돈이 못 되었다. 미래를 기약하기엔 너무나도 적은 돈이었다.

언젠가 돌아오겠지. 이렇게 생각하며 기다린 세월이 어느새 10년이 지났다.

10년. 말로 표현하자면 단순하지만 터무니없이 긴 세월이다. 그동안 겪은 고생이란 말로 다 표현할 수가 없을 정도이다.

겨우겨우 중, 고등학교를 졸업했고, 학비가 부담 되어 대학은 포기했다. 그리고 돈을 벌기 위해서 일하기 시작했다. 몸이 건강한 데다가 무극신공을 꾸준히 수련하여 보통 사람의 배 이상의 힘을 발휘할 수 있으니, 막노동을 뛰어도 힘들지 않았다. 오히려 힘을 아끼고 쉬엄쉬엄 일해도 다른 사람보다 일을 잘했다.

성장하면서도 인수는 뮤지션의 꿈을 버리지 않았다. 틈틈이 책을 읽고, 피아노와 기타를 치며 악보와 싸웠으며, 손끝이 갈라져 피가 흐를 때까지 연주를 반복했다.

남자라면 누구나 다녀오는 군대는 최대한 일찍 갔다. 사단 군악병으로 보직이 정해진 것은 천만다행이었다. 다들 고생만 하고 가는 군 생활에서 여러 악기를 연주하며 음악에 대한 열정을 키웠다.

그런데 군대에 있을 때 인수는 인생에서 일대의 혁명이라고 칭할 만한 깨달음을 얻었다.

기타를 치고 피아노를 치던 그의 음이 무언가 '다른 것' 을 품기 시작했던 것이다.

음이란 따지고 보면 대기의 진동 그 이상도 이하도 아니다. 그러나 무극신공을 꾸준히 수련해 온 그에겐 그 이상의 것을 담을 수 있었다. 대기엔 그저 산소나 질소 같은 기체 이외에 기(氣)가 포함되어 있다는 것을 인수는 알고 있었으니까.

공기뿐만이 아니라 기의 파동으로 퍼지는 음. 요령을 깨닫기 시작하니 그의 연주는 하나의 마법으로 탈바꿈했다. 연주로 사람의 감정을 자극하고, 기쁘게 하기도 하고 슬프게 하는 방법을 부단한 연주 속에서 깨달은 것이다.

지지징!

앰프에서 기타 소리가 울려 퍼졌다. 이미 이건 단순한 소리가 아니다. 계약을 포기해 버린 PD가 그렇게 열정적으로 그의 연주를 칭찬했던 것도 당연하다. 인수의 연주는 듣는 사람의 마음을 뒤흔들 수 있는, 뮤지션에겐 반칙이나 다름없는 마법이었다.

잠시 신들린 듯 연주를 지속하던 인수는 고개를 숙이고 기타를 내려놓았다. 현실에 대한 실망감이 그를 괴롭혔지만, 그는 마음을 다잡았다.

"어떻게든 되겠지. 잘될 거야. 힘들게 살았지만 여태 죽으란 법은 없었으니까."

삐리릭! 삐리릭!

휴대폰에서 알람 소리가 울렸다. 휴대폰 외부 액정엔 '교습소에 갈 시간'이라고 적혀 있었다.

생활비를 충당하기 위해 근처 시내의 기타 교습소에서 일반인들에게 기타를 가르치고 있었는데 벌써 거기에 나갈 시간이 된 것이다.

마음 같아선 때려치우고 싶었지만 그랬다가 생활비까지 막히면 산 입에 거미줄을 쳐야 할 지경이니 그는 몸을 일으켰다.

"힘내자."

스스로를 달래며 인수는 교습소로 향했다.

지금의 실패는 아무것도 아니라고 믿으며 말이다.

　　　　　*　　　　　*　　　　　*

　서울 외곽의 도심. 그곳에서 두 사람의 회동이 이뤄지고 있었다. 물론 따지고 보면 두 '사람'이라고 보기엔 무리가 있을지도 모른다.

　한 명은 또다시 몰래 차원 이동을 한 고룡 에리온이요, 다른 한 명은 인간이 아닌 괴물인 야족 중 하나였다.

　그들이 지금 이야기하는 것은 강인수에 대한 것이었다.

　"어떻게 되었습니까?"

　여전히 예쁘장한 소녀의 모습인 에리온이 차가운 표정으로 묻는다. 대답하는 것은 검은 정장을 말끔하게 차려입은 30대 외국인 남자로, 그의 이름은 밀턴이었다.

　"말씀하신 대로 계약을 파기시키고 조치를 취했습니다. 일단은 이 정도로 충분하지 않을까 싶습니다만……."

　에리온은 그 정도로는 충분치 않다며 소리쳤다.

　"그걸로는 안 돼요! 이 세상에 더 이상 붙어 있을 곳이 없을 정도로 몰아붙이세요! 전혀 미련이 남지 않도록!"

　밀턴은 에리온이 하는 말을 끝까지 듣고는 고개를 끄덕이며 말했다.

　"알겠습니다. 에리온님이 말하는 대로 조치하겠습니다."

　　　　　*　　　　　*　　　　　*

강인수는 무언가가 이상하게 돌아가고 있다는 걸 느꼈다.

계약이 무산된 것이 큰 충격이긴 했지만 좌절하지 않았다. 음반사나 기획사가 제일기획만 있는 건 아니니까.

그의 음악은 다른 사람에겐 없는 마력이 있었으므로 포기하지 않으면 반드시 성과를 거둘 수 있으리라고 믿었다. 잘되리라 믿었다.

그런데 계속해서 일이 틀어졌다.

정기적으로 공연을 벌이던 라이브 클럽에서 밴드의 출연을 거절당했다. 이유는 설명해 주지 않았다. 무작정 앞으론 오지 말라며 쫓겨났을 뿐이다.

당시만 해도 대수롭지 않게 생각했다. 살다 보면 거듭 꼬일 때가 있을 수 있고, 그런 우연한 불행의 연속에 주저앉을 정도로 인수의 의지는 약하지 않다.

인수의 밴드 '블라스트'는 상당한 팬을 동원할 수 있는 밴드다. 예전부터 공연해 달라는 곳은 얼마든지 있었으므로 다른 곳을 찾으면 된다고 여겼다.

그러나 이상하게도 공연을 허락해 주는 라이브 클럽이 없었다. 이유도 설명해 주지 않고 몇 번이나 쫓겨나니 인수도 무언가가 이상하다는 것을 느꼈다.

우연이 겹치는 것도 한두 번이어야지 이쯤 되면 이 사건이 우연에서 벗어나고 있다는 낌새를 느낄 수밖에 없었다. 누군가 자신을 방해하고 있다는 생각이 들기 시작했지만, 그 의혹에 어떻게 주의할 생각을 하기도 전에 또다시 사건이 터졌다.

하루를 차이로 두고 밴드의 드러머와 베이시스트가 갑작스런 사고를 당했다. 드러머는 뺑소니를 당했고, 베이시스트는 밤길에 누군가에게 습격당해 중태에 빠졌다.

밴드가 완전히 붕괴되어 버렸다. 인수의 암담함은 말로 표현할 수 없었다.

그러나 그는 결코 포기하지 않았다. 입원한 멤버들에겐 미안한 말이지만 멤버야 구하면 되는 것이요, 안 되면 다른 밴드에 들어가도 되지 않는가?

그러나 이상하게도 그게 쉽지 않았다. 유명 인터넷 커뮤니티에 멤버를 구한다는 글을 올려도 연락이 없었고, 자존심을 버리고 다른 팀에 들어가보려고 해도 어떻게 성사가 될 듯하다가 실패하고 말았다.

강인수와 연관을 맺으면 좋지 않은 일이 일어난다.

이런 소문도 돌기 시작했다. 우연의 범주를 넘어선 사건들이 좋지 못한 소문을 낳기 시작한 것이다.

인수의 밴드가 잘나가다가 갑자기 추락하고 있는 것은 어느새 공공연히 알려졌다. 게다가 사고로 두 사람이나 다쳤으니 다른 사람들도 불길함을 느낀 것이다.

마지막으로 기타 교습소에서도 잘리고, 인수는 고립되어가고 있었다.

아무 잘못도 없이, 영문도 모르는 채 말이다.

＊　　　＊　　　＊

“미안한데… 우리 팀원들이랑 상의해 본 결과… 힘들 것 같아.
나도 너랑 음악해 보고 싶었는데 미안하다.”

“아니, 미안할 게 뭐 있어. 어쩔 수 없지.”

“그래, 잘되면 좋겠다. 아니, 잘될 거야.”

“응. 말만이라도 고맙다.”

아는 사람이 활동하는 밴드에 들어갈 수 없겠느냐고 물어
봤던 것의 대답이었다. 결과는 역시 실패. 인수의 목소리는
힘이 없었다. 이것도 몇 번이나 반복되다 보니 실망감도 기대
감도 적어졌지만 괴롭지 않다면 거짓말이다.

집으로 돌아오는 길이 이렇게 길었던가? 푹푹 찌는 여름의
오후가 전해주는 불쾌감보다 기이할 정도로 꼬이는 상황이
그를 더욱 괴롭게 했다.

“뭔가… 있어. 누군가가 방해하는 게 아니면 이렇게 개같
이 꼬일 리가 없지.”

요즘 들어 끊임없이 생각해 왔지만 누가 자신을 방해하는
것인지는 물론이요, 어째서인지도 짐작할 수 없었다.

다른 세상에서 넘어온 에리온이라든지, 여태껏 전혀 연관
되지 않고 살아왔던 야족들에게 자신이 표적이 되어 있다고
어떻게 상상하겠는가?

궁지에 몰렸다. 이젠 음악을 하는 것이 문제가 아니라 먹고
사는 생활부터 해결해야 했다. 백수가 되어버렸고 모아둔 돈

도 없으니 다음 달 집세를 내려면 당장 막노동이라도 뛰어야 할 판이다.

미래는 막막하고 암울했다.

서산에 뉘엿뉘엿 지고 있는 붉은 태양. 끄트머리밖에 남지 않은 태양을 바라보노라니 자신의 짧았던 음악 인생이 지고 있는 것만 같았다.

평소 돌아오는 시간보다 몇 시간은 빨리 집에 돌아왔다. 막 해가 지고 있는 시간의 연립주택은 마치 새벽녘처럼 고요했다. 그런데 집의 대문을 열고 들어서자마자 발걸음이 멈췄다. 인수의 얼굴이 굳었다. 불길했던 것이다. 오감을 통틀어 육감까지 그에게 불길함을 안겨주고 있었다.

집 현관 근처에 다가서니 그 이유가 느껴졌다. 언제나 아침 일찍 집을 나서는 그는 분명 불을 끄고 나왔을 터. 이상하게도 흐린 현관 유리 건너편으로 보이는 안방에 불이 켜져 있었다. 그뿐만이 아니다. 집 안에서 누군가 사람의 움직임이 느껴지고 있었다.

강인수는 누가 뭐라고 하든 뮤지션이기 이전에 무극신공의 28대 계승자이다. 그 수준은 겨우 2성을 이뤘을 뿐이지만, 기를 수련하여 평범한 인간의 상식을 뛰어넘은 사람이었으니 그런 걸 알아챌 수 있었던 것이다.

'도둑이 들었나?

이 동네 치안은 사실 별로 좋은 편이 아니다. 경찰이 주기적으로 순찰을 돌긴 하는 모양이지만, 동네 누구네 집이 좀도 둑에게 털렸다는 말을 심심찮게 들어왔다.

경찰에 신고할까 생각하다가 그는 발걸음 소리를 죽이고 살며시 현관에 접근했다. 손잡이 윗부분의 유리가 대각선으로 살짝 깨져 있었다. 저 틈으로 손을 넣어서 연다면 열쇠가 있든 없든 상관없을 것이다.

숨을 죽이고 있는 인수의 눈에 분기가 맺혔다. 집 안엔 귀중품이나 현금 같은 것은 없었지만, 아끼는 악기들이 있다. 특히 기타는 몇백만 원의 거금을 주고 산 명기 레스폴이 아니던가!

'어떤 미친놈이 감히 내 집을 털어?!'

인수는 여러모로 동네에서 알고 있는 사람이 많았다.

어린 시절부터 골목대장을 맡았다. 그리고 학창 시절에는 주먹깨나 쓴다고 자부하며 다른 애들을 괴롭히던 녀석들에서부터, 돈을 삥 뜯고 다니는 동네 불량배까지 모두가 인수의 주먹 앞에서 무릎을 꿇었다.

싸움을 좋아하진 않았지만 싸움에 휘말리는 일은 많았다. 그러나 한 명이 덤비든 열 명이 덤비든 관계없이 인수는 패배해 본 적이 없었다. 아무리 시대가 좋지 않다고 하더라도, 천부적인 재능으로 기공을 수련해 온 결과다. 동네 양아치들도 인수가 지나가면 눈을 피하고 도망 다니기 일쑤였으니, 이 동네에 산다면 인수의 집을 털 놈이 있을 리 없었다.

'저것들이 누구든 간에 잘 걸렸다.'

안 그래도 일이 꼬여서 성질이 나던 참에 도리어 잘되었다고 생각하며 슬며시 현관문을 열었다. 코에 확하고 와 닿는 집 안의 냄새가 그를 긴장하게 했다.

등유나 휘발유 같은 인화성 액체 특유의 냄새였다.

"이런, 벌써 돌아왔어."

"문 닫아!"

집주인이 돌아왔다는 걸 알아채고 안의 녀석들이 소리쳤다.

콰당!

인수가 뛰어들어 가기 전에 안방의 여닫이문이 먼저 닫혔다. 안의 놈들이 방문을 닫고 잠가 버린 것이다.

"이 새끼들이!"

문이 잠기자 인수는 노기 가득한 목소리로 소리치며 문을 걷어찼다. 나무로 만들어진 문이 발길질 한 번에 퍽! 하고 스티로폼마냥 뚫렸다. 그러나 그걸로 문을 열기엔 역부족인 듯했다.

투캉!

안방에서 무언가 부서지는 소리가 났다. 방문을 잠갔으니 놈들이 밖으로 도망칠 생각으로 유일한 탈출구인 창문을 뜯어내는 것이었다. 창살도 없이 허름한 방충망만 붙어 있는 창문이었으므로 인수가 방문을 부수고 들어가는 것보다 놈들이 밖으로 도망치는 게 빠를 듯싶었다.

"가만 안 두겠어!"

인수는 2성의 무극신공을 운용하며 내공을 모아 손잡이 부분을 팔꿈치로 후려쳤다.

퍽!

둔탁한 소리가 들리고 손잡이 부분이 완전히 박살났다. 근력이 진기와 합쳐지니 그 파괴력은 강철 해머에 뒤지지 않을 정도였다. 인수가 다시 방문을 힘껏 걷어차자 잠금쇠가 부서진 방문이 뒤로 활짝 열렸다.

"……."

안으로 뛰어들어 가기도 전에 인수는 충격에 할 말을 잃고 입을 다물었다. 혼자 살지만 나름대로 깔끔하게 정리해 뒀던 안방은 완전히 엉망진창이 되어 있었다.

"…이… 이게……."

그들은 단순히 금품을 노린 도둑이 아니었다.

낡았지만 세심히 닦아주고 주기적으로 조율해 주던 업라이트 피아노가 완전히 부서져 있었다. 구상 중이던 신곡에서부터 순간순간 떠오르는 프레이즈를 기록해 둔 악보들이 갈기갈기 찢어져 있었다. 그뿐만 아니라, 가장 아끼던 보물 1호인 기타가 산산조각으로 부서져 방 한가운데에 널브러져 있었다. 가난한 형편에 무리해서 구입했고, 소중히 관리하던 물건들이 모조리 부서져 있었던 것이다.

막 방충망을 찢어낸 창문을 통해서 도망치고 있던 남자들을 바라보는 인수의 눈에 불똥이 튀었다.

"이 개자식들아!!"

인수는 반쯤 이성을 잃고 소리를 지르며 발을 내디뎠다.

철벅.

발을 내디딘 방바닥의 느낌이 이상했다. 신발을 신은 채 장판을 밟은 느낌이라기보단 미끈한 기름기가 가득한 곳을 밟은 느낌이었다.

"히히히, 늦었어."

재수없는 표정으로 비웃듯 웃은 남자가 창밖으로 몸을 던지며 손에 들고 있던 지포라이터를 바닥에 던졌다. 인수는 그제야 지금 안방에 가득한 물기가 휘발유라는 것을 떠올렸지만 이미 상황은 늦었다.

화르륵!

영화에서는 그렇게도 느리게 퍼져 나가던 불줄기가 현실에서는 눈 깜짝할 사이에 퍼져 나갔다. 어떻게 막아설 엄두도 나지 않을 정도의 속도로 화염이 방 안을 가득 채웠다.

화염은 순식간에 인수에게도 닥쳐왔다. 열기가 인수를 먼저 엄습하고, 지옥 불처럼 이글거리는 화염이 인수를 덮쳤다.

"크윽!"

가만히 서서 통구이가 될 수는 없으니 인수는 뒤로 몸을 던졌다. 바닥을 박차는 단걸음에 인수의 몸은 불타는 안방에서 거의 현관 쪽까지 물러섰지만, 화염에서 완전히 몸을 피해낸 것은 아니었다. 화염에 머리카락 일부를 그슬렸으며 몸의 일부에 불이 붙었다.

"으악!"

휘발유를 밟았던 왼쪽 신발에 불이 옮겨 붙은 상태였다. 그는 당황하면서도 서둘러 신발을 벗어서 불기를 털어냈다. 손등에 화염 덩어리가 튀어서 피부를 그을렸지만 휘발유의 양이 많지 않아서인지 불은 금방 꺼졌다.

그사이 방은 완전히 불바다가 되어 있었다. 이제 와서 소화기를 들고 뛰어들어 가기엔 늦어 보였다. 물론 소화기를 구비해 놓지도 못했다.

뿌드득!

망연자실하게 서서 인수는 이를 갈았다. 애지중지 아끼던 악기와 수많은 영감이 담겨 있는 악보가 어쩔 도리 없이 화염 속에서 불타고 있었다. 심지어 한 장밖에 없는 아버지의 사진까지 화염 속에서 녹아버린다. 그걸 바라보는 인수의 기분은 말로 설명할 수 없을 정도로 참담했고, 자신의 몸이 타 들어가는 것만 같았다.

그의 모든 것이 불타는 것이나 마찬가지였다.

"으아아아!!"

이 일을 벌인 개자식들이 지금 담을 넘어 도망쳤을 거라고 생각하니 더 이상 평상심을 유지할 수 없었다. 일을 수습한다거나 소방서에 전화하겠다는 생각에 앞서서 저놈들을 뒤쫓아 모조리 요절을 내겠다는 마음이 앞섰다.

"이 개새끼들이!!"

인수는 놈들이 도망친 담 쪽을 바라보며 가차없이 땅을 박찼다. 그의 몸이 새처럼 비상했다.

단걸음에 높이 점프해서 맞은편 담벼락 위에 올라선 그는, 도망가고 있는 개자식들을 찾아서 주변을 둘러봤다. 이윽고, 담을 몇 번이나 넘고 왼쪽 골목길로 죽어라 내달리는 삼인조가 눈에 들어왔다. 더 이상 생각할 겨를도 없이 인수는 그들을 추격하기 시작했다.

"거기 서엇!!"

타타타탓!

마당에서 장난감을 가지고 놀던 아이가 이상한 소리에 고개를 들었다. 아이의 시선에 '뭔가' 가 바람처럼 담을 타고 지나가는 것이 보였다.

팟!

"우와!"

탄성을 지를 쯤엔 이미 그 바람은 높은 대문을 뛰어넘어 밖으로 스쳐 지나간 뒤였다. 아이는 엄마를 찾았다.

"엄마! 엄마아~!"

옆에서 빨래를 널고 있던 아이의 엄마가 웬 소란인지 궁금하여 아이의 말에 귀를 기울었다.

"엄마! 누가 저기를 지나갔어! 그리고 쑝! 하고 넘어갔어!"

나이가 어리기도 했지만 흥분한 탓인지 아이의 말은 두서가 맞지 않았다.

아이의 엄마는 피식 웃으면서 말했다.

"내 키만큼 높은 저기 담 위로 사람이 지나갔다고?"

"응! 엄~청 빨랐어! 그리고 저쪽으로 슝! 하고 넘어갔어!"

수선을 늘어놓는 아이의 말에 그녀는 웃었다. 높이도 높지만 너비가 10㎝도 되지 않는 좁은 담벼락이다. 여기를 누군가가 엄청난 속도로 달려나갔고, 마지막엔 끝의 대문을 점프해서 넘어갔다니 그게 말이 되는가?

'요즘 만화 영화를 너무 봐서 그런가?

여전히 흥분한 아이의 말을 그래그래 하고 웃어넘기며 그녀는 대수롭지 않게 흘려들었다. 순진한 아이들은 거짓말은 하지 않지만, 상상의 나래를 펼칠 수는 있으니까.

아이가 보았던 사람은 당연히 강인수였다.

아슬아슬한 담벼락 위를 곡예하듯 엄청난 속도로 질주하고, 어른 키 정도 되는 높이를 휙휙 넘어 다닌다. 보통 사람이 보면 기겁하겠지만 이것이 인수의 진면목이었다. 선천적인 괴력과 무극신공의 수련이 합쳐지니 이런 초인적인 능력이 발휘되는 것이다.

"죽여 버리겠어! 절대로 가만 안 둬!"

누가 들으면 오해할 수도 있는 말을 던지며 인수는 골목길을 쏜살같은 속도로 달려나갔다. 분노에 반쯤 이성을 잃은 탓에 누가 볼 수도 있다는 우려는 버린 상태였다.

마음먹고 달리면 100m 육상 세계신기록도 어렵지 않게 깰 수 있는 인수였지만, 미친 듯 달려나가는 데도 그 거리는 쉽게 좁혀지지 않았다. 멀리서 골목을 타고 도망치는 인영이 얼핏 눈에 잡혔을 뿐이다.

오랫동안 이 동네에 살아와서 지리를 잘 아는 인수는 다시 지름길을 택했다. 훌쩍 뛰어서 남의 집 화단을 딛고 다시 주택 사이 담벼락 위에 올라섰다. 그리고 꼬불꼬불 좌우로 연속되는 골목길이 아닌 주택 사이를 관통해서 달려나갔다.

누군가 눈에 띄면 문제가 생길 수도 있으므로 평상시 같았으면 결코 이러지 않았겠지만 지금 인수는 침착할 수 있는 상황이 아니었다.

자기 집에 들어와서 아끼는 물건들을 모조리 부수고 불까지 지른 놈들을 쫓는 사람이 어떻게 이성적인 판단을 할 수 있겠는가?

거의 반쯤 이성을 잃었다고 봐도 과언이 아니었다.

분노에 사로잡힌 인수가 가공할 만한 속도로 주택 사이를 누비며 움직이니 금세 도망치고 있는 놈들의 지척에 닿았다. 2, 30m 벌어진 거리를 겨우 1, 2m 정도로 줄인 것이다.

"개자식들아!"

바람처럼 달려나간 인수는 몇 걸음 만에 도망치는 세 사람의 등에 바짝 붙었다.

그리고 문답무용이라는 식으로 바로 선방을 날렸다.

휘잉!

가공할 파공음을 내는 위력적인 인수의 주먹. 그러나 상대도 호락호락하진 않았다. 어떻게 등 뒤에서 공격하는 걸 알아챘는지는 모르겠지만 살짝 옆으로 몸을 피해서 공격을 허공에 흘려보냈다.

헛주먹질을 하는 사이 다시 거리가 벌어졌다. 상대가 도망치는 속도도 보통이 아니었다. 거리가 쉽게 좁혀지지 않았다. 아무리 울퉁불퉁하고 깨진 보도블록으로 마음껏 달리기 힘들다고 하더라도 그건 피차 마찬가지가 아닌가?

'저 새끼들, 육상 선수들인가? 뭐가 저렇게 빨라?

인수의 수련이 미약하여 아직 경신법을 전개하진 못하지만, 그래도 땅을 박차는 힘이 배가되어 보통 사람은 엄두도 내지 못하는 속도로 달리는 데도 거리가 쉽게 좁혀지질 않았다.

도둑에 방화범, 거기다가 육상 선수로 추정되는 삼인조는 이 동네 지리를 잘 모르는 모양이었다. 그들은 홧김에 골목길에서 한 방향으로 뛰어나갔는데, 인수가 알기로 그 길목은 곧 막다른 골목이 나오는 방향이었다.

그리고 역시 예상대로 막다른 골목이 나왔다. 쥐새끼들을 독 안에 가뒀다고 인수는 미소 지었다. 하지만 그런 인수의 눈에 믿기지 않는 광경이 들어왔다.

길이 막힌 데 약간 당황한 삼인조는 놀라는 것도 찰나, 달려가던 속도 그대로 점프하여 거의 2m에 달하는 높이의 담을 뛰어넘어 버렸다.

"헉!"

인수는 삼인조가 차례대로 담을 도움닫기 한 번에 뛰어넘는 걸 보면서 당황하지 않을 수 없었다.

상대는 보통이 아니다. 일반 상식으로는 이해하지 못할 짓을 하고 있다.

그런데 인수도 상식을 뛰어넘기는 마찬가지였다. 그도 전혀 망설임 없이 전력으로 벽을 향해 질주했다. 담벼락을 뚫고 지나갈 기세였다.

팟!

힘껏 내공을 운용한 인수는 강하게 땅을 걷어차고 솟아올랐다. 그리고 마찬가지로 일반의 상식을 뛰어넘었다. 2m에 달하는 담벼락을 점프만으로 훌쩍 뛰어넘은 것이다.

"씨발 놈들아! 거기 서!"

그리고 소리치며 그들을 따라서 달렸다.

"허엇?!"

그들도 당혹스러운 건 마찬가지인 듯했다. 피차 상식을 넘어서곤 있었지만 놀라운 건 놀라운 것이니까.

담을 넘어서니 인적이 없이 으슥한 공터가 나왔다. 근처 공사 자재를 쌓아놓고 있는 회사의 창고터였다.

"벌써 포기야? 더 도망쳐 봐, 이 새끼들아!"

신나게 달려와서 약간 숨이 차긴 했지만 여전히 분노가 가시지 않은 얼굴로 인수는 소리쳤다.

삼인조는 도망치는 발걸음을 멈춘 상태였다. 그리고 서로 눈빛을 주고받았다.

"니들, 사람을 잘못 골랐어! 오늘이 니들 제삿날인 줄 알아! 화가 풀릴 때까지 죽도록 두들겨 패고… 그리고 손해배상까지 받아낼 테니까!!"

인수는 특히 손해배상이라는 단어를 크게 강조했다.

그러나 삼인조는 크게 동요하지 않았다. 그리고 자기들끼리 몰래 숙덕거렸다.

"상관없겠지?"

"괜찮을 거야."

"어차피 인간이잖아?"

숙덕거리는 삼인조의 모습은 도리어 득의양양해 보였다. 일단 수적으로 우세한 상태이니까.

누구는 화가 머리끝까지 치밀어 올라 있는데 당사자들끼리 전혀 죄의식 없어 보이는 얼굴로 수군거리는 꼴에 인수는 분노에 몸을 맡겼다.

그들의 수군거림이 끝나기도 전에 인수는 예고없이 달려들어 주먹을 날렸다. 간격을 좁히는 속도나 주먹을 휘두르는 속도가 질풍에 비견될 만했다.

퍽!

기습당한 한 놈이 명치를 얻어맞고 뒤로 나가떨어졌다. 맘먹고 후려갈기면 철판도 휘게 만드는 인수의 주먹이다. 적당히 위력을 조절했다고 치더라도 뼈 한두 대 나가는 건 충분해 보였다. 여태껏 일격필살을 보여오던 위력이기도 했다.

"일단 한 새끼!"

인수는 나가떨어진 놈을 거들떠보지도 않고 살기등등한 얼굴로 다른 남은 두 사람을 바라봤다. 그리고 놀란 얼굴을 하고 있는 놈에게 달려들었다.

한 명이 일격에 당한 것을 보았기에 상대도 방심하진 않은 듯했지만 인수의 공격 속도는 그들이 예상했던 것보다 훨씬 빨랐다.

번쩍하는 순간에 인수의 정권이 두 번째 남자의 가슴에 꽂혔고, 비틀거릴 틈도 없이 오른발이 그의 복부를 걷어찼다. 어릴 때부터 여러 가지 싸움에 휘말려 왔던 인수인지라 그 솜씨는 훌륭했고, 거칠 것이 없었다.

두 번째 남자가 나가떨어지자 인수는 마지막으로 남은 남자를 바라보며 말했다.

"이제 두 새끼!"

"크흐흐, 과연 그럴까?"

혼자 남은 남자는 그럼에도 우습다는 듯 웃으며 말했다. 인수가 어이가 없어서 도끼눈을 뜨며 부라리자, 약속이라도 했다는 듯 이미 쓰러뜨렸다고 생각한 두 사람이 아무렇지도 않게 자리에서 일어섰다.

"인간치고는 역시 제법이군."

"유명한 사냥꾼의 아들이니……."

별 타격을 입지 않은 얼굴로 일어서는 두 사람. 여태껏 한 방에 누구를 눕히지 못한 적이 없었던지라 인수의 얼굴은 굳어버리고 말았다. 그런데 인수의 표정이 변한 건 그것 때문만은 아니었다.

"인간…치고는……?"

그냥 흘려 넘기기엔 그 말이 품고 있는 뜻이 심상치 않았
다. 인수를 '인간'이라고 다른 종족 말하듯 부른다는 것은 그
들이 인간이 아니기에 그런 것이 아닌가?

'이 새끼들… 설마 야족이었던 건가?

인수의 표정이 잠시 굳었다. 아버지에게서 야족에 대한 이
야기를 많이 들었지만 실제로 만난 건 처음이었다. 겉으로 본
다면 삼인조도 그저 인간의 모습을 하고 있었으니까.

인수가 속으로 생각하는 사이에 삼인조가 그를 둘러쌌다.
인수의 얼굴에 순간 미지를 향한 두려움이 떠올랐지만, 그것
은 이내 분노로 사그라졌다.

"야족이라……. 니들이 인간이 아니면 적당히 봐주면서 싸
울 필요도 없겠군."

인수는 주먹을 불끈 쥐고 자세를 취했다. 그리고 소리쳤
다.

"덤벼! 개자식들아!"

인수가 한참 싸움을 시작하려는 공터 건너편의 상가 옥상.

두 사람이 그곳에 서 있었다. 한 사람은 모든 일을 뒤에서
꾸미고 있는 에리온이고, 나머지 한 사람은 에리온의 일을 돕
고 있는 야족 밀턴이었다.

"제 종자들이 일을 망쳐 버리고 말았군요. 일이 이렇게 된
것을 제가 대신 사과드리겠습니다."

밀턴이 옆에 서 있는 에리온에게 말했다. 강인수의 집에 침

입하고 불을 지르고 오라 했건만 멍청한 녀석들이 일을 망쳐 버렸으니 밀턴은 에리온이 화를 내지 않을까 걱정했다.

에리온은 잠시 생각하다가 말했다.

"…흐음, 안 그래도 며칠 내에 사람을 써서 공격해 볼 생각이었으니까. 마침 이렇게 된 것도 나쁘진 않겠지요."

다행히 에리온이 화를 내지 않자 밀턴은 기뻐했다.

"그럼 말씀하신 대로 조치하겠습니다."

에리온은 고개를 끄덕였다. 그리고 가만히 팔짱을 낀 채로 인수가 세 야족과 싸우는 모습을 바라봤다. 마치 품평회에 올라온 물건을 바라보는 것 같은 얼굴이었다.

인수를 포위한 세 야족은 승리를 자신한 듯 말했다.

"흐흐흐, 우리를 쫓아온 것을 후회하게 해주……."

빠악!

정면의 놈이 사이한 미소를 지으며 중얼거림이 끝나기도 전에 인수는 순식간에 간격을 좁히며 콧잔등에 강렬한 박치기를 먹였다. 머리에 닿는 느낌이 강렬했다. 코뼈가 내려앉다 못해서 안면이 완전 함몰되고도 남았을 것이다. 물론 상대가 평범한 인간이라면 그렇다는 것이다.

"으윽!"

공격을 당한 놈은 피를 흩뿌리며 바닥에 쓰러졌지만 인수는 일격으로 멈추지 않았다. 쓰러진 놈의 복부를 강하게 짓밟고 옆구리를 힘껏 걷어챴다. 폐쇄된 공터를 강렬한 타격음이 가득 채웠다.

급작스러운 공격에 당황한 건 공격을 당한 녀석만이 아니었다. 앞뒤 안 가리고 무식하게 치고 들어온 인수를 바라보며 그들은 잠시 멈칫했다.

"니들도 양아치 새끼들처럼 주둥이로 싸우냐? 쫑알쫑알거리긴. 그래, 니들이 야족이라 이거지? 그래서 어쩌라고? 굽실굽실 알아서 모시랴?"

이마에 묻은 피를 손등으로 닦아내며 인수는 여전히 분노가 가시지 않은 얼굴로 소리쳤다.

"야족이면 남의 물건을 부수고 집에 불을 질러도 되냐? 앙?!"

인수와 같은 일을 겪으면 누군들 화가 나지 않겠는가? 아무리 화가 머리끝까지 치밀어 올랐다고 해도 인수의 말에서 그의 성질머리를 짐작할 만했다.

"모조리 때려잡고 경찰서⋯ 아니, 니들을 사냥하는 선도맹(先導盟) 쪽에 던져 줘야겠군. 손해배상을 받아야 하니까!"

이해관계를 따지며 외치는 틈에 박치기에 쓰러진 야족이 슬쩍 몸을 일으키려고 했지만, 인수는 가만히 일어서게 두고 보지 않았다. 인정사정없이 다시 복부를 걸어차서 조금이라도 더 누워 있게 했다.

"비⋯ 겁한 놈."

한 놈이 그렇게 중얼거렸다. 방귀 뀐 놈이 성낸다더니, 방화범이 화를 내는 상황이라니 인수는 어이가 없어서 피식 웃고는 물었다.

"누가 비겁하다고? 나 참."

말을 하다 말고 인수는 다시 한 놈에게 기습적으로 달려들었다. 찰나의 순간에 거리를 좁히는 그 속도와 순발력은 상상을 불허했다. 번개가 무색할 정도의 움직임이었다. 선방만 잘 날리면 반은 이기고 들어간 싸움이라는 옛 성현들의 말씀을 충실히 지키는 그였다.

뻑!

비겁하다고 지껄이던 놈의 턱을 그대로 날려 버리곤 인수는 말했다.

"웃기는군. 완전히 지랄을 하는구나."

공격당한 야족은 멀찍이 1m는 나가떨어졌다. 그러나 놈들의 맷집은 상당했다. 더욱이 이번엔 힘을 많이 제한하지 않고 공격을 했는데도 먼젓번 두 놈은 다시 몸을 일으켰다.

박치기로 안면을 완전히 무너뜨렸던 야족의 얼굴이 빠른 속도로 회복되는 것이 보였다.

'역시 괴물은 괴물인가?

엄청난 회복 능력을 보니 확실히 자신이 야족을 상대하고 있다는 실감이 났다.

이상하게도 분노하는 와중에도 약간의 두려움과 함께 기대감이 인수를 설레게 했다.

싸움은 계속되었다.

야족들은 서로 얼굴을 보며 고개를 한 번 끄덕인 후 덤벼들었다.

정면에 서 있던 한 놈으로부터 목 언저리를 노린 하이킥이 들어왔다. 놈들이 공격해 올 걸 예측하고 있던 인수는 슬며시 뒤로 빠져서 공격을 피해냈다.

휘잉!

인간이 아닌 만큼 공격은 굉장히 위협적으로 느껴졌다. 바람 소리만 들어도 섬뜩한 느낌이 들었을 정도니까. 그러나 인수는 인상을 찌푸리며 생각했다.

'이것들이 지금 무슨 꿍꿍이야? 주먹다짐을 하자는 건가?

아버지가 말해준 야족이란, 간단히 말하자면 인간의 모습으로 위장하고 있는 괴물이었다. 인간의 모습으로 숨어 있다가 사람을 잡아먹고 피를 탐하는 것이 그들의 본성이라는 것이다.

하지만 야족의 진짜 두려움은 열두 종의 야족이 사용할 수 있는 특수 능력이라고 했다. 인수가 조금이나마 긴장했던 것도 그게 무서워서였다.

'사술을 쓸 수 없을 정도로 약해 빠진 놈들인가? 그게 아니면… 다른 꿍꿍이가 있는 것인가?

인수는 분노를 억누르고 탐색전에 들어갔다.

분노에 사로잡혀선 안 된다고 어려서부터 아버지에게 귀에 못이 박히도록 들어왔다. 물론 저놈들을 몽땅 갈아 마셔도 속이 안 풀릴 테지만, 인수는 물러서면서도 마음을 가다듬는 데 신경을 쏟았다.

뒤로 물러선 인수를 향해서 연달아 두 야족이 덤벼들었다.

퍼억!

첫 번째 공격은 피해냈지만, 두 번째 놈의 발차기가 인수의 왼팔에 걸렸다. 미리 공격 궤도를 읽고 완전히 방어해 냈음에도 인수의 몸은 두어 걸음이나 밀렸다.

"웃!"

팔목에 찌르르 울리는 충격! 풀 스윙하는 야구 배트에 얻어맞아도 이 정도는 아닐 것이다. 내공을 이용해서 방어하지 않았으면 팔이 부서졌을지도 몰랐다.

제법 강한 타격이긴 했지만 인수는 당황하지 않았다. 솔직히 말해서 당황할 필요도 없었다.

'이 정도인가? 생각보다는 별거 아니군.'

둘러싸여서 마구잡이로 합공당하는 최악의 상황만 피한다면 승산이 있을 것 같았다. 물론 처음부터 진다는 생각 따윈 하지 않았다.

하늘이 내린 재능을 지녔다고 극찬받았던 인수다. 아버지로부터 물려받은 사냥꾼의 피가 끓어올랐다.

인수는 기합을 넣으며 정면으로 놈들에게 달려들었다.

그게 진정한 싸움의 시작이었다.

"생각보다 제법… 이군요."

분전하고 있는 인수를 보면서 밀턴은 말끝을 흐렸다. 난전으로 번진 싸움은 예상 밖의 전개로 흘러가고 있었다.

테스트를 해보고 자시고를 떠나서, 애초에 실력 차가 컸다. 수적으로 우위를 차지하고 있긴 했지만 부하들이 인수에게 휘둘리고 연속적으로 타격을 당하고 있는 것이 두드러졌다. 반면에 인수는 그다지 타격을 입은 기색이 없었다.

한편, 에리온도 놀랍다는 표정을 지으며 생각했다.

'기대했던 것 이상이군.'

실력은 눈에 차지 않았지만, 에리온에겐 인수의 가능성이 보였다. 그것은 기대했던 것 이상이었다.

밀턴은 부끄러운 마음을 숨기고 말했다.

"제법이군요. 전혀 우리 종족과의 전투 경험이 없을 텐데… 제 종자들과 호각을 다투고 있다니……."

"…흠, 그렇군요."

'그러나 저건 호각이라고 말할 상황이 아니지.'

자기 부하들이 맥을 못 추고 있으니 밀턴의 자존심이 많이 상한 모양이라고 생각하며 에리온은 일단 고개를 끄덕여 기분이 상하지 않게 해줬다.

밀턴은 굳은 표정으로 말했다.

"맹수는… 상처 입은 다음이 진짜입니다. 우리 야족도 마찬가지입니다."

그의 종자들을 맹수에 비유한 말이었다. 즉, 이대로 패배할 리가 없다고 말하는 것이다.

에리온은 혈투를 벌이고 있는 인수를 바라보며 말했다.

"그렇다면 그건 저 녀석에게도 마찬가지겠지요."

"우아아아!!"

인수는 분전(奮戰)하고 있었다. 수적인 열세를 악으로, 깡으로 버텨내며 포위당해서 협공당하지 않도록 쉴 새 없이 다리를 움직이면서 덤벼들었다.

조무래기라서 그런 것일까? 생각보다 야족들은 약했다. 공격력에서 속도까지 모든 것이 인수보다 떨어졌다. 애초에 실력이 비등했다면 3대1로 몰리는 인수가 버틸 수 있을 리가 없다.

싸움의 중간, 인수는 몇 번이나 효과적인 타격을 먹였지만 놈들의 맷집이 좋은 편이라 금방 쓰러지진 않았다. 놈들은 수적인 우위를 이용해서 견제하고 막아서며 싸움을 끌어가고 있었지만 전체적인 승기는 인수가 잡고 있다고 봐도 좋았다.

그런데 싸움이 계속되어 가니 뭔가가 석연치 않다는 생각이 들었다.

'이상해.'

그런 생각이 드는 첫 번째 이유는, 이놈들이 자신과 같이 손이나 발을 이용한 타격전을 하고 있는 것.

두 번째 이유는, 놈들에게서 적극성을 찾아볼 수 없는 것이었다. 마치 누군가의 명령에 따르는 것 같았다.

'아무래도 정말 다른 속셈이 있는가 보군.'

소극적으로 싸움이 길게 이어지니 체력보다는 내공의 소

모를 무시할 수가 없었다. 십여 분가량 싸워오면서 남은 내공은 최대량의 반 정도밖에 안 되었다.

게으름피우지 않고 꾸준히 수련해 왔지만 인수는 무극신공의 2성을 겨우 달성했을 뿐이다. 3성을 달성하려면 상당한 양의 진기를 축기해서 대주천을 이뤄야 하는데, 시대가 시대인 만큼 축기할 수 있는 내공이 너무나도 적었던 탓이다.

인수는 방법을 바꾸기로 결심했다. 지금까지 내공을 이용해서 육체적인 능력을 강화하는 데에 중점을 맞춰왔다. 내공의 소모가 비교적 적고 얻을 수 있는 효과가 비교적 크기 때문이다.

그러나 무극신공의 극의는 결코 거기에 있지 않다. 진짜 파괴력은 내부에서 소모하는 데에 있지 않고 내공을 방출시키는 데에 있지 않은가.

"일극(一極)은 천지를 가르고, 무극(無極)은 세상을 뒤엎는다."

강일의 가르침을 떠올리고 인수는 깊게 호흡하며 단전에서 내공을 끌어올렸다.

기를 밖으로 방출시키는 공격이 소모하는 내공은 막대함으로 몇 번이나 사용할 수 있을지, 그리고 성공할 수 있을지 장담할 순 없었다. 그러니 가능하다면 속전속결로 끝낼 생각이었다.

"뭔가 보여줄 생각이군요."

멀리서 싸움을 지켜보던 에리온의 눈이 이채를 발했다.

옆에 서 있는 밀턴은 영문을 모르고 그냥 지켜볼 뿐이었다.

쾅!

인수의 왼발이 강하게 지축을 내딛는다. 어찌나 강렬하게 내디뎠는지 시멘트 바닥에 균열이 생길 정도다. 그 왼발을 따라서 모든 무게중심이 앞으로 쏠렸고, 동시에 전신에 흩어진 내공이 응축되어 오른손에 맺혔다. 그 모든 것이 한 호흡에 이루어졌다.

투웅!

특이한 소리를 내며 희미한 금빛 기운이 맺힌 일장이 한 녀석의 가슴에 정통으로 꽂혔다. 인수가 처음으로 보여주는 무극신공의 기술이었다.

'일단 한 놈!'

손에 닿는 감촉을 느끼며 인수는 공격의 성공을 확신했다.

금방 사용한 기술이 경지에 오르면 천 년 고목도 허물어뜨릴 수 있다는 무극신공의 기본인 일극(一極)이다.

일극은 그저 외부에 전해지는 물리적인 충격이 아니라 물체 내부를 분탕질시키는 경력을 전하는 것. 맷집이 강하든 인간이 아니든 간에 뼈와 살로 이뤄진 것이 견뎌낼 공격이 아니었다. 회복 능력이 강하고 맷집이 센 야족이라고 예외는 아니었다.

"크아아악!"

살아 있는 것에게 사용한 것은 처음이었는데, 그 위력은 예상 이상이었다. 주먹으로 몇 방을 두들겨도 금방 회복하고 덤벼들던 놈이 그 자리에서 괴성을 질러대며 울컥 피를 토해냈다.

'죽지는… 않겠군.'

놈들이 아무리 더러운 짓을 했고 인간이 아니라 하더라도 인수는 살생은 가능하면 피하고 싶었다. 뒹구는 모습을 보아하니 고통스럽고 타격이 큰 것 같긴 했지만, 다행히 죽을 것 같긴 않았다. 주저없이 목숨을 빼앗을 수 있을 정도로 인수의 손속은 모질지 못했다.

"기를 사용한다!"

한 명이 전투 불능에 빠지니 남은 두 놈 중에서 하나가 소리쳤다.

두 야족은 서로 얼굴을 마주 본 뒤 고개를 끄덕였다. 그제야 그들도 이대로 태만하게 상대해서 버텨낼 상대가 아니라는 걸 깨달은 것이다.

남은 두 야족의 눈에서 불길한 적색 광망이 번득였다. 서로 숨기고 있던 밑천을 보이기 시작한 것이다. 그들은 본격적인 사술을 발휘하기 시작했다.

그 효과는 금방 나타났다.

두 야족의 주변에 맺힌 그림자 속에서 어둠이 마치 생명을 부여받은 듯 스멀거리며 움직임을 보이기 시작했다. 그리고 그림자는 흑운(黑雲)처럼 피어올라 형체를 지닌 어둠으로 한 데 뭉쳤다.

인수의 등골에 소름이 돋았다. 그림자를 다루는 기술에 대해서 과거 아버지에게 들었던 기억이 있기 때문이다.

'설마… 쉐도우 페이즈?! 젠장! 이놈들은 칠황(七皇)의 혈족들이구나!'

파파팟!

생명을 얻은 그림자 덩어리에서 갈래갈래 줄기가 뻗어 나오며 살아 있는 채찍처럼 인수에게 날아들었다. 각기 세 줄기의 쉐도우 페이즈는 합이 여섯 줄기. 그 기술이 야족의 열두 제왕 중 칠황의 특기이며, 그의 피를 나눈 혈족에게만 사용할 수 있는 사술이었다.

어느 정도 위력인지 확인하기 전이라 버텨낸다는 생각은 일찌감치 버리고 다짜고짜 옆으로 몸을 던졌다. 착지를 신경 쓸 틈도 없었다.

파파팍!

고속으로 날아든 쉐도우 페이즈의 줄기가 인수가 서 있던 곳을 덮쳤다.

목표를 놓친 쉐도우 페이즈는 각기 시멘트 바닥을 깊게 파이게 하거나 뒷벽의 콘크리트를 칼날처럼 베어버렸다. 아무리 내공으로 몸을 보호한다고 하더라도 막아낸다는 확신이 없었기에 피한 것이 천만다행이었다.

앞뒤 안 가리고 몸을 던진 탓에 인수는 맨바닥에 내동댕이쳐졌다. 충격을 방비할 틈이 없었기에 삭신이 쑤셨지만, 그는 우는소리 하지 않고 벌떡 몸을 일으켰다.

예상대로 다시 쉐도우 페이즈의 줄기가 날아들고 있었다.

"망할!"

겨우 피해내며 뭐 저딴 사기 같은 기술이 있을 수 있냐며 인수는 욕설을 뱉었다. 여섯 줄기의 그림자가 자유자재로 여러 궤도를 그리며 날아드니 보통 까다로운 것이 아니었다. 게다가 각기 시간 차를 두고 전후좌우 가릴 것 없이 찔러 들어오기까지 했다.

아까까지만 해도 우위를 차지하고 있었건만, 반격은 고사하고 피해내는 것만으로도 정신이 없었다.

인수는 빠른 발을 이용해서 겨우 공격 범위를 벗어나며 최대한 머리를 굴렸다. 그러나 상황을 타계할 계책이 떠오르기도 전에 한줄기의 그림자가 그의 정면에서 날아들고 있었다.

'막아야 한다!'

얼마 남지 않은 내공을 끌어모아 인수는 정면의 그림자에 일장을 날렸다. 계산하기보단 거의 본능적인 행동이었다.

쾅!

속도와 파괴력이라면 인수가 위였다. 그림자와 충돌한 오른손에서 통증이 느껴졌지만 그림자 하나는 뒤로 팅겨 나가며 이내 평범한 어둠으로 사그라졌다.

그걸 미처 막아내리라곤 생각하지 못한 두 야족이 움찔하고 놀라는 모습이 보였다. 인수는 그 틈을 놓치지 않고 전력으로 달려들었다.

투웅!

번개처럼 거리를 좁히며 또다시 일극이 그 위력을 과시했다. 찰나의 순간, 인수가 한 놈의 머리통을 후려갈긴 것이다.

좌아악!

입과 코, 귀에서 피를 뿜어내며 그 야족은 뒤로 쓰러졌다. 그리고 전혀 움직이지 않았다. 경황 중에 날린 기술이 머리에 그대로 적중했으니 그 일격이 숨통을 끊어버린 것이다.

'엇… 죽여 버렸나?

승리했다는 성취감보다는 살생의 충격이 인수를 지배했다. 결국 그 충격이 잠시나마 인수의 다음 행동을 막아섰다.

"이노옴!!"

동료가 당했다는 것을 알고 분노하는 목소리. 그러나 인수는 피에 젖은 자신의 손을 바라보고 잠시 움직임을 멈춘 상태였다.

파파팟!

뒤늦게 위험을 알리는 신경이 인수를 자극했다. 쉐도우 페이즈가 거의 지근거리까지 날아들고 있었다.

의식을 찾고 깊게 생각할 틈도 없이 몸이 먼저 움직였다. 살아남고자 하는 본능이었다. 그 결과 두 줄기의 쉐도우 페이즈가 아슬아슬하게 그의 옆을 스쳐 지나갔지만, 하나가 왼팔을 꿰뚫었다.

"크윽!"

고통은 크지 않았다. 화끈한 불기둥이 뚫고 지나간 것 같은 여운만 느껴질 뿐이었다. 날카로운 화살처럼 팔을 관통한 것이라 팔이 잘려 나갈 걱정은 하지 않아도 될 듯했다.

인수는 서서 고통을 참기보단 다시 쉐도우 페이즈가 정비되기 전에 남은 한 놈에게 거리를 좁혔다.

투웅!

놈이 쉐도우 페이즈를 불러내서 방어하는 것보다 인수의 일극이 위력을 발휘하는 것이 한 박자 빨랐다.

"우아악!"

내력이 실려 있는 공격을 복부에 정통으로 얻어맞으니 그놈도 버텨낼 재간이 없는 듯했다.

털썩!

마지막 놈을 쓰러뜨리고 인수는 피가 줄줄 흘러나오는 왼팔을 부여잡고 바닥에 널브러진 놈들을 바라봤다.

두 놈은 타격이 컸던지 바닥에 쓰러져서 신음하고 있었고, 한 놈은 아예 미동도 하지 않았다.

아마도 죽었으리라.

살인, 아니, 인간이 아니니 살생이다. 그러나 무덤덤하게 받아들일 수 있을 행위는 아니었다. 인수는 충격에 떨리는 손을 억지로 진정시키고, 일단 땅바닥에서 신음하고 있는 한 놈의 멱살을 잡고 들어 올렸다. 일단 이놈들이 어째서 자신의 집에 침입했고, 물건을 부수고 방화를 저지르려고 했는지 이유를 들어야 했다.

"…뭣 때문에 그런 짓을 한 거냐?!"

"으윽……!"

"대답해, 이 개새끼들아!! 죽여 버리기 전에!"

그러나 그 야족은 아무 대답도 하지 않았다. 그저 구원을 바라는 눈빛으로 다른 한 방향을 바라볼 뿐이었다.

인수의 시선도 그곳으로 향했다. 건너편 상가 건물의 옥상. 두 사람이 서 있는 것이 눈에 띄었다.

'뭐야, 저건?

밀턴은 별것 아니라고 생각했던 인간에게 종자들이 결국 당해 버리자 치욕감에 몸을 떨었다. 에리온은 차가운 눈빛으로 밀턴을 바라보고 있었다. 그 눈이 말하는 것은 자명했다.

'이제 내가 나설 차례라는 건가? 저까짓 인간 하나를 내가 직접 상대하라고?

그러나 밀턴은 내키지 않았다.

'시험할 생각이라면 자기가 직접 하는 것이 가장 확실할 텐데 어째서 나에게 강요하는 것이지?

솔직히 밀턴은 에리온이 무슨 생각을 하는지 이해를 하지 못했다. 그는 애초에 무슨 꿍꿍이로 강인수라는 인간을 괴롭히게 했는지도 몰랐다.

　그렇다고 왜 직접 나서지 않느냐고 따질 수도 없는 입장이
니 밀턴은 어쩔 수 없다고 생각하면서 물었다.

　"죽이지만 않으면… 되는 거겠지요?"

　에리온은 알 수 없는 얼굴로 웃으며 말했다.

　"마음대로 하세요."

　"죽여도 된다는 겁니까?"

　"그럴 수 있다면."

　"……."

　밀턴은 에리온의 진의를 이해할 수 없었다. 강인수라는 남
자는 인간치곤 제법이지만 아직 햇병아리다. 자신과 싸울 수
있을 실력이 아님은 명백했다. 죽일 수 있으면 죽여보라는 이
유는 무엇이란 말인가?

　그러나 거절할 이유는 없었다. 솔직히 밀턴은 강인수라는
남자가 이상하게 거슬렸다. 금방 자신의 혈족 중 하나가 당하
기도 하였으니까 더더욱 화가 나기도 했다.

　"기껏 한 인간을 죽이기 위해서 이 정도로 일을 크게 벌였
다는 게 조금 이상하긴 하지만… 그럼 죽여 버리지요. 후후,
그래도 괜찮은 겁니까?"

　에리온은 고개를 끄덕였다. 그러니 밀턴에겐 더 이상 망설
일 이유가 없었다. 밀턴은 입고 있던 양복 상의를 벗어 던지
곤 옥상에서 아래를 내려다보았다. 계단을 이용할 필요도 없
이 바로 뛰어내릴 생각이었다.

　마지막으로 에리온은 충고를 덧붙였다.

“당신에게 의리는 없지만 마지막으로 한 가지만 충고하
죠.”

“충고라니요?”

“맹수는 상처 입은 다음이 진짜라는 것을 명심해요.”

밀턴은 영문 모를 표정을 지었다. 아까 자신이 했던 말이
아닌가? 지금 들을 충고로선 조금 이상하다는 생각이 들었지
만 밀턴은 더 이상 따지지 않았다.

그는 상가 옥상에서 전혀 주저함 없이 몸을 던졌다.

쾅!

자살 행위나 마찬가지로 보였지만, 밀턴은 아무렇지도 않
게 땅바닥에 착지했다. 그리고 천천히 건너편의 공터에 있는
강인수를 향해서 발걸음을 옮겼다.

그 와중에 밀턴은 속으로 생각했다.

‘맹수는 상처 입은 다음이 진짜라……. 설마 나더러 조심
하라고 이야기하는 건가? 우습군. 저딴 놈이 맹수라고?’

사이한 표정으로 미소 짓는 그의 눈에서 붉은 흉광이 번득
였다.

웬 남자가 5층 옥상에서 뛰어내리고도 전혀 다친 기색을
보이지 않고 걸어오는 모습에 인수는 경악했다. 저 높이에서
무사히 뛰어내린다는 것은 그로선 도저히 엄두가 나지 않는
일이었으니까.

자신에게 다가오자 인수는 멱살을 잡은 야족을 내버려 두

고 자신도 모르게 뒷걸음질을 쳤다.

"뭐야, 당신은?"

"소개가 늦었군. 나는 데이비드 밀턴이라고 한다."

외국인으로 보이는 밀턴이 유창한 한국말을 하는 것이 신기하기도 했지만, 인수는 한 쌍의 홍옥(紅玉)을 연상시킬 정도로 붉은 밀턴의 눈동자를 보고 바로 정체를 알아챘다.

"… 야족인가?"

밀턴은 고개를 끄덕여서 긍정했다. 그리고 한 발짝 인수의 앞에 다가섰다. 인수는 불에 데인 듯 그와 동시에 뒤로 물러서고 말았다.

인수는 밀턴이라는 남자가 금방 상대한 것들과는 차원이 다른 야족이라고 직감했다.

"내 종자들이 자네에게 신세를 졌군. 미안하네. 이 멍청한 것들이 여태까지처럼 깔끔하게 처리하지 못하고 자네에게 들키지 않았겠나? 그래서 이렇게 일이 번거롭게 된 것이지. 쓸모없는 놈들 같으니……."

밀턴은 괴이할 정도의 붉은 눈동자로 바닥에 쓰러져 있는 자신의 혈족이자 종자인 세 야족을 바라봤다. 아직 의식이 있는 두 야족은 그에게 구원을 바라는 눈빛과 이후의 처사에 대한 공포를 동시에 드러냈다.

"뭐라고?"

인수의 얼굴 표정이 바뀌었다.

생각만 해도 욕지기가 절로 나오는 불행의 연속. 계약이 무산되고, 라이브 클럽에서 공연을 거부당하고, 밴드의 동료들이 사고를 당하고, 음악 교습소에서까지 쫓겨난 사건들. 우연이라고 넘기기엔 너무 공교로웠음에도 어쩔 수 없이 당해야 했던 사건들.

집이 엉망진창이 되고 불이 난 것도 마찬가지다. 거기서 마침 현행범을 발견하고 쫓아 여기까지 오게 된 것이지 평소처럼 늦게 집에 돌아왔더라면 잿더미가 된 집 앞에서 좌절하고 있었을 것이다. 빌어먹을 운명! 불행 따위를 탓하며 울고 있었을 것이다.

'이… 새끼들이… 그 주범이었던가?'

욱하고 욕설이 튀어 나올 뻔했지만 일단 확답을 듣지 않았기에 감정을 억눌렀다.

"당신이… 당신들이 나를 그동안 방해했나?"

분노를 드러내기보단 극히 차갑고 냉정한 목소리로 물었다. 밀턴은 도리어 웃으며 말했다.

"정답이다. 나 정도의 돈과 권력만 있으면 한 사람을 파멸시키는 건 어렵지 않거든."

확답을 얻었다. 그것도 아주 신랄한 조롱이 섞인 자백으로써.

뿌드득!

인수의 이빨이 강하게 마찰했다. 방금의 한마디가 폭발하기 직전인 그의 분노에 기름을 부은 것이었다.

"어째서냐? 어째서 나를……?"

“그게 거래 조건이었으니까.”

“…거래?”

“이유 따위는 중요하지도 않고 말해줄 필요도 없다.”

그게 무슨 대수냐는 얼굴에 인수는 화가 머리끝까지 치밀었다. 살면서 이 정도로 격한 분노를 느낀 것은 처음이었다.

“이… 개… 자식들……!!”

너무 화가 나면 목소리가 떨릴 수도 있다는 걸 처음 알았다. 여기서 조금이라도 더 화가 치밀어 오른다면 분명 눈을 까뒤집고 사생결단을 내려고 했을 것이다.

‘덤비면 죽는다! 살해당한다!’

그러나 위험하다고 이성이 필사적으로 폭발을 누르고 있었다.

밀턴은 분노에 몸을 떠는 인수를 피식 웃으며 바라봤다.

‘이까짓 것을 맹수라고? 농담이 지나치군.’

이를 바득바득 갈고 있는 강인수. 에리온은 그를 맹수라고 생각하는 모양이지만, 밀턴의 눈에는 그는 그냥 독기가 잔뜩 오른 새끼 고양이 한 마리 정도로밖에 보이지 않았다.

“어차피 너는 여기서 죽는다.”

“……!”

결국 참지 못한 인수는 내공을 끌어올려 분노의 일격을 날렸다. 어차피 싸워야 한다면 밀턴이 방심하고 틈을 보이는 지금을 헛되이 버릴 수 없었기 때문이다.

투웅!

일극은 방심하고 있던 밀턴의 가슴에 직격했다. 느낌으론 완전히 먹혀든 것 같았다. 그러나 밀턴은 잠시 움찔할 뿐, 전혀 타격을 입지 않은 얼굴로 인수를 바라보며 말했다.

"호오, 조금은 아프잖아?"

퍽! 퍽!

밀턴이 반격을 가했다. 한순간 번갯불이 머리를 후려친 것 같았다. 맞은 것은 확실한데 어떻게 공격당했는지를 몰랐다. 아찔한 충격에 당혹해하는 것도 잠시, 인수는 복부를 걷어차이고 2m는 나가떨어졌다.

털썩.

"으윽!"

뒤로 나동그라진 상태에서 재빨리 몸을 일으켰지만 다리가 풀려서 몸이 휘청거렸다. 점심때 먹은 게 올라올 것 같았다. 입에선 피 맛이 진하게 느껴졌다. 어디 부러지지 않은 것만으로도 다행이었다. 자신도 모르게 미약한 양이나마 내력으로 충격을 완화시켰던 덕분이다.

그러나 상황은 절체절명으로 몰려가고 있었다. 아까 당했던 왼팔이 뜻대로 움직이지 않았다. 게다가 출혈이 멈추지 않았다. 밀턴은 승기에 젖어 웃고 있었다.

"쉐도우 페이즈는 쓸 필요도 없겠군."

힘의 차이가 너무 컸다. 그러나 괴성을 지르며 인수는 다시 덤벼들었다.

"으아아!!"

분노에 이성을 불태우며 이미 바닥을 보이기 시작한 내공을 아낌없이 쏟아 붓는다. 그러나 죽일 각오로 전력을 쏟았음에도 차이를 좁히기엔 역부족이었다.

인수가 굼벵이로 보이는 듯 밀턴은 너무나도 쉽게 공격을 읽고 피해냈다. 게다가 반격은 인수의 눈에 잡히지도 않았다.

퍼버벅!

머리를 친 것은 왼손인가, 오른손인가? 어쩌면 발차기일 수도 있다. 너무 빨라서 보이지 않았으니 뭐에 맞았는지 알 수도 없었다. 입술이 터져 나가고 선혈이 허공에 비산했다. 전신을 둘러싼 미약한 내공의 호신기공을 비웃듯 밀턴의 공격은 뼛속까지 타격을 입히고 있었다.

인수의 오른쪽 눈이 피에 물들었다. 붉게 물든 시야에 밀턴이 붉은 안광을 빛내며 조롱하는 미소를 짓는 게 보였다. 그리고 흐릿한 잔상을 남기며 주먹이 다가서고 있었다.

'움직여야… 한다!'

그러나 다리는 이미 힘이 풀려 버렸다. 상처 입은 왼팔은 이제 감각이 느껴지지도 않았고, 납덩이처럼 무겁다.

퍼퍼퍽!

의식에 충격이라는 이름의 번개가 쇄도하고 있었다. 인수는 이제 무력한 인간 샌드백이나 마찬가지였다.

퍼억!

가슴을 울리는 강렬한 타격과 함께 몸이 뒤로 튀어 날았다. 허공을 가르고 이내 콘크리트 돌담에 처박혔다.

쿵!

인수가 보통의 인간이었다면 그 충격만으로도 전신의 뼈가 아작 나 즉사하고도 남았을 것이다.

다행이 죽진 않았지만 몸을 일으킬 수가 없었다. 인수는 바닥에 쓰러진 채로 붉은 피를 울컥 토해냈다. 의식이 멀어져 갔다. 절망이라는 이름의 암운이 무의식과 손잡고 정신을 지배해 갔다.

'젠장… 이길 수… 없어…….'

추하게 쓰러져 인수는 멀어져 가는 정신의 끈을 놓아가고 있었다. 태어나서 처음 맞는 패배이련만 너무나도 압도적인 차이로 인한 패배. 거의 죽음에 근접한 패배였다. 눈물이 흘러나왔다. 그리고 구원을 바랐다.

"아버지……."

그러나 이렇게 절묘한 타이밍에 아버지가 돌아올 가능성은 한없이 제로에 가깝다. 인수는 자신을 짓밟는 밀턴의 발을 무력하게 바라볼 수밖에 없었다.

퍼격!

척추를 인정사정 보지 않고 짓밟는 밀턴의 발. 그러나 고통마저 느껴지지 않을 정도로 인수는 망가져 있었다. 아직도 끈질기게 의식이 유지되는 것이 원망스러울 뿐이었다.

'죽고 싶지… 않아. 힘… 이… 필요해. 힘이… 필요해…….'

조금이라도 힘이 있었다면, 자신이 이렇게 약해 빠지지만 않았다면, 무극신공이 3성 이상에 올랐더라면, 그렇다면 이 토록 머저리같이 당하고 있진 않을 것이라고 생각하며 인수는 간절히 소원했다.

'저놈을… 죽일 수 있는… 힘이 필요해!'

에리온은 밀턴의 압도적인 강함에 처참하게 당하고 있는 인수를 바라보며 중얼거렸다.

"일어서. 일어서서 네 본성을 보여. 그렇지 않으면… 죽고 말걸?"

그리고 광기가 번들거리는 눈동자로 인수를 지켜봤다.

"크하하! 인간치고는 꽤 단단한 몸을 지녔구나! 확실히 끈 질기긴 하군! 힘들긴 힘들구나!"

야족의 광기를 터뜨리는 밀턴의 발길질은 인수를 엉망진 창으로 만들고 있었다. 인수의 심장은 최후를 인지한 듯 미칠 듯한 속도로 박동했다.

두근! 두근! 두근!

'힘이… 필요……'

그러나 결국 끈질기게 버티고 있던 인수의 의식이 완전히 사라졌다. 그와 동시에 심장도 한계에 달하고 모든 힘을 소진 한 듯 박동을 정지했다.

두근! 두근! 뚝……!

"이런, 결국 죽어버렸군."

싱겁게 웃으며 밀턴은 심장 박동이 정지한 인수를 버러지 바라보듯 보았다. 그리고 내심 생각했다.

'시험을 하고 싶다고 했으면서 결국 이렇게 죽이게 만들다니, 원수라도 졌던 것인가?'

상당한 돈을 들여서 한 인간을 절망으로 몰아넣고, 결국은 이렇게 죽게 만들다니 밀턴으로선 에리온이라는 존재의 진의가 무엇인지 이해가 가지 않았다.

그러나 결과가 어떻게 되었든 이걸로 그들이 애초에 약속했던 거래는 끝났다. 그렇게 생각하며 밀턴은 등을 돌리고 발걸음을 옮겼다.

하지만 그때, 무언가 변화가 일어나기 시작했다. 완전히 심장이 멈춘 상태에서 인수의 몸이 약간의 경련을 보였다. 너무 미약한 경련이라 밀턴이 눈치를 채지 못할 정도였다.

우드득! 우둑!

그리고 이어지는 뼈가 마찰하는 소리. 엉망진창으로 부서진 뼈가 자석의 양극에 이끌리듯 본래의 위치로 움직였고, 순식간에 접합되었다. 충격에 터지고 찢어진 신경 다발이 이어지며 인수는 기적 같은 회복, 아니, 부활을 경험하고 있었다.

'드디어!'

에리온은 때가 왔다며 기뻐했지만 밀턴은 뒤늦게야 이상을 눈치 챘다.

"응?"

어느 틈에 인수가 일어나 있었다. 엉망진창으로 당해서 입고 있던 옷이 찢어지고 피에 젖은 꼴로 몸을 일으킨 상태였다. 그럼에도 심장은 여전히 멈춰 있었다.

"죽었을 텐데……?"

올해로 삼백 년이 넘는 세월을 세상의 어둠 속에서 살아온 밀턴이건만 상식 밖의 상황에 당혹해하지 않을 수 없었다. 심장이 멎은 것을 확인하였으니 몸을 일으킨다는 것은 절대 불가능하지 않은가?

그러나 불가능을 벗어나서 인수는 부활하였고, 이내 몸을 일으켰다. 감겨 있던 눈동자를 덮고 있는 눈꺼풀이 들리고, 피에 젖은 눈동자가 모습을 보인다. 안면에 낭자한 피가 섞여 들어가서일까? 홍채가 인간이 아닌 야족마냥 붉은빛을 띠고 있었다.

의식은 전혀 회복하지 않았지만, 인수는 믿을 수 없는 회복력으로 눈에 보일 정도로 부상을 회복하며 무의식의 상태에서 밀턴에게 다가서고 있었다.

'설마……?'

의식이 없는 인수의 안구에서 핏빛 흉광이 번득였다.

"맹수는 상처 입은 다음이 진짜라는 것을 명심해요."

에리온의 말을 다시 떠올릴 때쯤, 밀턴은 아찔한 충격에 더 이상 생각을 진행하지 못했다.

퍼억!

무언가가 밀턴의 머리를 후려쳤다. 뒤로 몇 발짝이나 밀린 밀턴은 충격에 움찔하기도 했지만 어느 틈에 맞았는지 전혀 느끼지 못함에 경악했다.

"킥킥킥."

분명 의식은 없을 터. 살아 움직이는 것부터가 이상한 인수는 밀턴의 코앞에서 붉은 광기를 번득이며 웃고 있었다.

"이것이 감히!"

치욕을 느낀 밀턴은 손을 섬전처럼 휘둘러 건방진 인간을 해치우려고 했다. 그런데 아까까지는 전혀 막아낼 엄두를 못 내던 인수의 몸은 너무나도 간단히 공격을 피해냈다. 그리고 무언가가 밀턴의 몸을 가격했다. 인수의 주먹이 밀턴의 복부를 후려갈긴 것이다. 밀턴의 눈에 전혀 보이지 않을 속도로 말이다.

쾅!

그것은 이미 타격음이라고 정의할 소리가 아니다. 대기가 지나친 충격에 귀가 터져 나갈 것 같은 굉음을 울렸다.

"커억!"

밀턴은 안구가 뽑혀 나올 것만 같은 충격에 입을 벌리고 허리를 숙였다. 그 파괴력은 아까 인수가 사용했던 무극신공의 일극과는 차원이 달랐다. 그러나 특별한 기술을 사용한 것도 아니고 기교나 내공을 응용한 것도 아니다. 그저 무지막지한 힘으로 타격했을 뿐이다.

파괴력만 무지막지한 것이 아니었다. 속도는 그보다 더했다. 영점 몇 초의 세계에서 상상도 못할 속도로 좌우를 오가는 인수의 신형은 밀턴의 눈에 잡히지도 않았다.

"퍽! 퍼퍽!

처음은 왼쪽, 그다음은 오른쪽. 밀턴의 반사 신경과 인지력을 초월한 속도로 타격이 연속된다. 첫 공격에 왼쪽으로 팅겨나간 밀턴은 어느 사이 왼쪽에서 기다리고 있던 인수의 공격에 다시 오른편으로 날아가 담벼락에 처박혔다.

쿵!

처박힌 담벼락에서 흙먼지가 피어오르고, 콘크리트와 벽돌로 이루어진 담벼락에 균열이 갔다. 파괴력이 얼마나 막강한지는 당하고 있는 밀턴만이 이해할 것이다.

"크아아악!"

선혈이 낭자한 모습으로 밀턴이 몸을 일으켰다. 오른팔이 기괴한 방향으로 꺾여서 뼈가 피부를 뚫고 튀어나왔다. 그의 자신만만한 표정은 이미 흔적도 없이 사라졌다.

우드득!

부러진 뼈를 살 속으로 억지로 밀어 넣은 밀턴은 고통에 얼굴을 찌푸리며 회복을 기다렸다. 칠황의 혈족 특유의 강인한 회복 능력으로 오른팔은 다시 회복되었으나, 밀턴의 자존심은 처참히 무너져 내리고 있었다.

"킥킥킥."

어린애마냥 즐거운 얼굴로 인수는 웃는다. 그리고 천천히 궁지에 몰린 밀턴에게 다가섰다.

‘혹시 했지만… 이놈은 그냥 인간이 아니었던 말인가!’

밀턴은 이제 상대가 평범한 인간이 아니라는 것을 여실히 깨달을 수밖에 없었다. 붉은 눈동자로 돌변한 것만 보더라도 인수에게 야족의 피가 활동하고 있다는 것은 자명했다.

에리온은 분명 처음부터 이걸 알고 있었다. 이런 상황을 처음부터 예측하고 있었으면서도 자신에게 이야기해 주지 않았다는 걸 깨달은 밀턴은 에리온에게 분노하면서도 필사적으로 머리를 굴려서 강인수라는 남자의 정체를 생각했다.

야족은 총 열두 종이지만, 행방불명된 지 오래인 데다가 혈족을 전혀 만들지 않는 일황, 이황, 삼황을 제외한다면 활동하고 있는 야족은 총 아홉 종이다.

종마다 차이가 있긴 하지만 야황의 아래에 순혈의 야족이 있고, 그 아래에 피를 물려받은 종자들이 있는 것이 대체적인 야족의 세력이라고 한다면, 강인수라는 남자의 힘은 거의 순혈의 힘을 넘어서는 듯했다. 칠황의 순혈계인 밀턴의 힘을 압도하고 있었던 것이다.

‘아시아계의 야황은… 오황과 구황, 십일황인데… 그럴 리는 없다!’

기억을 되짚어가며 대상을 좁혀봤지만, 인수가 어느 종의 순혈급 야족이라고 확신할 순 없었다. 다른 종이라도 순혈급 정도의 야족이라면 이름이나 얼굴 정도는 다들 알고 있었으니까.

‘더군다나 기를 사용할 수 있었다는 건 인간과의 혼혈이라

는 것인데… 그럴 리가?! 그건 사천 년의 야족 역사에 단 한 번도 성공하지 못했던 일이거늘……!'

생각할 틈은 길지 못했다. 인수는 킥킥거리며 다가와 상상을 초월하는 속도와 괴력으로 밀턴을 공격하기 시작했기 때문이다.

뻐버벅!!

규칙이나 절도 따윈 찾아볼 수 없는 인수의 무자비하고 무식한 공격. 그럼에도 너무 막강해서 밀턴은 세 번의 공격 중에서 겨우 하나를 막아내는 정도였다. 하나하나가 뼈를 끊어버릴 듯 강맹하였기에 근접전은 도무지 엄두가 나오지 않았다.

밀턴은 결국 최후의 수단을 동원할 수밖에 없었다. 비장의 기술인 쉐도우 페이즈를 사용하는 것이었다.

파파파팟!

순혈의 야족이 펼치는 사술의 위력은 종자 녀석들과는 차원이 달랐다. 겨우 서네 개의 그림자를 사용하던 종자들에 비하면 그는 거의 스무 개에 가까운 그림자를 부리고 있었다.

쏟아져 내리는 빗줄기처럼 상하좌우, 사방팔방에서 그림자가 인수를 덮쳤다. 그러나 인수는 빠른 속도로 틈을 피해가며 그 사정권에서 벗어났다.

"놓칠 성싶으냐!"

밀턴의 주변뿐만이 아니라 근처 그늘진 곳에서도 쉐도우 페이즈의 칼날이 날아들었다. 인수는 엄청난 속도로 움직이며 동물적인 반사 신경으로 잘 피해내고 있었지만, 쉐도우 페이즈는 소나기처럼 쏟아지고 총알처럼 쏘아지며 그를 노리고 있었다.

고래 싸움에 새우 등 터진다고, 그 여파에 바닥에 전투 불능 상태로 누워 있는 두 야족이 괴성을 지르며 처참하게 최후를 맞았다. 그리고 거미줄처럼 사방을 뒤덮은 몇 줄기의 그림자가 인수의 몸을 뒤덮었지만, 인수는 거치적거린다는 듯 손을 휘둘렀다.

파팍!

불꽃이 튀며 그에게 닥친 몇 줄기의 그림자는 단숨에 뜯겨 나갔다. 콘크리트도 젤리마냥 잘라 버리는 그림자들이 겨우 손짓 한 번에 힘을 잃고 사그라지는 것을 보며 밀턴은 할 말을 잃었다.

"이노오옴!!"

전력을 다한 쉐도우 페이즈가 인수의 몸을 둘러쌌다. 삽시간에 불어난 어둠이 모든 것을 잠식하듯 그의 몸을 감쌌고, 그것은 이내 레몬을 쥐어짜듯 엄청난 압력으로 압축되기 시작했다.

"크하하핫!"

밀턴은 승리를 확신했다. 기술의 위력을 맹신한 그는 이제 게임은 끝난 것이나 마찬가지라고 생각했다.

그러나 그것은 그의 착각일 뿐이었다.

뼈 한 조각, 피 한 방울 남기지 않을 기세로 응축되던 어둠의 덩어리가 돌연 경련을 일으켰다. 그리고 마치 탈피하는 벌레의 고치마냥 쉐도우 페이즈의 그림자들은 반으로 찢어 발겨져 허공에 흩날렸다. 다시 모습을 드러낸 인수는 기이할 정도로 붉게 빛나는 눈동자로 킥킥거리며 비웃듯 웃고 있었다.

"도대체… 정체가 뭐야?!"

설령 야황이라고 하더라도 고밀도로 압축된 쉐도우 페이즈를 이렇게 간단히 찢어발길 수는 없다. 칠황의 혈족들이 4,000년의 세월 동안 쉐도우 페이즈로 어둠 속에서 군림해 왔음은 누구도 부인할 수 없는 것이 아니던가!

그러나 그 역사를 인간도 아니오, 야족도 아닌 정체불명의 강인수라는 존재에게 부정당한 것이다. 밀턴의 마음은 경악과 분노, 그리고 의문이라는 감정에게 장악되고 말았다.

"설마 저 녀석은……."

혹시나 하고 밀턴은 최악의 상황을 가정해 봤다. 그러나 금방 그런 생각을 버렸다. 말이 안 되기 때문이다.

하지만 그 생각을 버리자마자 밀턴은 자신이 생각했던 바로 그 '최악'의 상대와 직면했다는 것을 뼈저리게 깨닫게 된다.

파팟!

'무언가'가 밀턴의 가슴을 스치고 지나갔다. 그것이 무엇인지 알았을 때엔 이미 화살처럼 밀턴의 가슴을 가르고 피가 뿜어져 나온 뒤였다.

"쉐도우… 페이즈……?!"

놀랍게도 그건 밀턴이 일으킨 것이 아니라 인수가 일으킨 것이다. 수십, 아니, 수백 줄기에 육박하는 쉐도우 페이즈의 칼날이 밀턴을 향해서 날아들고 있었다. 놀라다 못해서 망연자실한 표정으로 밀턴은 자신에게 다가서는 죽음의 그림자를 바라보고 있을 수밖에 없었다.

'나는… 제물이었던가?'

푸푸푸푹!

압도적인 숫자의 그림자 칼날에 밀턴의 전신이 낭자당했다. 그가 아무런 저항 없이 공격을 당했던 것은, 그 위력이 자신이 사용할 수 있는 쉐도우 페이즈의 수준을 훨씬 벗어났기 때문이기도 했다. 맹수의 앞에 서서 떨고 있는 힘없는 초식동물처럼 그는 무력하게 맹수의 이빨에 저항을 포기한 것이다.

"너는… 역시… 이……"

겨우 목숨이 붙어 있는 밀턴이 떨리는 목소리로 말했지만, 그 말은 끝까지 이어지지 못했다.

촤악!

인수로부터 뻗어 나온 쉐도우 페이즈가 그의 전신을 헤집고 들어가 폭발하듯 밀턴의 사지를 찢어발겼다. 산산이 분해되어 버린 그의 몸은 피보라를 뿌리며 주변으로 널브러졌다. 아무리 재생력이 뛰어난 칠황의 순혈을 이은 괴물이라 하더라도 이렇게 되면 절대 회복할 수 없을 것이 분명했다.

이윽고 밀턴의 사체에서 붉은 혈무(血霧)가 피어올랐다. 바닥에 가라앉지 않고 연기처럼 농밀하게 피어오른 혈무는 근처에 서 있는 인수에게 향했다. 사그라지는 쉐도우 페이즈의 그림자와 함께 혈무는 인수의 피부를 뚫고 들어가 하나가 되었다.

"크아아아!!"

그는 위험한 맹수처럼 위협적인 소리를 터뜨렸다.

이제 이곳엔 보통의 사람들처럼 평범하게 살고자 했던 청년. 음악이 좋아서 밴드를 만들고 음악 활동을 했던 청년 강인수의 모습은 없었다. 상처 입고 무의식 속에서 본능을 따라 움직이는 맹수가 있을 뿐이었다.

아까보다 더욱 붉어진 눈동자로 엉망진창이 된 공터에서 울부짖는 인수에게 방해꾼이 끼어들었다. 지금까지 몰래 지켜보고 있던 에리온이 나타난 것이다.

"거기까지 하도록 하지요."

돌연 나타난 에리온이 말했지만, 이성이 없는 맹수나 마찬가지인 인수가 그 말을 고분고분 들을 리 만무하다. 상대가 누구든 분노에 사로잡힌 인수는 붉은 눈동자를 빛내며 달려들었다.

수십 줄기의 쉐도우 페이즈와 함께 인수는 에리온에게 덤볐다. 그러나 아쉽게도 밀턴과 에리온은 차원이 다른 상대였다.

"역시 지금은 말귀가 안 통하는군요."

콰앙!

붉은 섬광이 인수에게 작렬한다. 그것이 에리온의 마법. 차원이 다른 공격에 인수는 일격에 피를 흩뿌리며 나가떨어졌다.

노릇노릇 고기 굽는 냄새가 나고, 만신창이가 된 인수의 몸에서 김이 모락모락 피어올랐다.

"음… 너무 심했을까? 정말로 죽어버리면 안 되는데……."

에리온이 살짝 우려의 말을 했지만 인수는 놀랍게도 다시 몸을 일으켰다. 검게 탄 살이 허물 벗듯 떨어져 나오고 엄청난 속도로 재생되는 게 보이자 에리온은 만족스럽게 웃었다.

"당신이랑 실랑이를 해봐야 얻을 게 없고… 이만 잠들어 줘야겠어요. 나의 계획엔 당신이 꼭 필요하니까."

그리고 에리온은 정신계 마법을 사용했다. 고룡이나 되는 존재가 사용하는 마법이니 수인을 맺는다든지 주문을 외우는 등의 행위 대신 시동어 하나면 충분했다.

"슬립!"

마법이 효과를 발휘하자 끈을 잃어버린 꼭두각시 인형처럼 인수는 순식간에 정신을 잃고 바닥에 쓰러졌다. 그와 동시에 선명했던 붉은 눈동자는 검은빛으로 돌아갔고, 멈춘 상태의 심장이 다시 박동했다.

두근! 두근!

어린아이처럼 잠든 인수. 에리온은 그에게 다가서며 말했
다.
"그럼 이제 돌아가죠. 우리의 고향 벨크레아로."

CHAPTER 2
미치광이의 계획

BLAST

강인수가 눈을 뜬 곳은 생경한 곳이었다.

"여기는 어디지?"

특이한 방이었다. 창문이 없어서 전혀 통풍이 될 것 같지 않았고, 형광등이나 전구가 아니라 광채를 뿌리는 신기한 돌이 조명 역할을 하고 있었다. 회색 돌벽으로 이뤄진 방에는 도배도 되어 있지 않았고, 가구는 특이하게도 나무 같은 것으로 되어 있기보다 석재를 정밀하게 세공한 것들이 전부였다. 살풍경하다는 말이 이렇게 어울리는 장소는 아마 없을 것이다.

그는 딱딱해서 쿠션감 없이 불편한 침대에서 몸을 일으켰다. 얇은 천이 덮인 침대에서 냉기가 전해오는 걸 봐서 돌 같은 것을 깎아서 만든 모양이었다.

"여봐요! 누구 없어요?!"

누군가 사람이 살긴 하니까 이렇게 꾸며놓은 것일 텐데, 한참을 그렇게 소리쳐도 아무런 반응이 없었다. 밖으로 나가려고 입구를 찾아보려 해도 두터운 돌에 가로막힌 입구가 있을 뿐이었다.

"젠장, 뭐야?"

중얼거리며 일단 인수는 침대에 앉았다. 딱딱하고 차가운 돌덩어리니 침대라기보단 침상 정도가 더 어울릴 것이다.

가만히 앉아서 그는 자신이 어째서 여기에 있는지 이유를 생각해 보았다. 이곳으로 옮겨오기 전에 일어났던 일들을 하나하나 떠올려 보았지만 여기 있는 이유는 통 떠오르지 않았다.

자신의 집에 불을 지른 야족들. 그들을 뒤쫓아서 싸우고, 근래에 일어난 모든 사건의 주범인 야족과 싸우다가 만신창이가 될 정도로 당했던 것. 거기까지는 명확하게 기억났다. 그러나 기억하는 것은 거기가 끝. 자신이 그 후 엄청난 회복 능력으로 부활했던 것과 밀턴을 해치웠던 기억은 없었다. 그건 무의식 상태에서 일어난 일이었으니까.

'혹시 나는 죽은 건가? 그러면 여기는… 설마 저승? 듣던 것과는 다르군. 만약 사후 세계가 있다면 좀 더 거창한 장소일 거라고 생각했는데……'

분명 밀턴이라는 야족에게 처참하게 당했었다. 온몸이 성하지 않을 정도로 당했고, 뼈도 몇 군데 부러지지 않았던가? 죽었다 하더라도 이상하지 않을 정도다. 살아남았더라도 몇 달은 병원 신세를 져야 할 텐데, 지금의 몸 상태는 그런 일이 일어나지 않았던 것처럼 멀쩡했다. 그러니 그런 의심을 할 만도 했다.

그러나 인수는 그런 생각을 금방 접어버렸다. 볼을 꼬집으면 아프고, 다리도 붙어 있으며, 그림자도 제대로 생기고 있다. 아이고, 내가 죽어버렸구나~라고 한탄할 정도로 인수는 섬세한 성격이 아니었다.

"그건 그렇고, 신기한 곳이군. 지구에 이런 곳이 있었나?"

인수는 대기에 가득한 기를 느끼며 놀랐다. 기이할 정도로 충만한 기의 밀도가 너무나도 놀라웠다.

그걸 깨닫자 이번에는 벌컥 겁이 났다. 확실히 명산으로 알려진 곳이나 산업화가 덜 진행되어서 자연 환경이 온건하게 남아 있는 곳에선 그나마 기의 밀도가 높다고 들었지만 그래도 인수의 경험엔 그 나물에 그 밥이고, 지금 이곳의 밀도와는 천지 차이였다. 그렇다면 도대체 여기는 어디란 말인가? 한국이 맞긴 하는지 의심스러웠다.

안절부절못하며 긴장하고 있는 사이에 방문자가 나타났다.

쿠르르, 덜컹!

입구를 막고 있던 커다란 바위가 기계 장치에 의해 움직이며 한 소녀가 모습을 드러냈다.

'저 애는 뭐야? 금발도 아니고 은발……?'

인수는 그 소녀가 누군지 전혀 짐작하지 못했지만, 소녀는 두말할 것도 없이 이 모든 일을 뒤에서 계획한 에리온이었다.

"일어났군요."

인수는 물어볼 사람이 나타났다는 생각에 반가워하면서도 소녀의 정체가 이해되지 않아서 잠시 어리둥절했다.

"일단 초면이니 인사부터 해야겠지요. 저는 에리온이라고 합니다."

에리온은 제법 예의를 차려서 말했다. 인수는 얼떨결에 인사를 받고 물었다.

"에리온? 음… 그건 아무래도 좋아. 여긴 어디야? 내가 어째서 여기 있는 거지?"

"그것보다 일단 뭔가 먹지 않겠어요?"

"여기가 어딘지부터 대답해 줘."

그러나 에리온은 웃으며 다시 식사를 제의했다.

"여긴 나의 보금자리입니다. 일단 자세한 것은 식사를 하면서 이야기하죠. 당신도 며칠 동안이나 일어나지 못했으니 배가 고플 텐데요."

"좋아."

영문은 모르겠지만 당장 악의는 없는 것 같았기에 인수는 에리온을 따라서 밖으로 나왔다.

밖의 풍경은 방과 비슷한 색감의 돌을 조형한 형태로 이루어져 있었는데, 석회동굴 같은 자연의 구조물을 개조한 것 같았다. 통로 주변에 가득한 석상의 문양과 정교함, 화려함도 대단했지만, 그 규모의 웅장함은 더더욱 놀라웠다.

통로와 각종 구조물을 지나 넓은 홀이 나왔고, 그 한 켠에 식사가 준비되어 있는 식탁이 있었다. 식탁 위에는 생소한 형태이지만 꽤 향긋하면서도 푸짐해 보이는 갖가지 요리들이 기다리고 있었다.

"앉으세요."

돌로 된 의자를 겨우 끌어서 앉자, 에리온은 식사를 권했다. 그러나 허기보다 궁금증이 컸다.

"그보다 이야기부터……."

"…내가 먹으라면 먹어요. 때가 되면 이야기해 줄 테니까."

생긋 웃는 미소 뒤에 살기를 숨긴 말이었다. 인수에겐 당장 먹지 않으면 죽여 버리겠다는 것이나 마찬가지로 들렸다.

'어린애 주제에 이 위압감은 뭐야?'

어린 소녀를 상대로 겁을 집어먹었다는 게 자존심이 상하긴 했지만, 인수는 어쩔 수 없이 일단 식사를 시작했다.

음식은 꽤 공들여 만든 것 같긴 했지만 느끼한 편이라 인수의 입맛에 맞지 않았고, 살얼음판 위에서 식사하는 것 같아서 입으로 들어가는지 코로 들어가는지 구별이 안 갔다.

식사 도중에 뭔가 말해주길 바라며 그는 에리온의 눈치를 봤지만 에리온은 천천히 식사하는 데에만 열중했고, 식사가 끝날 때까지 무엇 하나 말해주지 않았다.

"먹을 만했나요?"

"그럭저럭."

"다행이네요."

에리온은 부드러운 표정으로 인수를 물끄러미 바라봤다. 그 얼굴이 이젠 천진난만한 어린애처럼 보였기에 인수는 잠시 긴장을 풀었다. 이야기할 분위기가 되었다고 판단되자 인수는 질문을 시작했다.

"여기는 어디지?"

"당신이 살던 곳은 아니죠."

"무슨 뜻이야?"

"이곳은 지구와는 다른 차원의 세상입니다."

"다른 차원?"

예상하지 못했던 말에 인수의 안색이 파랗게 질렸다. 확실히 대기에 가득한 기의 분포가 확연히 달라서 조금 이상하다고 생각은 했지만, 아예 다른 차원의 세상이라는 건 무슨 말인가?

농담인지 진담인지 구별하지 못하고 혼란스러워하는 인수. 그는 곧 에리온의 얼굴을 바라보다가 그녀의 얼굴을 보았던 걸 기억해 냈다. 세 야족을 쓰러뜨리고 건너편 상가의 옥상을 보았을 때, 옥상에 서 있던 것은 밀턴 혼자가 아니었다. 옆에 작은 체구의 소녀가 서 있지 않았던가? 바로 밀턴이 공격해 왔기 때문에 생각하지 못했지만 그 소녀가 에리온임은 분명해 보였다.

"너… 그러고 보니 밀턴과 함께 있었지? 너도 밀턴과 한패였나? 그보다 다른 차원의 세상이라니 그게 무슨 말이야?!"

의자를 박차고 일어나 인수는 분노했다. 그러나 에리온은 조용히, 그리고 싸늘하게 경고했다.

"시끄럽군요. 죽기 싫으면 내가 말하고 있을 때는 닥치고 앉아 있어요."

적지 않은 살기와 위협을 담은 한마디. 그러나 인수의 성격에 거기서 굽힐 리가 만무했다.

"죽일 수 있음 죽여봐!"

펑!

말이 끝나기가 무섭게 에리온의 손에서 은색 빛줄기가 뿜어져 나왔고, 인수의 옆에 놓여 있던 석재 의자를 후려쳤다. 단단한 화강암으로 가공되어 있는 의자가 일격에 부서지다 못해 가루가 되어버렸다. 인수는 입을 떡 벌리고 의자를 바라보다가 결국 굽힐 수밖에 없었다.

에리온이라는 소녀가 야족의 밀턴과는 비교도 되지 않는 괴물이라는 것을 깨달았기 때문이다. 겁을 집어먹지 않을 수가 없었다.

"앉을게……."

순순히 따르자 에리온은 살기를 거뒀다. 그리고 본론으로 들어갔다.

"당신에 대해서 많이 조사했습니다. 어디서 태어났고, 어떻게 자라왔고, 또 뭘 하려고 했는지 열심히 조사했어요.”

“…그리고 나를 방해한 건가?”

“입 닥치라고 했을 텐데요?”

“…….”

인수는 이를 악물고 침묵을 지킬 수밖에 없었다. 할 수 있는 건 분노의 눈빛을 에리온에게 보내는 것이 전부였다.

“한 가지 궁금한 것이 있는데, 강인수 씨. 당신의 아버지… 강일은 어디에 있지요? 연락이 되고 있습니까?”

“…몰라.”

“말하기 싫어서 모른다는 겁니까 그게 아니면 정말 모르는 겁니까?”

“그 둘 다!”

에리온은 차가운 표정으로 인수를 바라보다가 계속해서 말했다.

“…크레아 대륙. 당신이 있는 지금 이곳의 이름입니다. 아버지에게 이곳에 대한 이야기를 전혀 듣지 않았습니까?”

“전혀 듣지 못했어.”

에리온은 강인수와 강일에 대한 이야기를 몇 가지 계속해서 물어봤지만, 인수는 성의있게 대답하지 않았다. 솔직히 말하자면 에리온이 물어보는 질문에 대답할 것이 없었다. 대부분 모르는 것이었으니까.

인수는 역으로 질문했다.

“넌 아무래도 인간은 아닌 것 같은데… 정체가 뭐지?”

"글쎄요. 때가 되면 말해주겠지만 지금이 그때는 아니군요."

"혹시 야족의 왕인 야황 중의 하나?"

"아니요. 그런 것들이랑 비교하면 서운한 걸요."

야황을 고작 '그런 것들'로 치부하다니……. 수수께끼 놀음이라면 신물이 났지만 인수는 진지하게 그 답을 생각해 보았다. 야황이 아니라면 외계인에서부터 설마 신(神)이 아닌지까지 질문해 봐도 고개만 저을 뿐이었다.

"본론으로 들어가겠습니다, 강인수 씨. 나는 당신에게 부탁할 것이 있어서 부득이 당신을 데리고 온 것입니다."

"부탁? 사람을 엉망진창으로 만들고 완전히 파멸시켜 버리는 게 부탁하는 사람의 태도야?!"

"그러면 강요로 바꾸죠."

"제멋대로군."

"이후의 즐거움은 많을수록 좋잖아요? 어찌 되었건 제가 시키는 일을 하겠다고 약속한다면 궁금증을 풀어드리죠."

"그럼 이번엔 네가 뭘 원하는지……."

에리온이 이야기를 끊었다.

"잠깐. 뭘 듣고 싶은지 알아요. 그렇지만 그전에 먼저 물어보고 싶은 게 있어요. 당신은 권력이 탐나지 않나요? 모든 인간에게 칭송받고 존경받는 그런 위대한 인물로 남고 싶지 않느냐는 겁니다."

뜬금없는 유혹에 인수는 고개를 갸웃하며 되물었다.

"무슨 뜻이지? 도대체 지금 그런 이야기를 꺼내는 이유가 뭐야?"

　에리온은 대답하기 전에 미소 지었다. 그리고 상냥해 보이는 미소 뒤편에 번득이는 안광과 함께 천천히 속내를 드러내기 시작했다.

　"영웅을 찾고 있어요. 그 역할에 당신이 적격이라고 생각하고 있습니다. 재능이라는 면에 있어선 누구보다 보장되어 있는 당신의 자질을 원해요."

　재능이니 자질이 어쩌고 하는 이야기야 아버지에게도 들어왔던 것이니 그렇다고 치더라도, 영웅이라는 말이 조금이나마 솔깃하게 들리긴 했다. 그러나 무턱대고 '나 영웅이 되어보고 싶어요' 라고 말할 수는 없다.

　이어서 에리온은 상세하게 이야기를 들려줬다.

　"이 세상의 과거, 신마대전이라는 큰 전쟁이 있은 후로부터 나를 포함한 우리 종족은 이 세상의 조율을 맡고 있습니다. 신께서 균형을 맞추는 저울추로서 사명을 정해주셨지요. 그러나 세상의 일부분으로 존재하여야 할 인간들이 갈수록 그 균형과 조화를 깨고 있지 뭐예요?"

　에리온은 지구에서 인간의 손에 유사 종족들이 멸망하고 조율이 실패한 경우를 예로 들며 인간이라는 종족에 대한 문제점에 대해서 한참을 늘어놓기 시작했다. 긴 이야기였지만, 대체적으로 번영하기 시작한 인간의 문화에 대한 적개심을 담은 이야기였다.

　인간들에게 무너지는 자연환경과 그에 따라서 희박해지는

기(마나). 그로 인해서 많은 종족은 세월이 갈수록 하나하나 개체가 줄어갔고, 결국 지구에서 인간에게 멸종당한 수많은 동물처럼 역사에서 자취를 감춰갔다는 것이 그 이야기의 핵심이었다.

극도로 억누르는 것처럼 보였지만 에리온은 군데군데 인간에 대한 증오의 감정을 내비쳤다.

'지금… 나한테 무슨 이야기를 하려는 거지?

인수도 같은 인간들이 얼마나 환경을 황폐하게 만들며 번영했는지 정도는 알고 있다. 하지만 그 역시 인간인데 이런 이야길 들려주는 이유가 뭔지 이해가 가지 않았다.

"인간이란 대단해요. 사실 여기도 비슷하게 진행되고 있지 뭐예요? 인간은 날로 급진적이고 놀라운 속도로 발전하고, 그로 인해서 이미 수많은 종족을 멸망시키고 자신들을 위해서 환경을 무너뜨리고 있지요."

"……."

"요즘은 솔직히 균형을 맞추기가 힘들어요. 실패하고 있지요. 가능하다면 우리가 본신의 힘을 이용해서 저울추에 어긋나는 형태의 종족들을 직접 쓸어버리면 되는 것이지만… 우리가 손댈 수 있는 것은 제약이 심해요. 직접 나라를 멸망시키고 학살을 감행했다가는 신께서 우리의 행위를 용납하지 않으실 테니 그럴 수도 없고……."

"학살……."

에리온은 혼자서 주장하는 이야기를 드래곤의 모든 의견

인 것처럼 포장했다.

"수많은 시행착오의 결과, 이견은 많지만 나는 개인적으로 인간을 제어하고 무너뜨릴 수 있는 것은 같은 인간밖에 없다고 보고 있어요. 이를테면… 같이 죽이고 죽는 인간 간의 전쟁이 가장 좋은 형태죠."

에리온의 이야기는 점점 광기를 띠고 있었다.

'그렇다면……?'

불길한 예감이 들었다. 에리온이 인간을 탐탁지 않게 생각하고 있는 것은 알겠고, 서로 죽이고 죽이며 무너뜨리길 바란다는 것도 마찬가지다. 직접 손을 쓰고 싶어도 그것이 불가능하다면 대행자를 원한다는 것이 아닌가?

그것도 인간을 처벌하고 무너뜨리는 대전쟁의 학살자라는 존재로서 말이다.

놀라며 일그러지는 인수의 얼굴을 보며 에리온은 웃었다. 그 얼굴 표정이 사이하게 느껴지는 것은 인수의 착각이 아닐 것이다.

"이미 짐작한 모양이군요. 오랫동안 생각해 왔지만 당신 이상의 적임자가 없습니다."

결국 인수는 우려하던 그대로의 전개에 말을 잃었다.

"전쟁을 일으키고, 그 선두에 서서 한바탕 이 세상을 뒤엎어주세요. 도시를 불태우고 문화에 불을 지르는 정복 전쟁의 핵심이 되는 거예요. 그게 당신의 세상에서 흔히들 찾아볼 수 있는 영웅이잖아요? 그러기 위한 준비도 하고 있고."

“……”

“인수 씨라면 이해할 수 있겠죠? 당신도 어차피……”

“뭐? 이해? 인간을 몰락시키는 걸 내가 이해한다고?!”

반쯤 절규하듯 소리치며 말했지만 에리온은 낯빛 하나 바꾸지 않고 말했다.

“그런 의미에서 당신은 제 계획의 집행자로서 부족함이 없어요. 시대를 잘못 타고났지만 그 누구와도 비할 수 없는 재능을 지녔으니까요.”

그 덤덤한 표정을 바라보고 있자니 울컥 하고 인수의 속에서 뭔가가 치밀어 올랐다.

“전쟁을 일으켜서 수많은 사람을 학살하고… 문화를 퇴보시키는 미치광이가 되라고 강요하려는 거야?! 그건 영웅 따위가 아니라 미친 학살마나 마찬가지인데?!”

거부 반응을 보이는 것을 예상했는지 에리온은 싸늘하게 말했다.

“강요시키려는 것이 아니라 강요하는 겁니다.”

으드득!

인수의 이가 갈리고 눈에서 불똥이 튀었다. 아무리 인간이 아니라 하더라도 인간과 똑같은 모습을 하고서 어떻게 저런 말도 안 되는 이야기를 태연히 입에 담는단 말인가? 그리고 도대체 어떤 정신으로 자신이 거기에 협조하리라고 믿고 있는지도 의문이었다.

“내가… 협조할 거라고 생각하나? 어떻게 그런 걸 당연하다는 듯 말할 수 있지?"

인수는 에리온의 시선을 정면으로 마주 봤다. 어느새 처음의 친절은 온데간데없이 에리온의 시선도 피를 얼릴 듯 싸늘하게 변해 있었지만 인수는 물러서지 않았다.

"인간도 아니면서 인간 흉내를 내는 주제에… 인간인 나에게 그런 말도 안 되는 걸 시킬 생각이야?!"

에리온은 피식 웃으며 말했다.

"흉내요? 어머, 그건 당신이나 나나 피차 마찬가지 아닌가요?"

"무슨 말을……?"

"어쨌건 그때도 말했듯… 하게 만들 겁니다."

"……!"

"순순히 따랐으면 참 좋았을 텐데 조금 아쉽네요. 그러나 뭐, 그래도 상관은 없어요."

인수는 본성을 드러내고 다가오는 에리온을 무력하게 바라볼 수밖에 없었다.

"내가 시키는 대로 해줄 꼭두각시가 되어줘야겠어요."

인수가 거부하기 시작하자 에리온은 태도를 싹 바꿨다. 차가운 돌로 조각된 의자에 인수를 꽁꽁 포박하여 자유를 빼앗고 협력하길 강요한 것이다.

처음엔 만인이 인수를 찬양하고 받들도록 하겠으며, 무한한 권력과 끝없는 쾌락을 만끽하게 해주겠다고 유혹했지만

그 아래 시산혈해(屍山血海)가 깔려 있음을 아는 이상 제대로
된 정신을 지닌 사람이라면 설득당할 리 없다. 애초에 그걸
납득시켜 보려고 했던 에리온의 발상이 이상했다.

"아직 늦지 않았으니 마음을 돌리는 게 어때요? 후회할 텐
데요?"

비아냥이 섞인 에리온에게 인수는 꽁꽁 묶인 상태에서도
눈을 부라리며 소리쳤다.

"내가 미쳤다고 그런 학살마가 될 것 같나!"

"호호홋! 하긴, 솔직히 이제 와서 하겠다고 믿기 힘들 것 같
긴 해요. 그냥 애초부터 이럴 걸."

"엿이나 먹어, 개자식아! 죽어도 그런 짓은 못해!"

그 말에 생글거리며 비아냥거리던 에리온의 얼굴이 순간
광기에 가까운 살의를 흩뿌리며 인수를 노려봤다.

"그럼… 죽을래요?"

"……."

"죽여도 되는 겁니까?"

대답 여하에 따라서 아무렇지도 않게 목숨을 가져가겠다
는 표정이었다. 힘의 차이는 상상을 초월했다. 에리온이 그럴
마음만 먹으면 벌레를 짜부러뜨리듯 자신을 죽일 수 있다는
것을 알고 있었기에 인수는 아무 말도 하지 못했다.

"죽기는 싫은가 보군요. 제안에 응하기는 싫고, 그렇다고
이대로 죽기도 싫고. 욕심쟁이네요. 한 가지쯤은 포기해야 끝
날 텐데."

“엿이나 먹어, 개자식!”

인수는 에리온에게 굽히지 않고 욕설을 뱉었다. 그러나 에리온은 흥분하지 않고 귀엽다는 듯 웃으며 말했다.

“그럴 수 있는 것도 이제 마지막이겠지요.”

“개새끼…….”

허탈하게 욕설을 뱉는 인수는 황금색의 빛을 머금고 머리 쪽으로 다가서는 에리온의 손을 바라보며 자신도 모르게 질끈 눈을 감았다.

“아주 조~금 아프면 끝이에요. 아무런 고민도… 고뇌를 할 필요도 없지요 그리고 꼭두각시가 될 뿐이에요.”

그러나 에리온은 당황하고 있었다.

“이상하네. 통하지 않다니 정말 의외로군.”

에리온은 인수의 의식을 제압하기 위해서 모종의 마법을 사용했다. 백치 상태로 만들어 무슨 명령이든 따르는 편리한 성격으로 조작하는 마법이었지만 이상하게도 마법이 성공하기 직전에 막대한 저항에 막혀서 실패하고 말았다.

뭔가 실수했을까 싶어서 재차 똑같은 마법을 시도했지만 이번에는 면역이 생긴 것처럼 몇 배는 더 강해진 저항력이 에리온을 당혹스럽게 만들었다. 그다음 시도에는 아예 마법이 적용되는 기미도 없이 마나가 사그라져 버렸다.

“이런 경우는 처음인데… 정말 이상하네.”

이미 여러 나라의 왕을 과거 몇 차례나 피에 굶주린 폭군

으로 만들어서 인간들을 전쟁으로 몰아갔던 방법이다. 이따
금씩 왕의 자존심이 있었는지 어설프게 저항을 한 인간이 있
긴 했지만, 수천 년의 세월을 살아오며 조율을 맡아온 그의
마력을 인간이 감당할 수 있을 리 없고, 결과적으로 모두들
광인이 되어 꼭두각시가 되어줬다. 하지만 인수는 놀라울 정
도의 정신력을 지니고 있는지 그게 전혀 통하지 않는 것이
다.

에리온은 포기하지 않고 갖가지의 수단을 동원했다. 좀 더
강력한 정신계 마법을 동원하여 그 수위를 높여보았고, 거의
시술자의 정신을 파괴시키는 수준까지 강도를 높여봤지만 결
과는 마찬가지였다.

철옹성처럼 굳건한 인수의 정신 저항은 점점 그 강도가 높
아졌고, 수단과 방법을 가리지 않고 며칠을 매달려도 그가 인
수의 정신을 제압하는 것은 불가능했다.

"…생각대로 잘 안 되나 보군. 크크큭."

멀쩡한 정신으로 자신을 비웃는 인수에게 에리온은 적지
않게 질렸다. 인수의 정신계 마법의 저항은 갈수록 강해져서,
결국 단순히 잠들게 하는 정신계 마법인 슬립도 잘 걸리지 않
았다.

'어떻게 이렇게 강한 정신력을 지니고 있는 걸까?'

에리온은 한 가지를 생각하지 못하고 있었다.

인수의 정신력이 보통보다 강하다는 것도 그 이유 중의 하
나이지만 정신계 마법이 통하지 않는 가장 큰 이유는 인수가

수련한 무극신공 때문이었다.

야족들의 괴이한 사술에 대항하고 수련자의 정신 방어력을 철벽처럼 강하게 만들어주는 무극신공이 정신계 마법에도 효과를 보인 것이다. 그러한 사정을 전혀 짐작할 리 없는 에리온은 인수가 경이적인 정신력을 지니고 저항하는 것만으로 짐작할 수밖에 없었다.

"킥킥킥, 좀 더 해봐. 머리가 저릿저릿한 게 기분이 꽤 좋던데?"

에리온은 방법을 바꾸기로 마음먹었다. 아무리 굳건한 정신력을 지니고 있다 하더라도, 인간의 정신은 불안정하고 약해지기 마련이다. 그걸 약화시킬 방법은 셀 수 없이 많았다. 정신을 완전히 무너뜨릴 수만 있다면 마법이 아니라 약물을 이용해서 꼭두각시로 만들 수도 있었다.

"어디까지 제정신을 유지할 수 있는지 기대할게요."

"하하… 아직 뭔가 해보려고?"

"차라리 죽여달라고 소리칠 걸요?"

"그거 기대되는군."

인수는 은은한 살기를 내뿜는 에리온에게 겉으로만 태연한 체할 뿐 불안에 떨어야 했다.

*　　　*　　　*

고통에 찬 비명 소리가 울리기 시작한다. 언제부터인진 알 수 없지만 차라리 죽여달라는 호소가 섞여 있는 것 같은 괴로움을 담은 비명이 계속해서 울리고 있었다.

"끄아아아아악!! 꺽… 컥! 크윽!"

미칠 것 같은 고통을 담고 성대를 울리는 비명 소리. 폐에서는 더 이상 공기가 남지 않을 때까지 숨을 짜내고 있었고, 엉망진창으로 쉰 성대는 격렬하게 진동하며 울부짖는다.

산소를 달라고 아우성인 폐와 심장에 다시 공기를 불어넣으면, 산소를 빼앗긴 공기는 비명으로 피 맺힌 소리를 울리며 다시 세상으로 빠져나오고 있었다.

이런 비명이 며칠째 지속되고 있는지는 확실하지 않다. 하지만 고통이 가득한 비명의 주인공은 인수였고, 그 이유는 에리온이 자행하고 있는 육체적 고문 때문이었다.

"어때요? 아직도 짜릿짜릿한 게 기분 좋아요? 몇 번을 당해도 새로운 기분이죠?"

푸욱!

여러 갈래로 갈라진 가시가 사정없이 인수의 손발톱 아래를 파고들었다. 아니, 정확하게는 손발톱이 있던 자리라고 하는 게 옳다. 손발톱은 이미 모조리 잔혹하게 뜯겨져 나와서 홍건하게 피가 고인 바닥에 널브러져 있었으니까.

"끄허어어억!!"

비명은 생명을 쥐어짜 내는 소리다. 이미 수십 번을 겪은 일이라도 고통이라는 것은 그렇게 간단하게 적응되는 것은 아닌 모양이었다.

하나가 꽂히고, 두 개가 꽂히고, 결국 손, 발가락에 모조리 가시가 꽂혀 있는 모습은 보기에도 끔찍했다.

짙은 혈향에 동조하듯 굵은 핏발이 선 얼굴엔 실핏줄이 선명하게 드러났고, 완전히 까뒤집힌 동공은 인수가 거의 실신 상태라는 것을 증명하고 있었다.

"흥으흥~ 흥흥~"

하지만 그런 잔혹한 고문을 하고 있는 당사자는 정작 아무런 죄책감이 없는지 콧노래까지 부르고 있었다.

"어머! 벌써 편해지려고 하면 어떻게 해요? 좀 더 버텨서 나를 즐겁게 해봐요."

여전히 변화 없는 태도의 에리온. 반면 인수는 뚝뚝 핏방울이 떨어지는 손가락을 떨며 경련을 일으켰고, 한참이 지난 뒤에야 고통스런 신음 소리는 잦아 들어갔다. 그리고 완전히 쉰 목에서 나오는 인수의 대답.

"좆… 까……."

"어머? 더 놀아주겠다는 거군요?"

이제는 기세를 잃었지만, 인수는 굽히지 않고 에리온을 욕했다. 며칠을 시달리든 마음만은 꺾이지 않은 탓이다.

"좆 까… 염병할… 개새끼……."

"저는 사양 안 해요."

에리온은 싸늘한 얼굴로 생글거리며 피에 물든 인수의 오른손과 팔목 부근을 잡고 힘껏 비틀었다.

콰드드드득!

"끄아아아악!!"

혼신의 힘을 다한 인수의 비명 소리가 터져 나오고, 탈골되어 비틀린 정도가 아니라 힘줄이 모조리 찢어지며 뼈째로 조각조각 으스러지듯 부서지는 인수의 오른팔.

조각나서 부서진 뼈가 군데군데 살갗을 뚫고 나오는 고통을 누가 상상이나 할 수 있으랴. 이번만은 인수도 견디지 못하고 정신을 잃고 말았다.

"이번엔 그래도 제법 버텼어요. 제법인데요?"

혈향 가득한 방에서 에리온은 깔깔거리며 웃었다. 끝까지 고집 부리며 버티는 미천한 것이 고통에 바르르 떨며 지르는 비명은 감미로운 교향곡이나 마찬가지로 들렸다.

그때였다. 우두둑 하는 소리와 함께 엉망진창으로 부서진 인수의 팔이 회복되어 가기 시작했다. 그뿐만이 아니라 고문에 엉망이 된 육체도 빠른 속도로 회복 과정을 밟고 있었다.

쫘악!

그 와중에 인수의 왼팔을 포박하고 있던 구속구가 찢어졌다. 오거의 힘줄을 엮어 만든 질기고 튼튼하기론 짝을 찾을 수 없는 구속구가 무지막지한 완력을 못 이기고 찢어진 것이다.

"이런! 또 각성이야?"

야족으로 각성한 인수의 완력은 평상시와는 비교도 할 수 없을 정도로 강하다. 이러다가 덤으로 쉐도우 페이즈까지 사용하기 시작한다면 에리온도 제압하는 데에 어려움을 겪을 수밖에 없었다.

"번거로운 녀석."

처음엔 단순한 정신계 마법인 슬립 마법만 사용해도 제압되었지만, 이젠 그 마법마저 들지 않아서 천하의 고룡 에리온도 곤란을 겪고 있었다.

"얌전히 잠들어!"

퍼억!

에리온은 구속구를 완전히 찢고 일어서려는 인수를 마나가 가득 담겨 있는 일격으로 잠재웠다. 보통 인간이었으면 백 번 죽이고도 남을 위력이다. 붉은 안광을 빛내며 각성을 시작한 인수는 울컥 피를 토하고 정신을 완전히 잃고 쓰러질 수밖에 없었다.

"후, 정말로 다루기 힘들군."

그래도 죽어버리면 곤란하니 에리온은 천천히 회복 마법을 캐스팅했다. 8서클 이상의 마법도 눈 깜빡할 새에 캐스팅할 수 있는 에리온에겐 지금 사용하는 마법도 전혀 어려울 것이 없었다.

"리커버리(Recovery)!"

캐스팅을 순식간에 끝내고 효과를 발휘하는 지금의 리커버리는, 신성 마법을 제외한다면 회복계 마법 중에선 단연 으뜸이라고 볼 수 있는 8서클 고위급 마법이다.

효과는 탁월했다. 각성 때 어설프게나마 회복되어 갔던 부상이 일순간에 완벽하게 회복되었다. 피에 젖은 인수의 손과 발에 금세 손발톱이 돋고 자잘한 외상은 물론이요, 완전히 으스러진 뼈와 힘줄이 제자리를 찾아가며 정상적인 상태로 아물었다.

신의 기적에 비견될 수 있을 만큼 경이로운 광경이지만, 치료당하고 있는 인수에겐 저주나 다름없는 모습일 것이다.

병 주고 약 주고, 이것이 벌써 몇십 번째 반복되고 있었으니까.

상처가 모조리 아물자 에리온은 새로운 구속구로 인수를 포박하고 머리에 물을 뿌렸다.

"그럼 또 시작해 볼까요?"

"윽!"

인간의 적응 능력이란 얼마나 대단한 것인가!

날이 갈수록 악랄해지고 다채로워지는 괴롭힘에도 인수는 점점 인내를 기르고 있었다. 초반의 엄청난 비명에 비하면 아주 미미한 신음 소리로 엄청난 고통을 견뎌내고 있었다.

마법으로 엉망진창이 된 육체를 거의 완전히 회복시켜 준다고 하더라도 정신적인 회복은 완벽할 수 없다. 아무리 강력한 회복 마법이 사용되더라도 사람인 이상 결국 잠은 자야 하는 법이니까.

수면이 부족하여 중간에 위기를 맞기도 했지만 이제는 거의 반 수면을 취하며 조건반사적으로 신음을 흘리며 고문을 견디는 경지에 올라 있었다.

오죽하면 에리온이 지쳐 가고 있겠는가?

'아프지 않다… 아프지 않다…….'

인수는 복부를 헤집는 고통도, 갈비뼈를 뜯어내는 고통도, 생으로 이빨을 다 뽑아내는 지옥 같은 고통도 견뎌냈다.

견뎌냈다는 수준이 아니다. 극복한 것을 넘어서 익숙해져 가고 있었던 것이다.

'지금 아픈 건… 내가 아니다…….'

육상 선수가 극한에 올라서 한계를 넘으면 뇌에서 분비되는 마약 성분에 오히려 행복감을 느낀다고들 한다. 한 시간이 일 년 같고 하루가 십 년보다 길게 느껴졌지만 그 누구도 겪어보지 못했을 영역에서 인수는 고통을 느끼는 신경을 스스로 제어하고 있었다.

"이래도 정신이 무너지지 않다니… 믿을 수 없군요."

콧노래를 흥얼거리던 에리온의 여유로운 모습은 사라진지 옛날이다. 어떻게 하면 이 빌어먹을 것이 더 고통스러워할까, 어떻게 하면 이 고래 심줄보다 백만 배 질긴 저 정신력을 끊을 수 있을까 만을 생각하던 에리온은 이제 지쳐 가고 있었다.

"또 실패하다니……."

다시 시도한 정신계 마법은 여전히 인수에게 효과가 없

었다.

그 원인이 무극신공에 있다고는 미처 생각하지 못한 에리온은 여전히 인수의 정신을 완전히 무너뜨리지 못해서라고 생각하고 있었다. 사실 이미 약해져서 무너질 대로 무너진 상태였음에도 말이다.

"엿이나 먹어."

그럼에도 인수는 한결같은 반항을 지속했다.

"…건방지군요!"

화를 이기지 못한 에리온이 인수의 목덜미를 잡고 힘을 주기 시작했다. 생명의 위협을 느낀 인수는 희미하던 정신을 가다듬고, 무섭도록 살광을 빛내며 목줄기를 끊어버리려는 에리온을 바라보며 각오를 다졌다.

'젠장! 이렇게… 이대로 죽는 건가? 어쩌면… 그게 나을지도……'

지금까지 잘 버텼건만 인수에겐 희망이 없었다. 죽든가 굴복하든가 애초부터 결말은 두 가지. 하지만 굴복한다고 말해도 거기에 따를 수 없는 만큼 실질적으론 단 한 가지밖에 없었다.

죽음. 그는 자신이 죽지 않는 한 이 지옥이 끝나지 않을 것이라 예감하고 조금씩 삶에 대한 희망을 놓았다.

"그래… 차라… 리… 주… 죽여라……."

무시무시한 힘에 억눌린 목줄기에서 인수는 겨우 목소리를 끌어냈다. 하지만 인수의 기대와는 다르게 에리온은 곧 찡

그린 얼굴로 손아귀의 힘을 풀었다.

'죽이지 않는다. 어째서?'

어째서 이렇게까지 버티는 자신을 살려두는지 그 이유를 짐작하지 못했다. 저렇게까지 분노하고 있으면서 참아야 할 이유가 있는 것일까?

어찌 되었건 인수는 에리온이 자신을 죽이지 않는다는 것, 그보다 죽이지 못한다는 사실을 거의 직감했다.

인수의 예상은 맞았다. 에리온은 인수를 죽일 수 없다.

드래곤인 에리온이 다른 차원계를 넘나드는 것은 율법에서 제한하고 있는 금기 중의 금기. 그것이 들통 났다가는 천계나 마계에 숨죽이고 있는 이종족들이 중간계에 간섭할 수 있는 덜미를 주는 것은 물론이요, 같은 종족에게도 어떤 처벌이 떨어질지 장담할 수 없었다.

에리온이 차원을 넘나드는 것뿐이라도 문제가 되지만, 차원계의 인간을 데리고 오는 것은 더더욱 저질러서는 안 되는 일이었다.

몇 년 정도 시간이 지난 뒤 인수가 완전히 이 차원의 존재로 인식되고 난 뒤에는 모르겠지만, 적어도 지금 인수가 죽는 것은 곤란했다. 이 차원에 완전히 속하지 않은 존재를 죽음에 이르게 한다면 백발백중 이 차원을 관장하는 신에게 들통나고 말 테니까.

에리온은 어쩔 수 없이 리커버리를 캐스팅하여 인수를 다시 멀쩡하게 되돌려 놓은 뒤 침착하게 중얼거렸다.

"아무래도 방법을 바꿔야겠군요."

"……."

"인정할 것은 인정해야지요."

에리온은 늦게나마 자신이 뭔가를 잘못 생각하고 있었다는 것을 인정했다. 이렇게 고문을 반복하면 정신력이 약화될 것이라고 생각했지만 아무리 공을 들여도 정신계 마법에는 전혀 진전이 없었으니 결국 고통으로 인수의 정신을 붕괴시키는 것은 무리라고 생각한 것이다.

에리온은 이대로 인수를 포기할 생각이 없었다. 이대로 굴복시키지 못하고 포기하는 것은 그의 자존심이 용납하지 못했다.

"자, 다음엔 뭘 해볼까요?"

생각에 잠긴 에리온은 금방 한 가지를 떠올리고는 야릇한 미소를 지었다.

"그래, 그게 좋겠군요."

인수는 다가올 또 다른 시련을 상상하며 이를 악물었다.

인수는 정신을 차렸다. 주변은 난데없이 기묘한 공간으로 변화되어 있었다.

"여기는? 응?"

감고 있던 눈을 떴음에도 시야가 변한 것은 없었다. 수 백 겹의 암흑 속에서 겨우 한 겹을 덜어낸 정도의 변화일까? 눈을 감든 뜨든 안구에는 검은 칠흑의 공간이 투영되고 있었다.

"…아무것도 보이지 않다니?"

마치 눈이 멀어버린 것처럼 새까만 시야. 사물은 아무것도 분간되지 않았고, 눈앞에 손을 가져다 대도 어떠한 음영의 변화도 느끼지 못했다. 시야에 빛이라곤 한 점도 찾아볼 수 없었다.

그는 주변을 파악하기 위해서 더듬거리며 뭔가 손에 잡히는 사물을 분간하려고 했다. 그러나 이게 어찌 된 일일까? 한참을 더듬거려도 잡히는 것은 차가운 바닥이 전부였고, 그 외엔 아무것도 잡히지 않았다.

몇 시간이 되도록 발걸음을 옮겨보았다. 그래도 아무것도 없었다.

"…다람쥐 쳇바퀴 돌 듯 러닝머신 위를 허우적거리며 걷는 기분이군."

찜찜하여 중얼거린 인수는 생각을 바꾸고 큰 소리를 내보기로 마음먹었다. 너비가 넓은 것 같긴 하지만 이 정도로 완벽하게 차광되어 있다면 그 크기에 한계가 있으리라는 생각을 했기 때문이다.

"어이!! 보고 있지?"

크게 울리는 인수의 고함 소리. 그러나 어찌 된 일일까? 대답은커녕 어딘가에 부딪치고 돌아오는 반향음도 들리지 않았고, 마치 솜에 흡수되듯 기척이 사라져 버렸다. 이 느낌을 비유하자면 무서울 정도로 어두운 사막의 한가운데에서 혼자 고함친 느낌? 그 정도로 볼 수 있을 것이다.

“에리온! 이 개새꺄! 이게 무슨 꿍꿍이야!!”

여전히 공허하게 반향 없이 퍼지기만 하는 외침. 이대로 풀려난 것인가 하고 기뻐하기엔 정체를 알 수 없는 어둠의 공간이 안겨주는 불안감이 너무나도 컸다.

인수는 뒤늦게 깨달았다. 끝도 없는 이 어둠의 세계가 바로 에리온이 인수에게 남긴 시련이었다. 물론 극복하길 바라는 시련일 리 없고, 완전히 무너지기를 바라는 심보일 테지만.

고통도 허기짐도 그 무엇도 없는 세상에 인수는 혼자 남겨진 것이다.

“이봐!!”

인수는 한참 동안 소리를 질렀다. 그래도 그 어떤 반응도 일어나지 않자 그는 하염없이 방향도 정하지 않고 걷기 시작했다.

그렇다고 뭔가가 나온 것은 아니다. 처음과 같이 아무것도 없고, 존재하는 것은 결국 자신뿐, 그 외엔 무엇도 없는 공간이었다.

“어떻게… 해야 하지?”

홀린 듯 발걸음을 옮기던 그는 걸음을 멈추고 중얼거렸다. 그리고 결국 바닥에 주저앉아서 멍하게 어둠을 응시할 뿐이었다.

*　　　*　　　*

시간은 멈추지 않고 흐른다. 시계의 초침이 째깍거리며 움직이지 않는다고 어디서든 시간이 흐르지 않는 건 아니니까. 다만 그 속도를 짐작하지 못할 뿐이었다.

바닥에 드러누워 있는 인수는 눈을 뜨나 감으나 별반 차이 없는 채로 멍하게 있었다. 주변은 여전히 지독할 정도로 조용했다. 침묵이 그의 심장을 죄여오듯 파고들고, 자신이 숨을 쉬고 있는지도 느껴지지 않을 정도로 갑갑한 느낌에 괴로워했다.

문득 불길한 생각이 떠올랐다.

'혹시 이곳이 사후의 세계는 아닐까? 나는 이미 죽은 것이 아닐까? 설마 에리온이 결국 날 죽여 버렸나?

누구나 한 번쯤은 해봤을 상상. 죽으면 아무것도 남지 않고 이 세상이 끝나는 영원의 순간까지 자신은 사라진다는 상상. 그동안 자신은 아무것도 아니고 영원히 이대로 아무것도 할 수 없다는 상상이 인수의 뇌리를 지배했다.

배도 고프지 않고 졸리지도 않고 대소변이 마렵지 않은 이유도 자신이 죽어서 영혼만 남았기 때문이라고 생각하자 압도적인 절망과 공포가 닥쳐왔다.

'그건 싫어. 이런 건 말도 안 돼.'

지옥도 이런 지옥이 어디 있단 말인가? 소문으로만 듣던 불구덩이도, 전신을 찢는 형벌도 없이 끝없는 암흑에서 홀로 남아 있다니……. 시간이 가면 갈수록 암흑이 안겨주는 고독과 괴로움은 심해져 갔다.

결국 더 이상 견디지 못하고 미쳐 버릴 것만 같다는 생각이 들 때쯤, 사라진 시각을 넘어서서 충만한 존재감을 알리는 신호가 들려왔다.

두근! 두근! 두근!

심장이 박동하고 있었다. 침묵을 깨고 천둥처럼 울리며 존재를 알리는 그 소리가 얼마나 감동적이었던지 찡하여 눈물이 날 것 같았다.

'살아 있다… 살아 있다……'

살아 있다는 것이 이렇게 기쁠 수 있단 말인가? 새삼스럽게 그 점을 기뻐하며 인수는 절망적인 상상을 널리널리 떨쳐 버렸다.

"에리온 그 잡것은 나를 꼭두각시로 만들고 싶어하니까… 내가 이대로 무너지는 것이 계획이겠지."

그렇다면 이대로 무너질 순 없었다. 절대로 에리온의 뜻대로 굴복하지 않겠다고 맹세하며 인수는 의지를 다졌다.

근성만은 그 누구에게도 지지 않는다고 자부하고 있었으니 말이다.

계속해서 시간이 흐른다. 여전히 변화가 없이 정체된 공간. 다만 인수에겐 변화가 생겼다. 그는 나름대로 목표를 정해서 뭔가를 하고 있었다. 물론 목표라는 게 거창한 건 아니다.

"양이 십이만천백오십이 마리… 십이만천백오십삼마리……."

그는 양을 세고 있었다. 허공에 양이 있다고 생각하며 한 마리, 두 마리 세기 시작한 것이 어느새 십만 마리를 넘어서 이어지고 있었다.

'만 마리를 넘기면 뭔가 있을지도 모른다.'

이런 근거 없는 희망에 시작한 일이다. 결국 셈이 만 마리를 넘긴 이후에도, 인수는 아무것도 일어나지 않는 것에 실망하지 않고 목표를 이만 마리로 늘렸다. 그러나 역시 변화는 없었고, 목표는 십만에서 백만까지 늘어나 있는 상태였다.

백만은커녕 천만을 넘어도 아무 변화가 없을 거라는 건 알고 있지만, 그 외에 할 수 있는 것이 뭐가 있단 말인가?

목표인 백만에 도달하고 그는 양을 세는 것을 그만뒀다. 단순히 일 초에 하나씩 셈을 한다고 하더라도 백만까지 도달하려면 열흘이 넘는 시간이 걸린다. 숫자의 발음은 갈수록 복잡해지니 아마도 열흘이 훨씬 넘는 시간을 보냈을 것이다.

"……."

냉랭히 울리던 목소리가 사라지니 다시 적막이 주변을 지배했지만, 그는 아무렇지도 않다며 스스로를 독려하고 천천히 기억 속에 켜켜이 쌓아둔 과거의 일을 하나하나 떠올리며 추억을 회상했다.

23년의 인생. 그다지 길진 않지만 그는 결코 적지 않은 일을 겪었다. 잊고 있었던 기억을 끄집어내고, 잊으려 했던 기억을 도로 떠올리며 하나하나 의미를 부여하는 작업은 괴롭기도 했지만 그만큼 의미있고 즐거운 작업이기도 했다.

켜켜이 쌓인 추억들을 헤집고 하나하나 되짚으며 의미를 부여하는 것을 끝내고, 인수는 자신도 모르는 사이에 기타를 치듯 손을 움직였다.

물론 기타가 있을 리 없으나 없는 게 무슨 상관인가? 있다고 믿으면 된다.

자신이 기타를 들고 있고, 지금 현을 진동시키며 연주하고 있다고 믿기만 하면 기억 속에 선명하게 맺혀 있는 그 소리가 들려오리라 믿었고, 실제로 그랬다.

지지징!

소리는 울리지 않지만 들린다고 생각하면 상관없다.

"노래 한 곡 하겠습니다. 블라스트입니다."

짝짝짝!

잃버렸을 터인 관객들의 환호. 그것이 있다고 믿으며 인수는 천천히 플랫을 짚으며 연주를 시작했다.

"이번 노래는 음악이 세상을 바꾼다… 입니다."

있을 리 없는 호응에 기뻐하며 인수는 노래를 시작했다.

태초에 암흑만이 가득했던 혼돈의 시기.

그 시절은 빛도 없는 세상. 하나 소리는 있었을 거야.

그러니 조물주께서 외치셨겠지.

빛이 있으라!

돌연 나타나신 조물주께서 노래하셨지.

조물주의 외침이 아마도 이 세상을 바꿨으리라.

무신론자든 유신론자든 상관없어. 만약 이게 사실이면 이 얼마나 멋진 이야기냐구.

그렇기에 나는 규정한다!

음악엔 힘이 있다! 음악이 세상을 바꾼다!

음악이라는 것이 거창한 건 아니지. 당신의 환호, 당신의 한마디, 누군가를 바꾸는 당신의 말, 그것부터 음악이고, 그 모든 게 힘이니까.

우리 모두 세상을 바꾸자!

우리에겐 힘이 있으니까.

빛은 만들진 못하나 나 하나는 바꿀 수 있으리라!

기억 속에 박수치며 환호하는 관객들의 모습을 상상하며 인수는 어둠 속에서 미소 지었다.

"…그래, 아직 꿈은 끝나지 않았고… 나는 아직 얼마든지 노래할 수 있어."

인수의 노래는 그렇게 계속되었다. 시간 가는 줄 모르고 그는 아는 모든 노래를 동원하며 몰두했다.

허공을 짚는 인수의 손놀림은 수만 번 이상 연주를 반복해 온 이미지에서 완성된 것이다.

키보드를 능숙하게 다루던 사람이라면 자판이 없더라도 대강 타이핑을 하는 이미지를 선명하게 지니고 있지 않은가? 손가락을 이렇게 움직이고 여기쯤에 스페이스와 엔터키가 있다는 것을 아는 것과 마찬가지로, 그는 선명한 악기의 이미지를 연상하며 연주하고, 즉흥적으로 작곡했다.

인수가 알고 있는 노래는 많다. 고전에서 전해 내려오는 명곡에서부터 스스로 작곡한 노래까지 많은 것이 떠올랐다.

기타를 연주하고 피아노를 치면서 한참 음을 되짚으며 연주하고 기억을 선명하게 하느라 시간 가는 줄 몰랐다.

"꽤 버틸 만하군."

씁쓸하게 웃으며 인수는 그렇게 시간을 보냈다.

*　　　*　　　*

에리온은 자신의 보금자리에 틀어박혀서 가만히 시간을 죽이다가 중얼거렸다.

"그 녀석은 흑암의 공간을 이기지 못하고 이제 완전히 미쳐서 돌아버렸겠지?"

에리온이 말한 '그 녀석'은 두말할 필요도 없이 인수를 가리키는 것이다.

과거 천 년도 지난 세월 전에 입수한 엘더하인의 봉인구. 그것은 아무것도 없는 흑암의 공간에 대상자의 정신을 봉인하는 그 초마법의 마기(魔器)로써, 중간계에서는 이미 전설로 내려오는 물건이었다.

그 어떤 장치도 없지만 아무것도 없는 흑암에 둘러싸인 공간에 정신을 가두면, 천족과 마족은 물론이요, 혼자 뒹굴길 좋아한다는 드래곤도 백 일을 버티지 못하고 미쳐 버린다고 하니, 일개 인간의 정신력으론 봉인된 지 이미 이백여 일의 시일을 넘긴 시점에서 정신이 온전치 못하리라 짐작한 것이다.

"이제 슬슬 불러내 볼까? 쓸 일도 없겠지만 서약의 검도 준비되었으니……."

수정으로 조각된 듯 투명한 검을 쥐고 에리온은 만족스럽게 웃었다.

엘더하인의 봉인구가 인수를 무너뜨리기에 가장 적절한 수단이었다고 한다면, 수정의 검처럼 보이는 '서약의 검'은 인수를 완전한 꼭두각시로 만들기에 최고의 수단이었다. 신이라도 거절할 수 없는 맹세를 강요하게 만드는 검이니까.

물론 에리온은 서약의 검을 쓸 필요도 없이 이미 강인수라는 존재의 정신이 완전히 무너져 있을 거라고 확신하고 있었다. 서약의 검은 만일을 대비한 보험일 뿐이었다.

에리온이 이백 일 동안 봉인당하여 정신을 잃어버린 인수 앞에서 봉인 해제의 명령을 내리자, 어둠처럼 짙은 검은빛 봉인구가 빛을 발하며 그 명령을 실행했다.

감겨져 있던 인수의 눈꺼풀이 천천히 벗겨지며 피시술자의 의식이 돌아왔음을 알리고 있었다.

‘빛이다…….’

오랜만에 보는 빛. 너무나도 오랫동안 잊고 있었기에 보이는 것만으로도 눈물이 날 정도로 기쁜 현실. 투명한 눈물이 또르르 볼을 타고 내려가지만 아직 초점을 잡지 못한 인수의 눈동자를 바라보며 에리온은 만족스런 얼굴로 말했다.

“오랜만에 보니 어때요? 제아무리 때려죽이고 싶었던 나라도 꽤 반갑지 않아요?”

“…….”

인수는 미동도 하지 않고 몰래 현실로 돌아온 기쁨을 만끽하고 있었다.

“어때요. 거기 재미있죠? 다시 그곳으로 보내줄까요? 아무것도 없는 흑암의 공간 말이에요.”

“…….”

인수는 아무 대답도 하지 않았다.

“꽤 마음에 들었나 보군요. 다시 보내줄까요?”

“싫어…….”

인수의 입이 처음으로 열렸다. 아무리 그래도 두 번 다시 돌아가고 싶은 장소는 아니었으니까.

반면에 에리온은 소스라치게 놀랐다. 대답을 바란 질문이 아니었기 때문이다. 이 빌어먹을 것이 그 지옥 같다는 공간에서 이백 일이나 버틴 상태에서도 정신을 유지하고 있다는 것이 믿기지 않았다.

“…정말 대단하군요. 아직까지 정신이 무너지지 않았다

니… 당신에겐 정말 질렸어요.”

“…….”

“이제 졌어요. 항복입니다. 하지만 이대로 끝내기엔 내 자
존심이 용납하지 않으니까 단 한 마디만 해줘요. 그러면 모든
것이 끝날 겁니다. 약속하겠어요.”

“…….”

“굴복하겠다고 말해요. 그 한 마디면 더 이상 괴롭히지 않
고 자유롭게 만들어주겠어요.”

타이르듯 부드럽게 인수에게 말하는 에리온. 인수는 그게
정말일지 의심하면서도 그 유혹에 솔깃한 것은 어쩔 수 없었
다.

“정말이냐?”

“그저 당신이 굴복한 모습… 아니, 단 한 마디를 원할 뿐입
니다. 그 한마디만 한다면 더 이상 강요하지 않겠어요. 이후
에 내 말에 따르지 않더라도 원망하지 않을 것을 약속하죠.”

“…믿을 수 없군.”

“그 말 한 마디가 그렇게 아깝나요? 당신들 속담에 말 한
마디면 천 냥 빚도 갚는다고들 하죠? 그런 겁니다.”

“…….”

에리온의 최후의 통첩이 떨어졌다.

“이제 딱 10초 주겠어요. 말하지 않으면 당신은 죽어요!”

그 선고와 함께 에리온은 투명한 서약의 검을 인수의 가슴
에 찔렀다.

푸욱!

“헉!”

너무나도 오랜만에 느끼는 통증. 차가운 검에 가슴을 꿰뚫리는 고통이 번쩍 정신을 들게 했고, 에리온은 초조한 듯 강요하기 시작했다.

“말해요! 나에게 굴복한다고! 그 한 마디면 자유가 되는 겁니다!”

“크윽……!”

“말해요!”

시간이 흐른다. 초침이 한 번 이동하는 짧은 순간이 하나하나 흐른다. 에리온이 제시한 시간은 10초.

“큭!”

“말해요!!”

정말 그렇게 말하기만 한다면 이대로 자유롭게 되는 것인지 의심하면서도 인수는 그렇게 말하기로 반쯤은 마음이 넘어간 상태였다.

겨우 입을 열어서 ‘굴복한다’ 라는 네 음절을 말하는 것이 어렵지는 않지 않은가? 에리온이라면 그 이후에도 약속을 지키지 않고 강요할 가능성이 훨씬 높겠지만 지금 그 한 마디만 할 수 있다면 이대로 죽는 위기는 피할 수 있을 것이다.

“어서! 그럼 이 지겨운 짓도 끝입니다!”

“구… 굴…….”

굴복한다고 말하려는 그 순간, 에리온의 얼굴에 승리를 확신한 회심의 빛이 스쳐 지나갔다. 그 눈빛은 결코 호의를 담은 것이 아니었고, 여전히 탐욕을 가득 담은 눈빛이었다.

우웅! 우우웅!

가슴에 꽂힌 상태로 불길한 금빛 빛무리를 퍼뜨리며 진동하고 있는 투명한 검이 그 의혹을 증폭시키고 있었다.

이제 남은 시간은 단 5초.

"굴복하……."

"……."

이제 단 한 음절이면 끝난다. 그러나 몰래 비치는 에리온의 환희의 표정이 여전히 크나큰 의혹으로 남았다.

'인간들을 못 잡아먹어 안달인 괴물이… 겨우 그 한 마디로 나를 놓아주겠다고?! 아냐! 분명 뭔가가 있을 거야!'

결국 인수는 결론을 내렸다.

"할 리… 없잖아? 개자식… 엿이나 먹어라!!"

최종 선언이 떨어지자, 진동하고 있던 서약의 검이 단말마 같은 비명을 지르며 깨어졌다.

콰칭!

단 한순간이었다. 투명한 수정의 검인 서약의 검이 부서지고, 순식간에 가루가 되어 주변으로 산산이 흩어졌다.

서약의 검. 어떤 전설에서는 맹세의 검이라고도 한다.

전설에 의하면 영원한 계약의 수단이요, 맹세하면 영혼이 서약에 속박되어 신이라도 맹세에 거스를 수 없다는 검이건만, 그것이 지금 효력을 잃고 먼지가 되어버린 것이다.

그것은 인수가 에리온의 최후의 수단에 굴복하지 않고 승리했음을 알리는 것이었다.

"…실패했나."

허무하게 부서지며 흩어진 서약의 검. 눈을 질끈 감고 있던 인수는 사라진 검과 통증에 홀린 듯 중얼거렸다.

"상처가……?"

서약의 검이 가슴을 꿰뚫은 상처는 이미 흔적도 없이 사라진 상태였다. 애초부터 피가 나오며 목숨을 위협하는 상처도 아니었고, 영혼을 규제하기 위해서 파고든 상처였으니 검이 사라지며 같이 사라진 것이었다.

"…축하합니다. 진짜… 놀랍군요."

지금 당장이라도 찢어 죽일 것 같은 살기를 뿜으며 에리온이 노려봤다. 지금까지처럼 위협이 아니라 진심이 확 드러나는 얼굴이었고, 모골이 송연해질 정도의 살기에 숨을 죽이며 인수는 입을 다물었다.

"이 정도로 굴욕을 느껴보는 것은… 나의 긴 삶에서도 처음입니다. 으드득!"

흉흉한 기운과 함께 에리온은 분노에 이성을 잃고 검을 뽑아 들고 단숨에 인수의 목을 치려 달려들었다.

"죽어!"

하지만 강맹한 검강(劍剛)을 머금은 검이 파공음을 내며 인수의 목 언저리를 뚫으려는 순간, 굉음이 일며 에리온의 공격에 제동이 걸렸다.

파지지직!

갑자기 나타난 은빛의 반투명한 기운이 검을 막아냈고, 검 강을 가로막고 와해시킨 뒤 그 기운은 에리온에게 전기에 감전되는 것 같은 충격을 전했다.

"아아악!!"

에리온이 고통스런 비명을 지르고 검을 놓쳤다.

목숨을 건진 것도 기뻤지만 고통스럽게 비명을 지르는 에리온의 모습은 인수도 처음 보는 것이라 통쾌하기 그지없었다. 그러면서도 무슨 사정인지 몰라서 한편으론 어리둥절하기도 했다.

"…역시 역작용이 있는가……."

낭패스럽게 중얼거리는 에리온의 얼굴엔 후회와 자조의 빛이 적지 않게 담겨 있었다.

서약의 검이 그가 최후에 사용한 수단이었던 만큼 그에 걸맞는 역작용도 있다. 검은 사라졌지만 서약을 강요했던 것은 여전히 효력을 갖고 있으니까. 승낙에 대한 효력이 절대적으로 작용하는 만큼 굴복에 대한 거부권도 절대적이었다.

서약에 동의했든 거절했든 서약의 검은 그 서약에 대한 효력을 유지시키는 것이다. 결국 인수가 굴복을 거부한 이상, 더 이상 에리온은 인수를 굴복시키려 할 수 없다.

해선 안 된다는 것뿐만 아니라 진짜로 할 수 없는 것이다.

그러므로 아까 에리온이 손수 검으로 인수를 해하려고 한 것이 서약의 검의 역작용에 가로막힌 것이다.

　아무리 에리온이라도 서약의 검의 효과를 없애는 것은 불가능했다. 그러나 오랫동안 살아오며 그것에 대해서도 연구했던 것만큼 그는 서약의 허와 실 또한 충분히 알고 있었다.

　강요했던 그 행동만 저지르지 않으면 된다. 즉, 굴복시키는 행위, 직접 상처를 입히는 등의 행동만 하지 않으면 역작용을 걱정하지 않아도 되었다. 그리고 그가 아니라 타인의 행동에는 그 어떤 영향도 받지 않으니 그 역작용도 따지고 보면 그리 어렵지 않은 것이었다.

　어찌 되었건 간에 이제 확실한 것은 인수는 이제 이용 가치가 확실히 없어졌다는 것이다.

　"…당신이… 이겼습니다."

　패배 선언을 하고 붉은 살광을 뿜는 에리온에게 인수는 허탈하게 웃었다.

　"…지옥에 떨어져."

　"후회할 겁니다."

CHAPTER 3
우리에 갇힌 맹수는 이빨을 간다

BLAST

"그 인간, 참으로 독종이군요."

강인수라는 인간에 대한 펜드로의 평가다. 펜드로는 에리온에게 그동안 이야기를 들으며 참으로 놀랐다. 정신계 마법이나 고문에도 굴하지 않고, 엘더하인의 봉인구 속에서도 의식이 무너지지 않은 인간이라니! 독종이라고 평하는 정도로는 놀라움을 다 표현하지 못했다.

"어떻게 하실 생각입니까? 아직도 이용해 보실 생각인가요, 아니면 죽여 버리실 겁니까?"

"최후의 수단이던 서약의 검까지 사용해 버렸으니 이젠 쓸모가 없어. 당장 죽여 버릴 수도 없고."

"그도 그렇지요. 차원신에게 들통나면 그 뒷감당을 어떻게 하겠습니까?"

"절대 이대로 놓아줄 수는 없으니까 조금 더 지켜보다가 시간이 지나면 처리할 생각이야."

"그럼 그 계획은 이대로 포기하실 건가요?"

에리온은 고개를 저었다.

"다시 시도해야지. 전에 봐둔 인간이 하나 있어. 강인수에 비하면 좀 아쉽지만… 그래도 그 가능성은 충분하리라고 생각하는 인간이지."

"또 차원 이동을 하시겠군요."

"그래. 차원 간 시간 개념이 조금 다르니까. 시간은 좀 걸리겠지만 늦어도 5년 안엔 돌아올 거야."

"아마도 그때가 그 독종의 마지막이 되겠군요."

에리온은 사이하게 웃으며 고개를 끄덕였다.

*　　　*　　　*

인수는 뒤늦게 정신을 차렸다. 거슴츠레 비치는 진회색의 주변이 그를 절망하게 했다. 아직도 에리온의 레어에서 벗어나지 못한 것이다.

사방이 꽉 막힌 주변은 어두컴컴했고, 감옥을 연상하게 했다. 두꺼운 돌벽으로 막힌 입구엔 자그마한 틈이 있을 뿐이었다. 거기서 미세한 빛이 새어 들어오지 않으면 한 치 앞도 분간하지 못할 것 같았다.

"크윽… 이게 무슨 냄새야?"

무언가가 썩어가는 냄새가 진동했다. 냄새는 숨구멍처럼 트인 옆의 벽에서 흘러나오고 있었다. 시궁창을 연상시킬 정도로 지독한 냄새였다.

"젠장, 에리온 개새끼가 이번엔 또 무슨 짓을 하려고……."

인수는 빛이 새어 들어오는 바닥의 자그마한 틈으로 소리쳐서 에리온을 불렀다. 그러나 한참을 소리쳐도 아무런 대답이 없었다. 목이 쉴 때까지 소리쳤지만 아무런 변화도 일어나지 않았다.

잠시 후, 옆에서 사람의 인기척이 느껴졌다. 시궁창 냄새가 나는 방향이었다. 그곳으로부터 어떤 남자가 말을 걸었다.

"당신도… 나처럼 여기에 감금당한 모양이군. 당신은 누군가?"

그러나 사람이 소리를 내어 말하는 것 같긴 해도 그게 무슨 말인지 통 알아들을 수가 없었다.

"…뭐라고 하는 거지? 여보세요? 옆에 사람이 있나요?"

서로 몇 마디를 나눠봤지만 언어가 완전히 생소하니 의사소통이 안 되었다.

"언어가 서로 다른 모양이군. 잠시만 기다려 보게."

그리고 옆방에 있는 남자는 뭐라고 중얼거리더니 이내 인수가 알아들을 수 있는 언어로 말을 걸었다.

"자네는 누군가? 자네는 어떻게 여기 감금당하게 된 건가?"

　영어도 아니고 뭔가 이상한 언어로 말을 걸던 사람이 돌연 한국말을 하니, 인수는 놀라면서도 기뻐하며 대답했다.

　"아, 우리나라 말을 하시는 것을 보니… 당신도 한국에서 오신 분인가요? 저는 강인수라고 합니다."

　"한국? 미안하지만 그곳은 어딘지 잘 모르겠군. 나는 벨크레아 교육원의 학장인 '세텔 에드널' 이라고 하지. 쿨럭! 쿨럭! 지금 우리는 서로 사용하는 언어가 달라서 통역 마법을 이용해서 대화하고 있는 거네."

　"통역 마법이요? 어쩐지……. 그랬군요."

　세텔이라고 이름을 밝힌 남자는 벌써 반년 가까이 감금당한 상태라고 했다. 교육원의 학장으로서 일하던 도중 무언가 이상한 사건이 일어나서 독자적으로 조사를 진행했는데, 그 와중에 에리온에게 납치당하게 되었다고 한다. 간단하게나마 자신의 이야기를 해준 세텔은 인수에게 물었다.

　"쿨럭! 쿨럭! 후우… 강인수라고 했나? 자네는 어쩌다가 이렇게 되었는가?"

　인수는 한숨을 내쉬고 어쩌다가 이 꼴이 되었는지 세텔에게 이야기해 줬다. 세텔은 이야기를 듣는 도중 몇 번이나 경악하면서 그게 정말이냐고 물었고, 인수는 추호도 거짓이 없다고 거듭 강조해야 했다.

　"허어, 자네도 고생이 많았군. 그런데 정말 다른 차원에서 납치당한 것인가? 그런 일이 있었다는 것을 도무지 믿기가 힘들어서 그러네."

“정말입니다. 에리온이 그렇게 말했으니까요.”

“자네의 이야기를 들으니 소름이 돋는군. 인간을 멸망시키기 위해서 다른 차원에까지 손을 뻗다니. 쿨럭! 우웃!”

“아까부터 기침을 하시는데 괜찮으세요? 몸 상태가 나쁘면 무리하지 않으시는 게……”

“아니… 이야기는 할 수 있을 정도니 괜찮아.”

인수는 한참 세텔과 이야기를 나누었고, 그제야 에리온이 어떤 존재인지 알 수 있었다.

“드래곤이라……. 허허.”

뿔만 안 달렸지 악마가 아닐까 생각했는데 드래곤이라니, 드래곤이라면 도마뱀이 날개를 달고 있는 모습이라고 상상하던 그로선 에리온의 정체에 어이가 없을 수밖에 없었다.

그사이 입구의 틈으로 먹을 것이 들어왔다. 음식을 가져온 것은 에리온이 아니라 레어의 가디언이었다. 인수가 뭐라고 막 소리를 쳤지만 그들은 대꾸도 없이 음식만 남기고 사라져 버렸다.

배가 고파서 허겁지겁 먹긴 했지만, 양도 적었고 사람이 먹을 만한 것이 못 되었다. 인수는 억지로 참고 음식을 삼키며 욕지기를 몇 번이나 참았다.

혹시나 했지만 역시 이곳은 감옥이었다. 인수는 세텔과 마찬가지로 감금당한 것이다. 어떠한 기약도 없이.

*　　　*　　　*

우리에 갇힌 맹수는 이빨을 간다　135

　며칠쯤 시간이 지나니 개도 먹지 않을 것 같은 음식을 먹는 것도 조금은 익숙해졌다. 어둠에도 감옥의 악취에도 조금씩 적응해 갔다. 사실 당장 시간이 낮인지 밤인지 모르니 그게 며칠인지도 확신하진 못했다.

　상황을 확실히 알지는 못했지만 인수는 에리온이 레어를 비웠다고 확신했다. 그의 성격을 생각한다면 벌써 몇 번이나 와서 진작에 굴복 안 한 대가라며 비웃고 갔을 텐데 아직까지 단 한 번도 모습을 보이지 않았기 때문이다.

　틈틈이 세텔과 이야기를 나눴다. 아직 이 세상의 언어를 전혀 모르는 그였으므로 여전히 통역 마법을 통해야 했다. 대화를 하며 이 세상에 대해서 많은 것을 알 수 있었다. 유일한 대화 상대인 세텔이 없었으면 인수도 버티기가 괴로웠을지도 몰랐다.

　"세텔님은 탈출할 생각을 안 해봤습니까?"

　"쿨럭쿨럭! 당연히… 해봤지. 그런데 도무지 방법이 보이지 않으니… 몸을 크게 다친 뒤에는 그 방법만 생각해 보고 있다네."

　세텔은 밖에서 40대 중반의 젊은 나이에 커다란 교육원의 학장을 맡고 있을 정도로 인정받는 마법사였다. 6서클을 마스터하고 7서클의 마법 일부를 사용할 수 있을 정도니 실력도 대단한 사람이었다.

　그러나 그 정도 실력을 지녔음에도 세텔은 이곳에서의 탈출을 거의 포기하고 있었다.

"처음엔… 뭣도 모르고 마법으로 돌파하려고 했었지. 그러
나……."

인수와 세텔이 갇혀 있는 곳. 평범한 회색 돌벽으로 보이는
감옥의 내벽은 사실 항마법진으로 보호받는 철벽의 방어벽이
었다. 세텔은 처음에 뭣도 모르고 강력한 마법을 캐스팅하여
내벽을 날려 버리고 탈출하려고 했지만, 도리어 큰 부상을 입
고 말았다. 그때 너무 큰 부상을 당해서 이후엔 시도도 못하
고 있다고 했다.

인수는 세텔의 말을 확인해 볼 겸 무극신공 2성의 내력을
최대한 끌어모아서 벽에 일장을 날려보았다.

쿠웅!

상당한 위력에 내벽 전체가 진동했다. 그러나 효과는 없었
다.

"욱! 제기랄!! 아프잖아."

솔직히 반신반의했지만 역시 아픈 건 자신의 몸이었다. 에
리온은 결코 바보가 아니었다. 인수의 수준을 충분히 알고 있
는 만큼, 그렇게 쉽게 무너질 감옥에 가둘 리 없다.

이빨이 살아 있는 맹수라고 하더라도 꼭 재갈을 물릴 이유
는 없다. 세상 무엇보다 튼튼한 우리에 가두기만 하면 된다는
것이 에리온의 생각이었다. 그리고 충분히 먹혀들어 가기도
했다.

녹초가 될 때까지 인수는 내력을 퍼부어 사방을 후려갈겼

지만 효과는 없었다. 이쯤이면 미미한 금이라도 가지 않을까 싶었음에도 내벽은 견고하기 짝이 없었다.

가만히 상황을 듣고 있던 세텔이 말을 걸었다.

"위력을 보아하니 자네도 마나 유저인 듯한데… 마법은 당연히 무리고, 행여 소드마스터 급의 파괴력으로 공격하더라도… 무너뜨릴 수 없을 거야. 쿨럭쿨럭! 그 정도로 녹록한 구조가 아니니까."

이전에 말했던 부상이 심한지 세텔은 연달아 기침을 했다. 인수는 일단 거친 숨을 고르며 소모된 진기를 운기조식하여 보충했다.

'역시 여기는 내공의 회복이 굉장히 빠르군.'

이 정도로 내공을 사용했으면 한국이었으면 적어도 이삼 일은 정양하여야 회복이 가능하였을 텐데, 이곳은 정말 십여 분이면 그 이상의 내공을 회복할 수 있을 정도로 기운이 풍부했다. 내력을 회복한 인수는 물었다.

"그 소드마스터라는 건 뭡니까?"

"검에… 유형화될 수 있을 정도로 강력한 수백 가닥의 검기를 담을 수 있는 사람을 여기선 그렇게 부른다네. 쿨럭쿨럭."

"……"

인수는 입을 다물고 생각했다. 수백 가닥의 검기를 유형화시킨다는 것은 인수가 생각하기에 검에 기를 담는 검경(劍勁)을 초월하고 검사(劍絲)지경을 넘어서 검강(劍强)을 사용할 수 있는 수준을 말하는 것임에 틀림없었다.

'최소 무극신공 6성은 올라서… 생사현관을 뚫고 환골탈태(換骨脫胎)한 뒤에야 가능한 수준인가? 그것도 지금 나에겐 꿈에 그리는 경지인데… 그 정도로도 안 된다면 답이 나오지 않는구나.'

그는 어린 시절 강일에게 무극신공의 검식을 조금이나마 수련 받았지만, 수준은 검에 약간의 검기를 담는 정도밖에 되지 않았다. 물론 '밖에'라고 말하기엔 터무니없다. 열 살도 되지 않는 어린 나이에 검기를 다루는 검경에 올랐다는 것은 엄청난 것이다. 게다가 현대의 한국은 기공을 다루기에는 너무나도 고된 땅이 아니던가! 강일이 인수에게 천부적인 재능이 있다고 말한 이유가 바로 그 때문일 것이다.

이대로 아무것도 하지 못하고 갇혀 있어야 한다는 것을 인정할 수 없었던 인수는 발작하듯 이곳저곳을 후려치다가 탈진하여 다시 쓰러졌다. 이곳에 납치당한 이후 제대로 된 식사를 거의 하지 못한 그다. 피로감이 너무 컸다.

차가운 바닥에 드러누운 인수는 스스로에게 맹세하며 이를 갈았다.

"무슨 수를 써서라도 반드시 탈출하고 말 테다!"

*　　　*　　　*

시간이 꽤 흘렀다. 개 먹이 같은 식사가 하루에 두 번 나왔지만, 인수는 식사 횟수를 백 번쯤 세다가 포기했다. 그로부터 꽤 시간이 지났으니 반년은 지나지 않았나 싶다.

처음엔 개 같은 현실에 발광하듯 고함쳤고, 식사를 가지고 온 가디언에게 풀어달라고 통하지 않는 언어로 호소하기도 했다.

그러나 가디언이란 단순히 말하자면 집 지키는 개. 주인이 시키지 않은 일을 해줄 리 만무했다.

"저 안에 들어 있는 젊은 인간을 무슨 수를 써서라도 살게 해라. 내가 돌아오는 순간까지. 최악의 경우라도 3년 이상은 살게 하여야 한다."

이것이 에리온이 다시 차원 이동을 하기 직전 가디언들에게 남긴 명령이었다.

인수에게 시간은 썩어나게 있었다. 할 수 있는 것은 멍하게 앉아서 시간을 죽이는 것과 점점 건강이 악화되어 가는 세텔과 이야기하는 것뿐.

이대로는 무엇도 이루지 못한다는 초조함에 시달리던 어느 날, 인수는 마음을 다잡고 수련을 시작했다.

기를 수련하는 사람에겐 어떻게 보면 이 세상처럼 수련하기 좋은 곳이 없을 것이다. 이런 곳에 와 있는데 수련을 게을리 한다는 게 한심하게 느껴졌기 때문이다.

인수는 코가 썩어버릴 것 같은 감옥 속에서 억지로 가슴을 가다듬고 결가부좌를 틀었다. 이것이 대부분의 기공 수련자들에겐 가장 효율이 좋은 자세다. 입식(立式)이라든지 몸을 움직이며 기를 운행하는 방법도 있지만, 당장 이곳에서 효율이 떨어지는 방법을 선택할 이유가 없었기 때문이다.

그리고 호흡을 깊게 시작하여, 서서히 얕게 의식을 동시에 조절하며 한 점의 파문이 없는 호수로 만들었다. 그리고 천천히 익숙하게 무아(無我)의 세상으로 빠져들었다.

무아의 세상에서 진기가 하단전을 타고 회음혈(會陰穴)을 통과하여 미려혈(尾閭穴)을 지나 독맥(督脈)을 타고 흘러갔다. 그러나 중요한 관문을 뚫지 못하고 다시 단전으로 돌아왔다. 임독양맥(任督兩脈). 완전히 좁혀져 있는 세맥을 뚫고 무극신공을 완전히 운용하기엔 축기된 내력이 너무나도 부족했다.

무극신공의 다음 단계로 넘어가기 위해선 언제나 막대한 내공이 필요하다. 1성에서 단전을 형성하고 2성에서 무극신공의 소주천을 이루는 것은 가장 기본적인 공부. 인수 또한 거기서 발전이 멈춰 있었다. 인수 혼자서 축기한 힘으로 기경팔맥, 전신 세맥을 하나하나 타통하는 것이 너무나도 힘들었기 때문이다.

아버지인 강일이 행방불명이 되지 않았더라면 어린 시절 그가 나동을 도와줬을 것이다. 그것이 가장 위험 부담이 적고 빠른 속도로 발전을 이룰 수 있는 길이었다. 그러나 아버지는 돌아오지 않았다. 이제 더 이상 물러설 수 없는 상황에 빠진 이상 길은 결국 인수가 홀로 만들어낼 수밖에 없었다.

'역시 당장은 무리인가? 임독양맥을 뚫는 건 엄두가 나지

않더라도… 최소한 대주천을 이루기 위해서는 더 많은 내공을 축기해야 한다.'

한국에서는 몇 차례나 시도해도 실패를 거듭할 만큼 힘들었던 일이다. 그러나 이곳은 환경이 아예 다르다. 인수는 계속해서 풍부한 주변의 기를 받아들이며 단전에 축기하기 시작했다.

단숨에 경혈을 개통할 수 있을 정도의 양을 단전과 전신 세맥 가득 우겨 넣기까지 얼마나 시간이 걸릴지 장담할 순 없었다. 마음은 급했지만 절대로 성급하게 해선 안 되는 일이었다.

'한국에서 10년이 걸릴 것이라면… 이곳에는 몇 달이면 가능하겠지. 그러니 성급해선 안 된다.'

불안 반 기대 반으로 인수는 수련을 계속했다.

*　　　*　　　*

감금당한 지 삼 개월이 지났다. 인수가 이 세상에 납치당한 지 어느덧 300일이 넘는 세월이 지나 버렸다.

머리는 수북하게 길어버렸고, 수염도 상당히 자랐다. 탄탄하던 육체는 영양 부족에 시달려 갈빗대가 드러날 정도로 말라 버렸고, 예전의 준수한 모습은 이미 사라진 지 오래였다. 그러나 인수의 눈빛은 아직 또렷하게 살아 있었다.

그동안 해온 수련의 성과는 훌륭했다. 10년이 넘도록 소주천에 멈춰 있던 운기행공이 대주천을 넘어서 좀 더 완전한 무극신공의 운행에 다가서고 있었고, 비좁게 틀어막혀 있던 전신 세맥에 조금씩이지만 진기가 통하기 시작했다.

무극신공의 3성을 넘어서 4성의 입문까지 홀로 달성해 낸 것이다. 굉장히 빠른 진전이었다. 그러나 쉽게 얻은 성과가 아니다. 몇 번이나 무아의 세상에서 고비를 넘긴 대가였다.

그러나 아무리 노력해도 임독양맥을 완전히 타통하는 것은 무리였다. 천신만고 끝에 겨우 독맥의 마지막 관문까지 진기를 융통시킬 수 있었지만 그 이상은 엄두를 내지 못했다.

새로운 신세계가 눈앞에 있었다. 그 마지막 관문이 바로 백회혈(百會穴)이다. 백회혈을 뚫고 임독양맥을 이어 생사현관을 타통한다면 두말할 것 없이 엄청난 성과를 거둘 것이다. 전설에서나 내려오는 환골탈태(換骨脫胎)를 겪을 수도 있을 것이다.

그러나 생사현관을 타통하는 모험을 감행하기엔 인수가 전수받은 무극신공의 구결이 너무나도 부족했다. 인수가 기억하고 있는 것은 3성에서 대주천을 이루기까지 초급의 운행법이 전부다. 5성 이후 생사현관을 타통하는 데 이르기 위한 중급의 구결은 아버지에게 전수를 받지 못했다.

"답답하구나."

인수는 정수리에 위치한 백회혈 쪽으로 억지로 진기의 압력을 높여보았다. 아찔할 정도로 전신이 떨리며 의식이 멀어지려고 했다. 더 압력을 높여서 타통을 시도한다면 십중팔구 생사현관을 뚫기 전에 의식을 잃을 것 같았다. 그 중요한 순간에 의식을 잃으면 그 결과는 불을 보듯 뻔하다. 운이 좋아도 백치가 될 것이고, 아니면 상상만 해도 끔찍한 주화입마에 빠지거나 죽을 것이다. 성공은 복권 당첨만큼 힘든 길이었다.

'무극신공 중급의 구결이 필요한데… 후우.'

스승의 존재가 이렇게 절실히 필요한 적이 없었다. 아버지의 가르침이 겨우 초급의 전수에 멈춰 있음이 너무나도 원통했다.

"일단은 성과를 시험해 보자."

인수는 가부좌를 튼 자세에서 오른손을 내밀고 진기를 끌어모았다. 오른손에 금빛 기운이 응어리지고 사위를 은은하게 밝혔다.

대다수의 사람들이 검식이라든지 정해진 구결과 동작에 따라서 검기를 발현시키는 데에 비해서, 인수는 자신의 의지만으로 내력을 모아서 맨손에 기운을 형성시키고 있는 것이다.

그러나 인수는 자신이 지금 얼마나 대단한 것을 해내고 있는지 알지 못했다. 무극신공을 수련한 그로선 당연히 할 수 있는 것이니까.

슉!

마치 칼을 휘두르듯 인수는 수도로 벽을 후려쳤다. 손에 맺힌 기운이 벽과 충돌하자 파악! 하고 불꽃이 튀었다. 처음 갇혔을 때만 하더라도 쿠웅! 하고 석실 전체를 울리던 타격이었지만 이번엔 맥이 빠질 정도로 작은 소리를 냈다.

주변으로 소리나 진동이 퍼져 나가지 않고 불꽃이 튀었다. 파괴력이 더욱 정순해졌다는 증거였다.

과거 무극신공 2성의 수준이라면 내공을 모아서 콘크리트 덩어리를 후려치면 쾅! 하고 커다란 소리를 울리며 충격을 가한 부분이 부서질 것이다. 더욱 수준이 높아지면 별다른 소음 없이 기다란 상흔이 하나 생길 것이요, 검강이나 수강에 이르면 아무 소리도 없이 무수한 구멍이 뚫릴 것이다. 그러나 그것은 일반적인 콘크리트의 이야기. 지금 갇혀 있는 감옥의 내벽과는 다르다.

"역시⋯ 아직은 효과가 없나?"

인수는 한숨을 푹 내쉬었다. 징글맞게 보아온 감옥의 내벽은 작은 흠 하나도 나지 않았다. 끔찍할 정도로 견고하고 철저한 내벽이었다.

"자네, 이야기를 좀 할 수 있겠는가?"

오랜만에 세텔의 목소리가 들렸다. 거의 일주일 만에 듣는 목소리였다. 그는 인수가 수련하는 동안 부상이 심해져서 고생을 하는 모양이었다.

"오랜만에 세텔님의 목소리를 듣는군요. 몸은 좀 어떠십니까?"

"⋯좋지 않다네. 이젠 기껏 통역 마법을 캐스팅하는 것도 이렇게 힘들 정도니⋯ 쿨럭! 욱!"

"⋯⋯."

유일한 말동무이자 동지라고 생각되는 사람이 죽어가고 있으니 인수의 얼굴도 어두워졌다.

"후우… 자네에게는 번번이 놀랄 수밖에 없군. 처음에는 초급의 마나 유저 정도로 짐작되었는데, 짧은 시간 동안 거의 익스퍼트급에 가까운 발전을 이룬 듯하니… 쿨럭쿨럭! 처음엔 반신반의했지만 에리온이 자네를 탐냈던 이유도 조금은 이해가 되는 것 같아."

인수는 아무 말도 하지 않았다. 가만히 떨리는 세텔의 말을 듣고 있을 뿐이었다.

"아무래도 나는 틀린 것 같네. 그동안 끈질기게 버텨왔지만 내 목숨도 거의 끝나가는 것 같군. 원통하지만 인수 자네와 이야기를 나눌 수 있는 것도 이번이 마지막일 것 같아."

"마음을 약하게 먹으면 안 됩니다! 여기서 탈출해야죠!"

인수는 세텔이 필요했다. 적어도 이곳에서 혼자가 아니라는 것이 그에게 얼마나 큰 위안이 되는지 몰랐다. 그러나 세텔은 거친 목소리로 쿨럭거리며 기침하고는 바람 빠진 풍선처럼 힘없이 말했다.

"미안하네, 평생 스승님이 마나 폭주를 조심하라고 했건만… 몸속이 엉망이라 마나를 전혀 끌어올릴 수가 없군. 이번 통역 마법이 끝나면… 죽기를 기다리는 수밖에 없겠어."

"마나… 폭주라고요? 몸 상태가 어떠신데요?"

세텔은 몸속 마나가 오가는 통로가 막히고 꼬여 버렸다면서 자신의 몸 상태를 설명해 줬다. 인수가 가만히 듣기에는 과도하게 내력을 운용하여 내상을 입은 것과 유사하게 보였다.

'그동안 의식이 남아 있고 조금이나마 기를 사용할 수 있는 상황이라면 최악은 아닐 텐데……. 내상을 너무 오래 방치하여 상황이 악화된 모양이군.'

경락이 꼬인다든지 혈도가 조금씩 어긋나는 내상을 입는 것은 기를 수련하는 사람에게는 가끔씩 일어날 수 있는 일이다. 무극신공에도 스스로 운기행공을 통해서 내상을 치유하는 방법이 있다. 인수도 수련을 하면서 아버지에게 내가요상법을 전수받았기에 그 요령을 대강은 알았다.

'내가 바로 옆에만 있어도 내상을 치료할 수 있도록 도와줄 수 있을 텐데…….'

자신은 없었지만 직접 손을 대고 진기를 유도해 주면서 내상을 치료해 줄 수도 있었다. 그러나 문제는 두 사람이 두터운 벽에 가로막혀서 격리되어 있다는 것이었다.

'가만… 어쩌면 가능할지도……?'

인수는 옆과 통하는 자그마한 숨구멍으로 손을 집어넣고 세텔이 갇혀 있는 건너편에 닿을 수 있는지 확인해 보았다. 예전에는 거의 불가능했지만 몇 달 동안 감금 생활을 하면서 몸이 비쩍 말라서 그런지 겨우 건너편으로 손을 내보낼 수 있었다.

그는 세텔에게 벽 쪽으로 다가와서 등을 벽에 바짝 붙이고 앉으라고 말했다. 세텔이 힘겹게 다가왔고, 겨우겨우 인수의 손바닥이 세텔의 등에 닿았다.

"제가 몸속에 흐트러진 기운을 바로잡고 내상을 치료할 수 있도록 도와드리겠습니다."

"…그게 진정 가능한가?"

"가능합니다. 제가 몸속의 기… 아니, 마나를 유도할 테니 절대로 몸을 움직이지 말고 입을 꽉 다물고 앉아 계셔야 합니다. 고통이 상당하더라도 절대로 입을 여시거나 비명을 지르면 안 됩니다."

인수는 거듭해서 주의 사항을 경고했다. 행여 조금이라도 잘못되더라도 상황은 최악으로 변할 것이다. 인수의 말을 세텔은 반신반의하는 모양이었지만 그도 다른 방법이 없었으므로 지푸라기라도 잡는 심정으로 인수의 말에 따랐다.

'잘되어야 할 텐데……'

살가죽밖에 남지 않은 세텔의 등을 통해서 인수는 천천히 내공을 끌어올리며 그의 몸속에 진기를 흘려보냈다. 그리고 의지력을 최대한 발휘하여 진기의 방향을 잡으며 이곳저곳 엉망이 된 세텔의 경락을 조금씩 바로잡는 것에 전력을 쏟았다.

세텔의 몸 상태는 생각했던 것보다 더 엉망이었다. 다행히 단전을 포함해서 주요 경락엔 손상이 적었지만, 일부가 엉망진창이 되었고 틀어져 있었다. 불행 중 다행이라면 세텔의 대부분의 주요 경락이 미개발 상태였기에 전반적으로 틀어진 부위가 적다는 것이었다. 세텔의 몸속에 남아 있는 마나의 양이 적다는 것도 다행이었다. 세텔이 평상시 정도의 마나를 축적하고 있었다면, 인수는 그 압력을 이겨내지 못하고 실패하고 말았을 것이다.

대강 두 시간 정도를 진땀을 흘리며 진기를 유도하며 인수는 세텔의 몸속 곳곳을 훑으며 경락을 잇고 복구시켰다. 세텔은 이를 악물고 몸속에서 일어나는 전쟁을 견뎌내고 있었지만 인수도 괴로운 건 마찬가지였다. 요즘 몇 개월 동안 적지 않은 내공을 축기했지만 작업이 보통 어려운 것이 아니었다.

"일단… 오늘은 여기까지만… 하지요……. 후우!"

한계까지 내공을 소진한 인수는 땀 범벅이 되어서 세텔의 등에서 손을 뗐다. 세텔은 이내 울컥 피를 토하며 충격에 견뎠다. 시커먼 피를 몇 번이나 토한 그는 몸 상태가 한결 좋아진 데에 뛸 듯이 기뻐하며 말했다.

"자네 정말… 대단한 사람이군! 음악을 하다가 온 사람이라는 말을 믿을 수가 없어! 정말 대단하네!"

"……."

그러나 인수는 아무런 대답이 없었다. 극심한 내력의 소모를 보충하기 위해서 무아의 세계에서 다시 운기조식을 시작했기 때문이다.

"고맙네. 이 은혜, 잊지 않겠네."

상대가 듣고 있든지 말든지 세텔은 건너편에서 고개 숙여서 감사의 표현을 했다.

인수는 이후 두 번 정도 세텔의 내상을 봐줬다. 완전히 내상을 치료해 주는 것은 무리였지만 세텔은 인수의 도움으로 건강과 마력을 조금씩이나마 회복할 수 있었다.

시간은 계속해서 흘렀다. 인수의 목 언저리에 내려오던 머리카락이 거의 어깨에 닿을 정도로 길었다. 턱을 덮은 수염도 더욱 덥수룩해졌다. 머리카락과 수염이 시간의 흐름을 느낄 수 있는 유일한 지표였다.

인수에겐 엘더하인의 봉인구에서 보낸 200여 일보다 현실의 감옥이 훨씬 견디기 괴로웠다. 그래도 그가 미치지 않고 버틸 수 있는 것은 세텔과 이야기를 할 수 있었던 덕분이다.

사람의 적응력은 대단하다. 이젠 먹는 것이 시원찮은 것과 배변 환경이 좋지 않다는 것을 제외한다면 감금 생활에도 익숙해졌다. 물론 여전히 지루함과 불안함이라는 적응될 수 없는 감정이 그들을 괴롭히고 있긴 했지만.

벽 하나를 사이에 둔 인수와 세텔. 두 사람은 운명 공동체였다. 혼자서는 살아남을 수 없으니 그들이 뭉치게 된 것은 당연했다.

인수는 세텔을 통해서 이 세상의 언어를 배웠다. 통역 마법을 통해서 대화를 나눌 수도 있지만 차원을 이동한다는 것이 얼마나 힘든 일인지 세텔에게 듣고 난 뒤엔 인수도 이 세상의 언어를 배울 필요를 느꼈기 때문이다.

세텔의 마법 덕분에 인수는 수월하게 언어를 배울 수 있었

다. 옛날 지구에서 전음이라는 수법이 전해 내려온다면, 이곳
에는 근거리에서 소리뿐만이 아니라 이미지나 좀 더 구체적
인 느낌을 전하는 마법이 있다. 전영(傳映) 마법이라고 본다
면 정확할 것이다.

한국의 학생들이 반복 주입식 교육으로 언어를 습득하는
것에 비하면 훨씬 효과적인 학습법이었다. 상세한 설명을 듣
고 동시에 전영 마법으로 그 느낌을 전해 받으니 언어 학습
은 놀라운 속도로 진행되었다. 일주일이 다르게 인수의 언어
구사 능력은 발전을 거듭했고, 반년이 지나지 않아서 통역
마법을 사용하지 않더라도 무리 없이 대화가 될 정도로 늘었
다.

그 와중에도 인수는 수련을 게을리 하지 않았다. 당장 생사
현관을 타통하진 못하더라도 전신 세맥에 진기를 통하게 하
며 축기된 내공을 정순하게 바꾸는 과정도 필요하리라고 생
각했기 때문이다.

"세텔 형님, 살아 계십니까?"
"그래… 살아 있다."
이제 두 사람은 당연하다시피 이 차원의 언어로 대화를 나
눈다. 처음엔 존칭으로 대화했었지만, 오랜 시간을 대화하다
보니 자연스럽게 나이 차이를 생각해서 형과 동생처럼 관계
가 변했고, 얼마 전엔 아예 의형제를 맺어버렸다.
한 치 앞도 보이지 않는 어둠을 응시하며 인수는 힘없는 목

소리로 물었다.

"우리가 갇힌 지… 얼마나 지났을까요?"

"일 년은 더 지났겠지."

세텔도 정확한 시간은 모른다. 그러나 짧아도 일 년은 지났을 것이고, 어쩌면 이 년에 가까운 시간이 지났을 수도 있다. 시간의 속도가 무너진 그들에겐 짐작하기 어려운 시일이었다.

"… 몸은 좀 어떠세요?"

"네 덕분에 거의 회복되었구나."

"……."

할 이야기가 사라지니 침묵이 계속되었다. 암흑과 침묵이 끔찍할 정도로 싫었던 인수는 다시 말을 붙였다.

"형님은 여기를 나가면… 뭘 제일 먼저 하고 싶으세요?"

"제대로 된 음식을 먹고 싶다. 사람이 먹을 수 있을 만한 것으로."

세텔은 자신이 즐겨 먹던 진미와 감미로운 술 이야기를 했다. 인수는 이야기를 들으며 군침을 흘렸고, 자신이 한국에 있을 때 자주 먹었던 음식들을 덩달아 이야기했다.

따뜻한 공깃밥, 삼겹살과 소주, 맥주……. 과거에는 그렇게 당연했던 것들이건만, 이젠 손이 닿지 못하는 추억을 떠올리며 이야기하노라니 그는 금세 서글퍼졌다. 자신의 뜻과는 달리 이상한 세상에 끌려와서 이게 무슨 신세인가. '만약 나간다면' 이라는 생각이 과거 '로또에 당첨된다면' 이라는 생각과 비슷하게 여겨지고 있었으니 암담해졌다.

그러나 그렇다고 희망을 버릴 수는 없었다. 인수는 쉽게 자포자기할 정도로 근성이 없는 인물이 못 되었다.

"형님, 반드시 탈출합시다. 이대로 여기서 끝낼 순 없잖아요?"

"…그래."

"그리고 나가면 꼭 우리끼리 술 한잔해요."

"그래야지."

이미 몇 번이나 서로 다짐한 이야기였다. 그러나 다짐만 할 뿐 방법이 보이지 않는 것이기도 했다.

그러나 인수는 다시 분노를 불태우며 반드시 탈출할 방법을 찾겠다고 다짐했다. 그건 세텔도 마찬가지였다.

세텔은 몸이 조금이나마 회복되자 이 감옥이 어떤 구조로 되어 있는지 상세히 조사했다.

이미 예측했던 그대로 감옥의 내벽은 보통의 석벽이 아니었다. 엄청나게 단단한 재질로 만들어져 있고, 내벽 안에는 마나나 내력을 통한 충격을 분산, 억제하는 마법진이 동작하고 있었다.

무식한 힘으로 때려보면 부서질 수도 있을 것 같았지만 수백 번을 실험해도 그건 무리인 듯했다. 그렇다면 방법은 두 가지밖에 남지 않는다. 마법진이 억제할 수 있는 한계 이상의 마나를 담은 일격을 날리는 것과, 마법진을 정지시키거나 파괴하는 방법이다.

그러나 첫 번째는 가능성이 적었다. 인수가 설령 여기서 기적처럼 생사현관을 타통하더라도 감옥의 내벽을 무너뜨릴 정도의 위력을 보인다는 보장이 없다. 아니, 애초에 백회혈이라는 관문이 버티는 한, 그 경지에 오르는 것이 더욱 막막했다.

그럼 방법은 두 번째밖에 남지 않는다. 마나의 타격을 분산하고 있는 마법진의 효과를 막아내야 했다.

그러나 그것도 대책이 나오지 않는 것은 마찬가지였다.

세텔의 설명에 의하면, 마법진은 발동되는 순간에 효력을 잃는 것과 장기적으로 효력을 유지하는 것의 두 가지 종류가 있다고 했다. 물론 지금의 경우엔 두 번째 종류이다.

계속 설명을 들은 인수는 마법이 컴퓨터의 프로그램 같은 것과 닮았다고 생각했다. 전기로 동작하느냐 마나로 동작하느냐의 차이가 있을 뿐, 마법진이란 전자 장비라고 보아도 되었다. 공통점이라면, 전자 장비가 전기를 먹듯 마법진도 마나를 소모해서 동작하는 것이었다.

즉, 전원을 차단하듯 마법진에 마나를 공급하는 회로를 단선시키면 탈출도 꿈이 아니었다. 그러나 그것도 결국 탁상공론이다. 세텔도 알 수 있는 그 단점을 에리온이 모르고 있을 리가 없었다. 마나를 공급하는 라인이 대강 그 위치가 어디인지는 짐작할 수 있었지만, 감옥의 안에서는 도무지 그것을 단선시킬 방법이 없었다.

계속해서 시간이 흐르고, 여러 가지 방법을 시도해 봤지만 실패를 거듭했다. 인수와 세텔은 탈출의 가능성이 줄어감에 좌절해 갈 수밖에 없었다.

　시간이 흐를수록 뭐에 홀린 것처럼 인수는 수련에 매달렸다. 그리고 경지가 올랐다고 생각될 때마다 지겨운 감옥의 내벽에 그 성과를 확인해 보았다.
　"제발… 효과가 있어라."
　씁쓸한 얼굴로 중얼거린 인수는 오른손을 들고 진기를 끌어모았다. 금빛 섬광을 흩뿌리며 그의 손엔 금빛 기운이 모였다. 그리고 인수가 빠른 속도로 내벽을 향해 손을 휘두르자, 끝에서 날카롭게 응축된 기가 하나의 선이 되어 뻗어 나갔다. 처음엔 손에 검기와 비슷한 기운을 실던 것이 어느새 검사에 가까운 형태로 발전한 것이다.
　전통적으로 검술을 수련해 오던 사람들은 믿기지 않다 못해 인정하기가 힘들 것이다. 검술로 검형(劍形)을 익히고, 그 안에서 검의(劍意)를 깨달아가는 것이 검도(劍道)를 완성하는 과정이다. 수십 년이고 검형과 초식을 연마하고 나서 그 속에 숨은 진짜 진의를 알아내고 검도를 이루는 것은 너무나도 당연한 순서가 아니던가?
　그러나 인수는 형(形)을 익히지 않고 의(意)를 이루고 있었다. 만류귀종(萬類歸宗)이라고 한다. 그 말대로 모든 것은 결국 하나로 귀결되는 법이다. 무극신공의 수련은 인수에게 그 근원을 알게 하는 힘을 주었다. 그것이 가능할 정도로 인수의 재능은 천부적이었다.

인수의 수도에 맺힌 검사의 기운이 내벽으로 쇄도한다.

파박!

그러나 회심의 일격은 내벽에 한 뼘 크기의 얕은 흠을 만들어냈을 뿐이다. 인수는 주저앉아서 절망했다. 만약 검강을 다룰 수 있는 경지에 올라서 수강을 뿌려낼 수 있다고 하더라도 이 저주스런 내벽을 깨부수는 것은 무리일 것 같았다.

게다가 중급의 수련법을 알지 못해서 점점 수련의 성과가 적어지기 시작하자 아무리 근성을 자랑하는 인수라도 실망할 수밖에 없었다.

'이대로 발버둥치다가… 결국 무의미하게 죽는 건가.'

하루에도 몇 번이나 이렇게 버러지처럼 죽는 게 아닐까 하는 생각이 들었다.

인수는 멍하게 앉아 있다가 입구의 자그마한 틈으로 스며드는 미약한 빛줄기를 바라보며 손을 내밀었다. 미미한 빛의 건너편에서 손 모양에 맞춰서 그림자가 맺혔다.

"이건…토끼… 이건 개……."

수련의 진보가 줄어들고 탈출의 방법도 보이지 않으니 궁상맞게 시작한 놀이였다.

토끼에서 늑대, 꽃게까지 모양을 이래저래 만들어가며 그림자의 형태를 지켜보던 인수는 현실의 비참함에 자신도 모르는 사이에 이를 악물고 눈물을 흘렸다. 이렇게 궁상맞은 짓거리로 자신의 인생을 마감하고 싶은 마음은 추호도 없었다.

그러나 답이 나오지 않았다.

“씨팔…….”

자신도 모르는 사이에 욕설이 튀어나왔다. 이러는 꼴이 괜히 한심하다고 생각한 인수는 그림자 모양을 만들려고 이리저리 구부린 손을 펴고 쪼그려 앉았다.

‘나갈 방법이 없나…….’

내부는 정순한 내공을 가득 축적하여 상당한 수준에 올랐지만, 인수의 육신은 스러져 가고 있었다. 레어의 가디언들은 말 그대로 굶어 죽지 않을 정도로만 먹을 것을 줬다. 먹는 게 적으니 체력도 제한이 있을 수밖에 없었다.

미미한 빛에 비치는 손가락이 인체 모형의 뼛조각 위에 거죽만 입혀놓은 것 같았다. 뮤지션의 자랑처럼 손가락에 자리 잡았던 굳은살은 이미 사라져 버린 지 오래다.

“힘이… 필요해.”

인수는 쓸쓸한 목소리로 중얼거렸다. 그리고 멍하게 자신의 그림자를 바라보았다. 그때였다. 무언가가 이상했다.

빛에 비쳐 투영되는 그림자의 궤적이 순간 흐릿하게 변하며 일그러졌다. 눈의 착각이 아닐까 생각하면서도 뭔가 심상치 않은 느낌을 받았기에 인수는 다시 정신을 집중하며 그림자를 바라봤다.

금방 본 것은 환상이 아니었다. 아지랑이처럼 빛과 어둠의 경계선이 허물어져 가고 있었다. 생명을 얻은 것처럼 그림자가 허공에 부유했고, 유일하게 외부에서 자유롭게 드나드는 빛을 가리고 움직였다. 인수는 그 광경에 홀린 듯 시선을 집중하다가 가슴을 움켜쥐고 신음을 흘렸다.

"윽!"

가슴이 죄어오는 것 같은 통증이 느껴졌다. 정확하게 심장이 뛰는 부위에서 느껴지는 통증이었다. 그리고 의식도 순간이지만 흐릿해졌다. 그걸 억지로 참고 집중하자, 이상한 감각이 느껴지기 시작했다.

'이 느낌은… 뭐지……?

그 느낌을 어떻게 설명해야 좋을까? 의식이 확장되고 새로운 감각 기관이 생겨난 것만 같았다. 몸에서 뻗어 나온 보이지 않는 무언가가 주변을 오가며 감각을 전해오고 있었다. 생전 처음 경험해 보는 느낌이었다.

인수는 그 정체불명의 감각에 의식을 집중했다. 감각이 좀 더 선명해지고 형태를 이루었다. 가슴 쪽에서 심장이 죄어지는 것 같은 고통이 강해졌다. 감각에 의식을 집중하면 할수록 그 고통은 심해지는 것 같았다.

두근! 두근!

알 수 없는 힘이 심장의 박동을 억제하는 것 같았다. 혈류량이 줄어드니 구역질이 나고 머리가 띵했지만, 인수는 참아냈다. 에리온의 고문도 견뎌왔던 그다. 이 정도의 고통에 굴복하겠는가?

그림자는 어둠 속에서 더욱 짙은 어둠으로 형태를 이루며 의식의 조정에 따라서 움직이고 있었다. 인수는 금세 이것이 무엇인지 알아챘다. 그도 아는 기술이었다.

"설마 쉐도우 페이즈……?"

인수의 인상이 구겨졌다. 이게 웬 뜬금없는 쉐도우 페이즈란 말인가. 아니, 그것보다도 더욱 어이가 없는 것은 어떻게 자신이 야족 중에서도 칠황 혈족의 특기인 쉐도우 페이즈를 쓸 수 있느냐는 것이었다.

문득 에리온이 했던 말 중 한마디가 인수의 뇌리를 스쳐 지나갔다.

"인간도 아니면서 인간 흉내를 내는 주제에… 인간이 나에게 그런 말도 안 되는 걸 시킬 생각이야!"

인수의 말에 에리온은 이렇게 대답했었다.

"어머? 그건 당신이나 나나 피차 마찬가지 아닌가요?"

그뿐만이 아니다. 몇 번인가 당신도 '인간이 아니잖냐' 고 말했었다. 당시엔 웃기지도 않는 헛소리라고 넘겼는데, 진의를 생각하니 인수는 섬뜩한 기분을 느꼈다.

"내가… 야족이라고?"

쉽게 받아들이기 어려웠다. 평생을 인간 강인수로 살아왔는데 이제 와서 갑자기 야족의 피가 흐른다는 걸 인정할 수 없었다.

생각해 보면 납득하기 힘든 점도 많았다. 특히 기, 기공은 인간에게만 허용된 특권이다. 몇 천 년 동안이나 인간이 야족과 싸울 수 있었던 무기가 바로 기였다. 인수 또한 무극신공을 수련하여 기를 다루는 인간이 아니던가? 기를 사용하는 야족이라는 건 듣지도 보지도 못했던 일이다.

그러나 지금 겪는 일이 현실임이 분명한 이상, 받아들여야 했다. 자신이 야족, 그중에서도 아마 칠황의 피를 이은 혼혈이라는 것을 말이다.

인수는 마음을 굳게 먹고 일단 현실을 직시했다. 자신의 정체가 인간이든 야족이든 설령 대머리 독수리든 비둘기든 그게 무슨 상관인가? 그가 그라는 것은 변하지 않는데.

어찌 되었건 자신의 정체가 중요한 게 아니다. 죽지 않으려면 여기서 탈출해야 했다. 그게 가장 시급했다.

인수는 기대하지도 않았던 능력인 쉐도우 페이즈 다루는 것을 천천히 시험해 보았다. 의식을 집중하고 어둠에 생명을 부여한 뒤에 뜻대로 부리는 것은 생각처럼 쉽지 않았다. 흐트러지기 일쑤였고, 무엇보다 그림자의 양이 많아지거나 다루는 시간이 조금이라도 길어지면 가슴에서 심한 통증이 느껴졌다.

"심장에… 좋지 않군. 윽!"

일이 분 정도만 그림자를 다루더라도 심한 통증이 느껴졌고, 의식이 둔해졌다. 근성으로 버텨낼 수 있는 마지노선을 찾기까지 몇 번이나 인수는 실신하기 직전까지 몰렸다.

조금이나마 요령과 감각을 찾자, 이전에 만났던 야족들이

했던 것처럼 인수는 그림자를 칼날처럼 날카롭게 만들어서 쏘아보았다.

파파파팍!

내벽에 불꽃을 튀기며 충돌한 그림자는 이내 형체를 잃고 평범한 어둠으로 변해갔다. 마음 같아서는 스펀지처럼 썰어 내 버릴 수 있기를 바랐건만 역시 세상 일이 그렇게 쉽진 않았다. 혹시나 하는 마음으로 내벽을 확인하니 예상했던 것보다 깊은 상흔이 남아 있었다.

인수는 몇 번이고 더 쉐도우 페이즈를 사용해서 위력이나 활용법을 시험해 보았다. 요령이 생기니 쉐도우 페이즈로 만들어낸 그림자는 기다란 채찍처럼 변하여 이리저리 휘면서 인수의 의지대로 움직여 줬다. 다룰 때마다 심장에 가해지는 고통이 상당하긴 했지만 그는 이를 악물고 집중했다.

'가능할 수도 있겠어.'

그는 탈출이 가능할지도 모른다는 생각에 미소 지었다. 만약 이 감옥 안에서 바깥에까지 쉐도우 페이즈를 통과시킬 수 있다면 여기서 손도 닿지 않는 거리에 있는 마나 공급 라인을 공략할 수도 있다.

쉐도우 페이즈로 감옥의 내벽을 보호하는 마법진만 무용지물로 만들 수 있다면……. 탈출도 꿈이 아니었다.

CHAPTER 4
필사의 탈출

BLAST

인수는 쉐도우 페이즈라는 활용에 대해서 연습했다. 그 연습은 기를 수련하듯 정순하게 하고 깨달음을 얻는 것이 아니었다.

그것은 혹독한 자신과의 싸움이었다. 쉐도우 페이즈를 사용하는 것은 멎어버릴 것 같은 심장의 고통을 동반하고 의식을 흐리게 한다. 끌어올리는 위력이 강하면 강할수록 고통과 실신감은 강해졌다. 갈수록 필사의 비명을 지르듯 심장은 고통을 뿜어냈고, 박동은 힘이 없어졌다.

고통 따위를 무서워할 인수가 아니다. 이대로는 죽어버릴 것 같다는 고통을 억지로 견디며 이를 악물고 의식을 가다듬었다. 의식과 무의식의 경계선에서 이어지는 아슬아슬한 외줄 타기. 심장과 정신을 끊임없이 조율하고 한계를 찾아내기 위한 연습이었다.

"질 것 같으냐!!"

자신과의 싸움만큼 가혹한 것은 없다. 그러나 인수의 근성 하나는 일품이었다. 그 근성이 이 싸움을 지속할 무기요, 싸움을 이겨 나가기 위한 모든 것이었다.

어둠 속에서 기괴할 정도로 붉은 안광을 빛내는 인수는 결국 한계를 넘어서 이윽고 정신을 잃었다. 가느다란 의식과 무의식의 줄타기에서 무의식의 세계로 떨어져 버린 것이다.

이미 몇 번이나 겪은 일이었다. 그리고 조금씩 요령을 찾아가는 과정이기도 했다.

그 결과, 점점 탈출을 향한 희망이 커져 가고 있었다.

"형님, 움직일 수 있으시겠어요?"

인수는 탈출을 할 수 있을지도 모른다는 말을 이미 세텔에게 한 상태였다. 세텔도 몸 상태가 엉망인 것은 마찬가지였지만 적어도 자신의 다리로 걸을 수는 있다고 답신했다.

"…결행할 겁니다. 바로 오늘 밤입니다."

소곤소곤 작은 목소리로 인수는 결행의 시간을 말했다.

"그래."

오랫동안 이곳에 갇혀 있으면서 인수는 감시가 소홀한 시간대를 찾아냈다. 레어를 지키는 가디언들이 주기적으로 슬쩍 상태를 확인하고 갔지만, 새벽의 일부 시간에 그 감시와 순찰이 소홀해지는 순간이 있었다. 탈출을 감행하기에 가장 적절한 시간이었다.

인수는 요즘 몇 주일 동안 좁은 감옥 속을 움직이며 굳어 있던 다리를 풀었다. 탈출을 각오하고 조금씩 움직여 오긴 했지만, 오랜 기간 감금당했으니 다리가 얼마나 움직일 수 있을진 미지수였다.

체력이 아니면 내력으로라도 몸을 움직일 수 있다. 문제는 세텔이었지만 최악의 경우 그를 부축하고라도 이곳을 빠져나갈 생각이었다. 이후에도 세텔의 도움이 필요할 터이니 결코 두고 갈 순 없었다.

'될 대로 돼라!'

기다리던 시간이 천천히 찾아왔다. 탈출을 감행하기에는 더없이 좋은 타이밍. 적어도 이 감옥 쪽으로 서너 시간 이상 가디언들이 다가오지 않는 시간이 곧 다가왔다.

인수는 식사가 들어오는 좁은 문틈에 앉아서 주변의 어둠으로부터 쉐도우 페이즈를 불러냈다. 어둠의 군집은 인수의 조종에 따라서 응집되었고, 석벽의 밖으로 스멀스멀 흘러나오기 시작했다.

목표는 감옥에서 5m 이상 떨어진 곳. 아직은 거기까지 닿기에 쉐도우 페이즈의 양이 절대적으로 부족했다.

기세를 늘리니 심장에 가해지는 부담이 강해졌다. 박동 수가 현저히 떨어지며 의식이 희미해지기 시작했지만, 인수는 견뎌냈다. 이 정도는 아직 버텨낼 수 있다. 이제 막 시작했을 뿐이라고 생각하며 정신을 불꽃처럼 불태웠다.

스스스스.

밖으로 흘러나온 쉐도우 페이즈의 그림자가 어둠을 타고 한 방향으로 흘러갔다. 줄기가 길어지고 굵어지기 위해서 더 많은 어둠의 기운이 충원되었고, 인수의 고통은 더욱 심해졌다.

목적지는 멀지 않았다. 세텔이 말해준 마법진의 마나 공급선. 그곳을 향해서 불어난 쉐도우 페이즈의 그림자가 흘러나가고 있었다.

하지만 인수가 생각하지 못했던 것이 있었다. 어둠으로 가득 찬 감옥에서 쉐도우 페이즈를 다루던 것과, 빛이 존재하는 곳에서 다루는 것은 전혀 달랐던 것이다.

이 정도면 될 것이라고 생각했던 한계량에 거의 다다랐음에도 아직 목표한 곳에 그림자의 칼날이 닿지 않았다. 그동안 경험한 바로 봐선 이 정도가 인수가 버틸 수 있는 한계선이자 의식과 무의식의 경계였다.

한계에 달하니 의식이 더욱 희미해지고 정신을 차리기가 힘들어졌다. 마음속에서 여기서 포기하고 그냥 편해지라고 악마의 유혹이 들려왔다.

포기하면 편해진다. 너의 능력이 없었던 것이라고 치고 포기해 버리면 심장을 손으로 잡고 쥐어짜는 것 같은 고통에서 벗어날 수 있다고 악마의 목소리가 커져 갔다.

‘니미럴! 내가 포기할 거 같아!!’

마음속 악마의 목소리를 향해서 욕설을 뱉은 인수는 질끈 감고 있던 눈을 떴다. 얇은 눈꺼풀에 가려진 그의 동공이 붉은빛으로 변하여 야족 특유의 적광을 뿌리고 있었다. 그의 몸속에 흐르는 야족의 피가 본격적으로 활동하기 시작했다는 증거였다.

인수는 필사의 정신을 모조리 끌어올려서 의식을 또렷하게 하고 쉐도우 페이즈의 기운을 더했다. 이미 한계를 훨씬 초월한 기운을 동원한 것이다. 의식이 멀어지려고 했지만, 그는 고통이 가득한 신음을 더하며 필사의 조종을 했다.

파파파팍!

세텔이 일러준 마나 공급용 라인이 위치한 곳을 쉐도우 페이즈의 다발이 폭풍처럼 찔러 들어갔다. 불꽃이 튀며 깊게 상흔을 남겼지만 아직 마법진은 죽지 않은 것 같았다.

‘더욱… 더욱… 더! 힘이 필요해!’

빠드득!

잇몸에서 피가 흘러나올 정도로 강하게 이를 악물고 인수는 심장이 완전히 멈춰도 좋다고 생각하며 쉐도우 페이즈에 힘을 보탰다. 그와 동시에 그의 눈동자의 적광도 배가 되었다. 이미 한계는 넘어선 지 오래였다. 심장은 언제부턴가 이미 완전히 멈춰 버린 것 같았고, 언제 의식을 잃어도 이상하지 않을 상태였다.

울컥 뱃속에서 뜨겁고 비릿한 것이 치밀어 오르는 걸 느꼈다. 바로 지금 이걸 토해내면 모든 것을 잃는다. 그걸 알고 있었으므로 인수는 젖 먹던 힘까지 모조리 끌어모아 필사의 근성을 발휘했다.

파파파파팍!!

필사의 근성으로 끌어낸 쉐도우 페이즈의 칼날이 연거푸 채찍처럼 목표 지점을 후려치고 파고들었다. 그와 동시에 인수는 자리에서 울컥 피를 토하고 앞으로 널브러졌다. 쉐도우 페이즈의 그림자는 허공 속에서 녹아버리듯 자취를 감춰 버렸다.

두근! 두근!

3분 이상 심장 박동이 완전히 멈춘 상태에서 다시 고통을 이겨낸 심장이 박동하기 시작했다. 알아서 회생하다니, 참으로 기특한 심장이 아닐 수 없었다.

한계를 넘어서 쉐도우 페이즈를 사용한 탓에 일 분가량 인수는 그 자리에서 움직이지 않았다. 그러나 이내 그는 몸을 일으켰다. 바로 울컥하고 한 모금 검은 피를 토해낸 인수는 떨리는 손으로 입가를 닦은 후, 천천히 자리에서 일어섰다. 그는 한계를 넘어선 상황에서 자신과의 승부에서 이겨냈다. 승리한 것이다.

아찔한 정신에 인수는 잠시 몸을 휘청거렸다. 시야가 흐렸다. 초점이 잡히지 않고 아지랑이를 바라보듯 일그러진 현실이 투영되었다. 그러나 인수는 의식을 바로잡기 시작했다. 그간의 불행과 고행이 그를 강하게 만들어준 덕이다.

"시팔… 수, 수명이… 십팔… 년은 줄었겠군."

욕인지 탄식인지 구별하지 못할 말을 한 인수는 겨우 세텔에게 말을 걸었다. 성공했는지 성공하지 못했는지 여부가 당장 수명이 몇 년 줄었는가 보다 중요했다.

"인수야! 성공이다! 내벽을 방어하던 마법진의 기운이 완전히 사라졌구나!"

세텔이 희소식을 전했다. 어찌나 흥분했던지 목소리를 낮추고 조용히 이야기하는 것도 잊은 모양이었다.

"살면서 들은 여러 가지 이야기 중에서… 형님의 방금 말이 가장 기쁘군요."

인수는 휘청거리는 다리를 부여잡고 몸을 완전히 일으켜 세웠다. 의식은 거의 돌아왔다. 몸이 약간의 내상을 입은 것 같았지만, 당장 그걸 신경 쓸 겨를이 없었다. 가디언들이 돌아오면 이번 탈출은 힘들어진다. 일 분 일 초가 아까웠다.

"형님, 벽에서 물러서십쇼."

인수는 단전과 전신에 축기되어 있는 내공을 가득 끌어올렸다. 내상을 입은 탓에 일부 기맥에서 통증이 느껴졌다. 그러나 내공을 끌어올리지 못할 정도는 아니었다.

"타핫!"

그리고 인수는 그동안 세텔과 자신을 가로막고 있던 저주스런 내벽을 향해서 분노의 일격을 날렸다.

쩡!

내벽 전체를 크게 울리는 소리와 함께 충격한 내벽이 크게 뒤흔들렸다. 그리고 그 증오스럽던 내벽은 내력이 가득한 인수의 공격을 견디지 못하고 와르르 무너지고 있었다.

건너편에서 엉망진창으로 자란 수염과 백발이 성성한 남자가 경의와 경탄을 담은 얼굴로 그를 바라봤다. 그 남자가 세텔임은 물어볼 필요도 없었다.

"인수… 냐?"

"인수 맞습니다, 형님. 처음 뵙겠습니다."

"해냈구나!"

두 사람은 감격을 이기지 못하고 서로 얼싸안았다. 그러나 여기서 이렇게 좋다고 얼씨구나 하고 있을 순 없었다. 시간이 촉박했다. 가디언들이 돌아오면 탈출은 더더욱 힘들어질 수밖에 없다.

"형님! 나갑시다!"

"그래야지!"

세텔과 함께 인수는 내벽을 진흙 더미마냥 무너뜨리고 감옥 밖으로 나섰다. 빛이 가득한 세상이 그들을 반기고 있었다.

거동이 아직 불편한 세텔을 부축하며 인수는 서둘러 밖으로 나가는 출구를 찾기 시작했다.

그때 건너편 어딘가에서 분주한 발소리가 인수의 청각에 잡혔다. 레어의 가디언들이 뭔가가 이상하다는 낌새를 차리고 내려오기 시작한 것이다.

인수는 분노가 섞인 흥분을 가라앉히지 못했다. 감옥 안에서 가디언들에게 겪었던 수모를 떠올리니 그는 울분이 더욱 치밀어 올랐다.

길고 긴 감금 생활 동안 그는 안에서 나가기만 하면 모조리 죽여 버리겠다고 수백 번이나 소리쳤고 다짐했다. 물론 레어를 지키는 가디언들은 그 말을 듣고 기괴한 목소리로 웃을 뿐이었지만 그는 한순간도 그 생각을 버려본 적이 없다. 탈출, 그리고 복수에 대한 갈망이라는 것을 말이다.

"모조리 죽여 버릴 테다!"

세텔이 너무 지나치지 않은가 우려할 정도로 그는 흥분하고 있었다. 일 년이 넘도록 인수와 함께 지냈던 그도 인수의 불같은 성질머리는 모르고 있었던 것이다.

내벽을 무너뜨리는 소리를 듣고 이상하다고 생각한 두 마리의 가디언이 감옥 쪽으로 내려왔다. 놈들의 정체는 세텔에게서 들은 이야기로 추론해 보면 오크라는 이름의 몬스터인 듯했다.

인수의 눈에 오크는 얼핏 인간과 유사해 보였다. 덩치도 그렇고 이족보행을 하는 점도 크게 다를 바가 없었다. 그러나 입 밖으로 삐져나온 흉물스런 이빨과 광합성이라도 할 것 같은 피부색은 결코 인간과 동종으로 보기엔 힘들었다.

"취익! 인간이……!"

튀어나온 이빨 때문에 기괴한 바람 소리를 내며 두 마리의 오크가 소리를 질렀지만, 인수는 그사이 거리를 좁히며 달려들었다.

오랜 시간 갇혀 있어서 환자처럼 마른 몸이었건만, 무극신공이 4성에 근접한 인수의 몸놀림은 한국에 있을 때와 비교도 되지 않았다.

퍼펙!

그는 엄청난 속도로 달려들어서 한풀이를 하듯 오크 한 마리의 주둥이를 주먹으로 가격하고, 연달아 섬전 같은 돌려차기로 두 번째 오크의 모가지를 날려 버렸다.

"퀴이익!!"

생김새만큼 이상한 비명을 지르며 오크들은 그 자리에서 나가떨어졌다. 매 공격에 적지 않은 기가 실려 있었고, 인수의 진전은 전과는 비교도 할 수 없을 정도로 높아졌으니 일격필살이 따로 없었다. 두개골이 박살나고 목뼈가 두 조각 나버린 오크들은 바닥에서 더 이상 움직이지 못했다.

인수는 자신의 진전에 놀랐다. 자신이 이 정도로 강해졌다고는 짐작하지 못했기 때문이다.

'몸이 가볍군.'

감옥 생활 동안 육체는 더 이상 약해질 수 없을 정도로 빈약해진 상태였건만 그럼에도 몸이 새털처럼 가벼웠다. 비록 육체는 약화되었지만 무극신공의 진전이 그 단점을 커버하고도 남았다. 비록 약간의 내상을 입긴 한 것 같았지만 당장 크게 신경 쓸 정도는 아니었다.

"놀랍구나!"

세텔은 새삼스럽게 인수의 무용에 감탄했다. 익스퍼트급에 올랐을 것이라고는 이미 짐작하고 있었지만, 이렇게 맨손으로 몬스터를 때려잡는 걸 실제로 보니 놀라울 뿐이었다.

두 사람은 나선 방향으로 나 있는 계단을 밟고 오르기 시작했다. 오랫동안 갇혀 있었으니 걸음걸이가 여간 불편한 게 아니었다. 그러나 탈출의 가능성을 찾은 때부터 두 사람은 좁은 감옥 속을 움직이며 굳어버린 다리를 풀어왔기에 걷지 못할 정도는 아니었다.

계단을 오르던 도중에 덩치가 2미터를 우습게 뛰어넘는 한 마리의 몬스터가 나타났다. 오거였다. 오거는 중형급 몬스터 중에서는 손에 꼽힐 정도로 강력한 몬스터였지만, 인수와 세텔의 상대는 되지 못했다.

만일의 사태를 준비하고 있던 세텔의 마법이 오거를 직격했고, 오거가 괴성을 지르며 주춤하는 사이 인수는 오거에게 접근하여 맨손으로 두부를 썰어내듯 모가지를 베어버렸다.

'무기도 없이 맨손으로… 오거의 목을 베어버리다니… 대단한 솜씨구나.'

그 솜씨나 과감성에 세텔은 더더욱 놀랄 수밖에 없었다. 그리고 약간이나마 지니고 있던 우려를 접을 수 있었다.

세텔이 알기에도 인수에겐 이번이 이 세상에서 목숨을 걸고 벌이는 첫 전투다. 그러나 머리가 떨어져 나와서 피를 뿜어내는 오거의 시체를 밟고 있는 그의 눈빛에는 살생의 죄책감이나 주저함이 거의 보이지 않았다. 에리온에게 납치당한 이후의 경험과 분노가 강인수라는 남자를 변하게 만든 것이다.

"얼른 나가죠."

세텔이 고개를 끄덕였고, 인수는 살기 가득한 눈을 번득이며 계단을 주시했다. 분주한 발걸음 소리가 들리고, 그림자들이 비쳤다. 다른 가디언들이 다가오고 있었다. 그는 발견되어 당하느니 먼저 공격하겠다는 각오로 주저함 없이 몸을 던졌다.

누가 나오든 상관없었다. 상대가 설령 인간이라도 지금의 인수는 주저없이 공격을 가할 것이다.

강인수라는 이름의 맹수가 우리에서 풀려 나왔다. 몇 년 동안이나 날카롭게 갈아놓은 이빨을 번득이면서 말이다.

*　　　*　　　*

그들의 탈출은 금방 에리온의 레어 전체로 퍼져 나갔다. 레어 전체라고 해봐야 그렇게 넓진 않지만, 고룡인 데다가 여러 가지 뒤에서 꾸미는 것이 많던 에리온의 레어인 만큼 규모도 상당했으며 상시 수십여 마리의 몬스터가 가디언으로서 레어를 지키고 있다.

그것을 총괄하는 것은 과거 인간이었던 존재다. 인간일 때 그는 아이프라고 불렸었다.

아이프는 거의 백 년 전 대륙을 떠들썩하게 했다. 인간의 한계라는 7서클 마법을 마스터했던 그는 나이를 먹자 젊음과 영원한 삶을 연구했다. 그러나 영생에 집착한 그의 연구는 도가 지나쳤다. 수백여 명의 인간을 실험대에 올리고 살상했으니 그는 인간으로서 영생을 즐기기 위해서 스스로 인간이길 포기했던 것이다.

결국 그는 지은 죄의 대가를 치렀다. 그 당시 대륙을 활보하던 대영웅 카일 대공에게 처단당한 것이다. 모두들 아이프가 죽었다고 생각했다. 세상은 그를 카일 대공의 위대한 행보에 기록된 한 명의 미치광이 마법사로서 기억할 뿐이었다.

그러나 그는 여태 살아 있었다. 젊음과 생생한 육체로 지속되는 것은 아니지만 뼈만 앙상한 언데드 몬스터 리치가 되어 영생을 얻었고, 에리온의 가디언으로서 삶을 지속하고 있었던 것이다.

어떻게 보면 구차한 인생이라고 볼 수도 있다. 대마법사라고 불리던 그가 비루먹은 개처럼 남의 집을 지키는 신세가 되다니……. 그 역시 지금의 신세가 마음에 들진 않았다. 그러나 좋든 싫든 그는 한 마리의 개가 될 수밖에 없었다.

리치의 생은 영원에 가까울 수는 있다. 그러나 결코 불멸은 아니다. 그의 모든 생명력이 담겨 있는 물건이 부서지면 그의 개 같은 삶도 끝나 버린다. 그 물건을 에리온이 가지고 있으니 아이프도 에리온의 종으로 움직일 수밖에 없었다.

그의 몸엔 겨울 나뭇가지처럼 앙상하게 백골이 드러나 있다. 죽음을 거부한 언데드의 숙명이다. 그런 모습이 싫어 두 터운 로브로 전신을 가린 아이프는 부하 가디언들에게서 두 사람의 탈출 소식을 듣고 형언하기 힘들 정도로 기괴한 목소리로 입을 열었다.

"탈주라고? 그게 정말이냐? 도대체 어떻게……?"

아이프는 금방 들은 이야기가 진실이 맞긴 한지 잠시 의심할 정도로 놀랐다. 그들이 갇혀 있던 감옥은 아이프 자신도 탈출을 할 엄두가 안 나는 곳이다. 인간의 한계를 넘어선 8서클 급 마법사나 소드마스터라고 하더라도 탈출을 할 수 없게 설계된 구조가 아니던가? 도대체 무슨 방법으로 탈출할 수 있었는지 놀라웠다.

그러나 시급한 문제는 탈출 방법이 아니었다. 몇 년간 레어를 비우겠다던 에리온은 감옥에 갇혀 있는 젊은 인간의 처우를 몇 번이나 강조했었다. 무슨 일이 있어도 최소한 3년 이상은 살아 있도록 하라고 했는데 아직 2년이 채 지나지 않았다. 이대로 그들을 놓치면 몇 년 후에 에리온이 돌아왔을 때 목숨을 건질 자신이 없었다.

자신이 너무 안이하게 생각했다는 걸 뒤늦게 깨달은 그는 언데드 특유의 목소리로 소리쳤다.

"늙은 놈은 죽여도 상관없다! 그러나 젊은 놈은 무조건 생포해야 한다! 놓치거나 죽여 버리면 우리 모두 죽고 말 것이야!!"

아이프는 생포 명령을 내렸다. 그러나 상황은 그의 생각과는 전혀 반대로 돌아가고 있었다. 가디언들은 일방적으로 인수와 세텔에게 당하고 있었다.

해치우는 것도 어려운 상대를 무슨 수로 생포하겠는가?

＊　　　＊　　　＊

인수는 대폭 상승한 무력으로 선전하고 있었다. 일단 좁은 통로에서 싸움을 벌이는 것이 유리하게 작용했다. 가디언들은 대체적으로 덩치가 큰 몬스터들로 구성되어 있었기 때문에 감옥 쪽 통로에는 두 마리 이상이 한 번에 덤벼드는 것이 불가능했다. 둘러싸여서 협공만 당하지 않는다면 해볼 만했다.

"이야압!"

인수는 좀 전에 소도 아니고 말도 아닌 덩치 큰 몬스터를 해치우고 빼앗은 대검을 휘두르며 폭풍처럼 검기를 뿌려댔다. 몬스터들은 두터운 중갑옷으로 무장하고 있었지만, 철판을 뚫고 푹푹 파고드는 인수의 검기 앞에서 피를 뿜으며 고전을 면치 못했다.

콰앙!!

인수가 앞에서 시간을 버는 사이에 뒤에선 세텔이 강력한 마법으로 지원을 해줬다. 캐스팅 시간이 조금 걸려서 그렇지 위력은 인수의 공격보다 효과적이었다.

한두 마리씩 가디언들은 목숨을 잃어가고 있었다. 상황을 보아서 탈출도 꿈만은 아니었다.

한편 인수는 새삼스럽게 마법의 위력에 감탄했다. 에리온이 그에게 사용했던 마법은 대다수 정신계 마법이었기 때문에 그는 마법의 진정한 위력을 모르고 있었다. 세텔이 구사하는 마법의 위력은 그가 상상했던 것보다 굉장했다. 하기야 벨크레아 교육원이라는 곳의 학장을 맡을 정도로 인정받던 세텔의 실력이 상당하기 때문이기도 했지만.

세텔도 인수에게 감탄하기는 마찬가지였다. 강력한 검기를 구사하는 인수의 검은 화려한 기교나 형식은 보이지 않았지만 위력 하나는 대단했다. 저 정도 수준의 검기를 구사하려면 소드익스퍼트 중급은 되어야 한다. 그러나 세텔이 인수를 처음 만났을 때 인수는 겨우 마나를 다루기 시작한 마나 유저의 단계에 있지 않았던가?

그도 인수가 단기간의 수련으로 놀라운 진전을 얻었다는 것을 알고 있었으므로, 에리온이 인수를 탐낸 이유를 조금이나마 이해할 수 있을 것 같았다.

'세상엔 상식을 초월한 천재가 있다는 말을 믿지 않을 수 없군.'

그때였다. 거의 2m에 달하는 커다란 방패와 대검으로 무장한 두 마리의 오거가 앞을 막아서고 있었다. 방패에 새겨진 문양을 보고 세텔의 안색이 변했다. 대마법용으로 완성된 방패임이 분명해 보였기 때문이다. 대마법용 방패는 마법뿐만이 아니라 검기의 기운도 상쇄하는 효과가 있었다.

"제기랄! 끝이 없어!"

섣불리 덤벼들지 말고 신중히 싸워야 한다고 세텔이 경고하기도 전에 인수는 겁없이 선제공격을 날렸다. 기세 좋게 뿜어낸 금빛 검기는 오거들의 방패를 충격했지만, 철갑옷마냥 뚫어버리진 못했다. 약간의 찌그러짐을 남겼을 뿐이었다. 세텔이 우려하던 그대로였다.

"…엇?"

인수도 본능적으로 무언가가 이상하다는 느낌을 받았다. 저 방패가 심상치 않은 물건이라는 걸 알아챈 것이다.

"인수야! 섣불리 덤비면……!"

세텔이 충고를 마저 전하기도 전에 인수는 내공을 끌어올리며 효율을 생각해서 사용하지 않던 기술을 사용했다.

파팟!

대검의 끝에 맺힌 금빛 빛줄기가 하나의 선이 되어 뻗어 나갔다. 내공의 소모를 생각해서 여태껏 검기를 구사하는 정도에서 그친 인수가 검사를 사용하기 시작한 것이다.

인수가 구사하는 검사는 검기와는 수준이 달랐다. 검사는 세텔이 우려하던 대마법 방패를 뚫고 오거들의 육신을 꿰뚫었다. 오거들은 방패의 방어력을 믿고 있었던지 괴성을 질러댔고, 그 틈을 놓치지 않고 인수의 검은 전광석화처럼 단숨에 오거들의 모가지를 베어내고 있었다.

"…허어……."

세텔은 입을 벌리고 또다시 놀랐다. 인수가 사용하기 시작

한 검사는 소드익스퍼트에서도 거의 상급의 경지에 가까워야
만 사용할 수 있는 것이 아닌가!

검사의 위력은 가공할 만했다. 상당한 진기를 소모하는 탓
에 인수도 남발하진 않았지만, 세텔의 마법이 막히기 시작한
상황을 단번에 타계할 수 있을 정도로 효과를 발휘하고 있었
다.

세텔은 탈출할 수 있을 것이라고 거의 확신하고 있었다.

한편 인수는 죽을 지경이었다. 살다가 이렇게 격렬하게 피
를 튀기면서 싸우는 건 처음이었다. 주변엔 선혈이 낭자했고,
신체 내부의 갖가지 것들이 흐트러져 마치 지옥도를 연상케
했다.

구역질이 절로 났다. 한국에 있을 때에는 싸움엔 자주 휘말
렸어도 작은 동물 하나 죽여본 적이 없을 정도로 살생과는 거
리가 있는 삶을 살아온 그다. 처음엔 분노에 사로잡혀 검을
휘두르고 몬스터들을 참살했지만, 혈향이 짙어지자 분노는
조금씩 사그라졌고 가슴속에 무언가가 차 올라왔다. 살을 꿰
뚫고 뼈를 가르는 감촉이 너무나도 생생했다.

'내가… 왜… 이러고 있어야 하는 거지?

의문이 인수의 마음을 사로잡고 있었다. 물론 살아남기 위
해서, 탈출하기 위해서라는 것은 그도 알고 있었지만, 그보다
근본적으로 어째서 이런 운명에 놓였는지에 대해서 분노가
치밀어 올랐다.

주르륵.

자신도 모르는 사이에 눈물이 나왔다. 슬퍼서 우는 것인지 괴로워서 우는 것인지 구별이 가지 않았다. 그저 살아남기 위해서 죽이고, 죽고 싶지 않아서 죽이는 지금의 상황이 인수의 마음속 한구석을 괴롭힌 탓이다.

타원의 궤도를 그리는 인수의 대검이 트롤 한 마리의 목을 뚫고 지나갔다. 동맥이 절단되며 붉은 피가 분수처럼 파악 튀었고, 어떻게 할 틈도 없이 얼굴을 덮쳤다. 진득한 피가 스며든 시야가 붉게 돌변해 버렸다.

"크아아아아!!"

광기가 섞인 인수의 고함 소리는 갈수록 서글픔이 섞였다. 피에 붉은 시야는 눈을 깜박이고 다시 솟아오르는 눈물에 조금씩 회복되고 있었다. 적의 형태가 흐릿하게 드러나자 인수는 다시 검을 들었다. 그리고 다시 진기를 끌어올리며 사정없이 검을 내리그었다.

검을 내려치기 직전 시야가 거의 정상으로 돌아왔다. 찰나 간에 잡힌 인수의 안력에 공포에 절망하고 있는 오크의 얼굴이 보였다. 다시 눈물이 흘러나왔지만 인수는 검을 거두지 못했다. 죽여야만 살아남는다. 동정 따위는 접어둬야 했다.

"쿠에에엑!!"

멱 따는 괴성을 지르며 놈이 죽어버렸다. 지독한 혈향이 주변을 물들이며 인수의 감정을 파고들었다. 그와 동시에 무언

가가 조금씩 마비되고 있었다. 평범한 청년으로서의 감정이
라고 부르던 것이 조금씩 일그러져 갔다.

뒤에서 세텔이 캐스팅한 마법이 날아들었다. 커다란 화염
의 창이 앞을 막아선 몬스터들에게 꽂혔고, 동시에 폭발했다.

괴물들의 육편이 사방에 비산하고 화염에 고기가 타 들어
가는 냄새가 났다. 인수는 구역질을 억지로 참아내며 대검을
바로잡았다.

“…….”

앞을 가로막고 있던 몬스터들은 모조리 시체로 변해 있었
다. 인수는 잠시 발걸음을 멈췄다. 꼴사납게 흐른 눈물을 닦
아내고 싶었다. 하지만 눈물을 훔쳐 내기엔 이미 양손이 진득
한 피에 완전히 물들어 있었다.

세텔은 마나의 소비가 상당했던지 약간이지만 숨을 거칠
게 쉬며 인수를 재촉했다.

“후우… 어서 가자꾸나.”

인수는 고개를 끄덕이고 자신의 눈물을 감추기 위해서 서
둘러 앞으로 달려나갔다. 곧 한 무더기의 몬스터들이 공포에
질린 얼굴로 그를 맞이하고 있었다. 숫자가 갈수록 많아지고
있었다. 인수는 떨리는 손에 힘을 주고 억지로 대검을 움켜진
후 마음속으로 소리쳤다.

‘인간적인 죄의식 따위… 주저함 따위는… 개에게나 줘버
려라! 어차피… 나는 인간이 아니라 야족이니까!’

그리고 이어지는 절규와 같은 기합 소리.

"크아아아!!"

인수는 대검을 휘둘렀다. 그리고 그의 눈물 같은 검기가 정면으로 흩뿌려졌고, 인수의 주변에 자리 잡은 어둠에서 쉐도우 페이즈의 칼날이 튀어나와 몬스터들을 난자하기 시작했다.

탈출을 향한 싸움은 계속되었다.

＊　　　＊　　　＊

"가디언 전력 중 거의 절반이 당했습니다!"

"젊은 인간이 이상한 기술을 사용하기 시작해서 생포는커녕 전멸당해도 이상하지 않습니다!"

감옥 쪽에 투입된 가디언들에게서 계속해서 조치를 바라는 목소리가 들려왔고, 아이프는 머리를 굴렸다. 이야기를 들어보니 2년에 가깝도록 갇혀 있던 놈들이 금방 매가리가 빠지긴커녕 의외로 선전하고 있는 모양이다.

"이대로는 곤란하군."

가디언들이 좀 죽는 것은 별 걱정할 것이 아니었지만, 이대로 가다간 정말 백골밖에 남지 않은 상황에서 뼈도 못 추리게 될지도 몰랐다. 에리온이 진노하면 그로선 목숨을 부지할 방법이 없었다.

아이프는 놈들이 알아서 지쳐 버리길 기다릴 생각이었지만, 그럴 기미도 보이지 않는 데다가 가디언들도 필사적인 모양이니 걱정이 이만저만이 아니었다. 행여나 그 인간이 죽어 버리기라도 한다면 곤란했다. 직접 나서서 진압하는 수밖에 없었다.

잠시 후, 계책을 생각해 낸 아이프는 가디언들에게 명령했다.

"최대한 시간을 끌어서 레어의 입구 쪽으로 유인해라. 내가 해결하겠다."

＊　　　＊　　　＊

인수는 약해진 마음을 짓누르고 검을 휘둘렀다. 살아남기 위해서라고 죄악감을 벗어던진 뒤, 한 치의 망설임도 남기지 않고 공세를 퍼부었다.

자잘한 부상을 입긴 했지만, 움직이는 데 큰 지장이 있는 정도는 아니었다. 중추신경에서 치솟는 아드레날린이 그를 한 마리의 맹수로 날뛰게 했다.

공격 일변도로 나오는 인수에 비해서 가디언들은 시간을 벌려고 하는 기색이 역력했다. 몇 마리가 죽던지 간에 적극적으로 덤벼드는 녀석은 없었고, 벽을 만들 듯 통로를 가로막고 버티기 시작한 것이다.

인수는 조금씩 지쳐 갔다. 감금 생활로 체력은 애초부터 바닥이었으니 그를 지탱하는 것은 내공과 정신력뿐이다. 그러나 처음에는 그렇게도 많은 것 같던 진기가 검사를 사용하기 시작하면서 어느덧 반 이하로 줄어버렸다. 이대로 대치 상태가 계속될 경우, 십 분이 지나기 전에 모조리 소모해 버릴 판이었다.

몬스터 주제에 가디언들은 두터운 중갑옷을 차려입고 커다란 대마법 방패를 동원해 방어하고 있었다. 검기로는 돌파가 힘들었고, 세텔의 마법도 겉을 육중하게 후려치고 폭발할 뿐 큰 재미를 보지 못했다.

계속해서 검사를 난무하기엔 내력의 소모가 너무나도 크니 인수가 선택할 만한 것은 쉐도우 페이즈밖에 없었다. 그것이 그에게 남은 최후의 수단이었다.

인수 자신은 눈치 채지 못했지만, 검은색 눈동자가 불에 달아오른 금속처럼 빨갛게 변하고 흉광이 번득였다. 예상하고 있던 대로 흉통과 함께 의식이 흐려졌지만 버텨내지 못할 정도는 아니었다.

'탈출하지 못하면… 여기서 죽는다!'

그들은 죽음마저 각오하고 있었다. 인수는 기합을 넣고 양손을 좌우로 교차했다.

쉐도우 페이즈의 근원은 인수의 주변에 드리워진 그림자. 그곳으로부터 좌우로 총 네 줄기의 쉐도우 페이즈가 번개처럼 뻗어 나갔다.

파파파팟!

인수가 움직임에 큰 지장을 받지 않으면서 다룰 수 있는 것은 기껏해야 서너 줄기의 그림자뿐이지만, 쉐도우 페이즈의 위력은 검기에 전혀 뒤지지 않았다. 검사처럼 막강하진 않았지만, 기괴망측한 궤도를 그리며 틈을 파고드니 가디언들은 속수무책으로 당했다.

'크윽! 수명이… 줄어드는구나.'

쉐도우 페이즈의 위력은 훌륭하다고 하더라도 사용하는 입장에서는 가능하면 쓰고 싶지 않은 기술이었다. 가슴을 울리는 고통과 함께 간헐적으로 의식을 흐리게 만드니 정신력뿐만이 아니라 생명을 소모하며 사용하는 것 같았다.

쉐도우 페이즈로 가디언들의 전열이 흐트러지자, 인수는 대검을 좌우로 그으며 폭풍처럼 검기를 난사했다. 쉐도우 페이즈와 검기가 한데 뒤섞여 흐트러진 곳을 찌르니 가디언들의 굳건한 버티기도 흔들리는 기색이 확연히 보였다.

"인수야, 물러서라!"

마법을 캐스팅하며 상황을 지켜보던 세텔이 인수에게 뒤로 떨어지라고 소리쳤다. 인수가 물러난 틈을 타서 그는 비장의 한 수를 날렸다.

"익스플로전(Explosion)!!"

6서클 고위 마법 중에서도 한정된 공간에서 압도적인 파괴력을 자랑하는 익스플로전이 시전되었다. 인수는 뒤로 물러서면서도 마법들이 그도 이해할 만한 영어 단어로 되어 있음에 잠시 의문을 느끼고 고개를 갸웃했다.

쿠쾅!

이름이 어떻든 간에 직경 3m에 달하는 익스플로전의 화염이 쏟아져 나가 흐트러진 가디언들의 틈을 비집고 들어갔고, 곧이어 엄청난 폭발을 일으켰다. 통로가 무너지는 것이 아닐까 싶을 정도로 막강한 폭발에 레어 전체가 뒤흔들렸다.

인수는 화염과 굉음이 눈앞에서 공간을 집어삼키는 것을 보고 재차 놀랐다. 과연 6서클 급 고위 마법답게 위력은 상상도 하지 못할 정도였다.

세텔의 마법도 이렇게 대단하건만, 세텔은 자신과 에리온은 아예 차원이 다르다면서 고개를 저었었다. 그렇다면 과연 에리온의 마법은 얼마나 강하단 말인가? 그걸 상상한 인수는 가슴이 서늘해짐을 느꼈다.

통로를 굳세게 지키고 있던 십여 마리 가디언은 모조리 숯덩이가 되어버렸다. 마무리를 할 필요도 없었다.

한바탕 고비를 넘기니 가디언들의 반격은 눈에 띄게 약해졌다. 인수와 세텔은 드문드문 튀어나오는 가디언들을 참살하고, 계단 위에 펼쳐진 넓은 공간으로 몸을 던졌다. 빛이 비치고 있었다. 지겹디지겨운 레어에서 출구가 눈에 보이기 시작한 것이다.

감옥 측 지하 통로를 벗어나니 스무 마리에 가까운 몬스터가 인수와 세텔을 기다리고 있었다. 끝장을 볼 생각인 듯했다.

"크아아앗!"

기합 소리와 함께 검광이 번득이고 피가 튀었다. 인수는 지

처 가고 있음에도 망설임 없이 대검을 휘두르며 몬스터들을
제압했다. 세텔도 맺힌 한을 풀 듯 강력한 마법을 차례대로
구사하며 실력을 보였다.

"호, 놀랍군."

상황을 멀리서 지켜보고 있던 아이프는 백골만 남은 육신
을 덜그럭거리며 감탄했다.

2년에 가까운 세월 동안 감금해 둔 데다가 먹을 것도 제대
로 주지 않았건만, 탈출한 것도 놀라운데 이 정도로 선전할
줄은 상상도 하지 못했다.

'그건 그렇고… 아무리 내가 섣불리 죽이지 말라고 했다
하더라도 익스퍼트급 한 명에 6서클 마법사 하나에게 이 정
도로 밀릴 줄이야. 레어의 방어를 내가 너무 안일하게 생각하
고 있었을지도 모르겠군.'

명색이 고룡의 레어인데 이 정도의 전력에 흔들린다는 건
가볍게 넘길 일이 아니었다. 세상엔 '드래곤 슬레이어'라는
거창한 명성을 얻어보겠다는 멍청한 놈들이 얼마든지 있다.
물론 고룡 급에 있는 에리온 같은 드래곤을 잡으려는 정신병
자는 없겠지만, 그중에서 겁을 상실한 또라이가 없다는 보장
도 없다. 지금처럼 에리온이 장기간 레어를 비운 사이에 만약
대규모의 강자들이 레어를 습격해 왔다면 어떻게 되었을지
생각하니 아이프는 섬뜩한 기분이 들었다.

물론 자기 집에 드래곤 슬레이어를 꿈꾸는 멍청이들이 방
문하길 바라는 드래곤은 없다. 그래서 에리온의 레어는 인적

이 닿지 못할 험준하고 외진 곳에 있었고, 위치도 세상에 알려져 있지 않았다. 그러나 만약의 일도 있을 수 있으니, 아이프는 이 일을 마무리 지으면 대대적으로 가디언의 숫자를 늘리고 방어를 강화하리라고 마음먹었다.

"어쨌든 눈앞의 일부터 처리하고 생각할 일이지."

그러나 상황을 어떻게 처리해야 할지 난감했다. 절대로 3년 이상 살게 하라는 명령 때문에 죽일 수도 없고 어떻게든 생포해야 한다는 것이 문제였다.

가만히 지켜보던 아이프는 가디언들을 뒤로 물리고 인수와 세텔의 앞에 나섰다. 한편 인수는 로브로 전신을 가린 해골바가지가 명령을 내리며 앞에 나서는 것을 보고 심상치 않은 놈이라는 걸 직감한 뒤 무작정 덤비기보다 세텔의 눈치를 보며 상황을 살폈다. 생각대로 세텔은 바짝 긴장한 얼굴로 경고했다.

"리치다. 엄청난 마력을 지닌 강력한 몬스터이므로 조심해야 해."

인수도 긴장하며 고개를 끄덕였다. 리치가 어떤 몬스터인지는 세텔에게 들은 기억이 있었다. 극한까지 마법을 연구한 마법사가 죽음을 피하기 위해서 언데드가 된 것. 그것이 리치라는 괴물이라는 걸 기억하고 있었다.

'저런 해골바가지가 되어서도 살고 싶을까.'

한때 인간이었다는 사실이 신경에 거슬렸다. 비록 저런 추한 꼴이 되었더라도 과거 인간이었고, 인간의 기억을 가진 놈이 어떻게 이런 짓을 할 수 있다는 말인가! 속이 부글부글 끓었다.

"역시 에리온은 없는 모양이고… 네놈이 대장이냐?"

인수가 냉랭한 표정으로 묻자 아이프는 고개를 살짝 끄덕이며 대답했다.

"그렇지."

"그러면… 뒈져!"

말하다 말고 인수는 기습적으로 대검을 휘둘렀다. 언제나 선제공격이 승리의 필수 요건이라는 걸 그는 잘 알고 있었다.

응축된 검사가 아이프에게 뻗어 나갔다. 그러나 그 정도의 공격에 당할 정도로 만만한 상대가 아니었다. 번쩍하고 아이프의 신형이 그 자리에서 사라졌고, 언제 사라졌냐는 듯 눈 깜빡할 사이에 사정권 밖에서 모습을 드러냈다.

인수는 자신의 안력을 벗어날 정도로 빠른 움직임인가 싶어서 놀랐지만, 세텔은 무슨 일이 일어났는지 알아챘다.

"블링크(Blink)!"

아이프가 사용한 것은 초단거리 순간 이동 마법 블링크였다. 5서클 급 마법으로 세텔도 사용할 수는 있었다. 하지만 저렇게 짧은 순간에 주문을 완성하는 것은 세텔에겐 엄두도 내지 못할 수준이었다.

세텔은 상대가 자신과는 수준이 다른 마법사라는 걸 실감했다. 하기야 리치가 된 마법사라면 수백 년을 살아온 것이 당연한 데다가 기본적으로 7서클 정도는 마스터했다고 봐도 좋으니 6서클을 겨우 정복한 세텔에겐 애초부터 상대가 안 될 것이 뻔했다.

인수는 포기하지 않고 공격을 감행했지만, 아이프는 매번 번개처럼 사라져서 다른 곳으로 이동해 버리니 허탈할 수밖에 없었다.

"겉보기완 달리 팔팔한 놈이군. 크크크."

아이프는 멀찍이 떨어져서 음산한 목소리로 인수를 비웃었다. 그러자 인수는 냉소를 지으며 아이프의 신경을 건드렸다.

"해골 주제에 웃지 마. 시체 썩은 냄새 나잖아."

아이프는 잠시 움직임을 멈췄다. 그에게 안면 근육이 남아 있었다면 아마도 엄청난 표정을 지었을 것이다.

"이것이! 죽고 싶은 모양이구나!"

그가 가장 부끄럽게 생각하는 것이 썩어 문드러진 시체같이 흉측한 자신의 몰골이었다. 그걸 건드리니 그는 저 건방진 젊은 인간에게 분노와 살의를 느꼈다. 하지만 그 정도의 도발에 완전히 넘어갈 만큼 아이프도 녹록하진 않다. 그는 금방 냉정을 찾고 말했다.

"건방진 놈이군. 크크크, 언제까지 그렇게 나올 수 있는지 기대해 주마."

저 건방진 것이 거품을 물고 바닥을 길 모습을 상상하니 아이프도 분노를 죽일 수 있었다.

아이프는 음침하게 웃은 뒤 준비하고 있던 것을 발동시켰다. 그는 인수와 세텔이 올라오기 전에 정신 공격을 통해서 이성을 파괴시키는 대규모의 마법진을 구축해 놓은 상태였다. 그는 이것이 저 건방진 놈을 제압하기에 최고의 수단이라고 추호도 의심하지 않았다.

우우우웅!

발동을 시작한 마법진이 미미한 진동과 함께 빛을 뿜어내며 동작하기 시작했다. 뭔가 심상치 않은 느낌이 들기는 했어도 인수는 뭐가 뭔지 몰라서 어리둥절하고 말았지만, 세텔의 안색은 새파랗게 질렸다. 한눈에 어떤 작용을 하는 마법진인지 알아낼 수는 없었지만, 그로선 엄두도 내지 못할 정도로 고차원적인 마법으로 보였다. 함정에 빠진 것이다.

"윽! 이것은……?!"

발동과 동시에 효과가 드러나기 시작했다. 먼저 무지막지한 압력이 온몸을 압박하듯 짓누르기 시작했고, 정신이 혼미해졌다.

"설마……? 으아아악!!"

어째서 최악의 경우를 생각하면 언제나 그 최악이 현실에 닥치는 것일까? 세텔은 뇌리를 파고드는 엄청난 마력에 비명을 질러댔다. 정신계 마법이었다. 그것도 복잡한 대규모의 마법진으로 발동될 정도로 고위급의 마법이다.

전기에 감전된 것처럼 세텔의 전신이 경련하기 시작했고, 그는 눈을 새하얗게 까뒤집고 균형을 잃고 쓰러지기 시작했다. 불과 몇 초 만에 벌어진 일이었다.

"형님!"

인수는 깜짝 놀라 소리치며 쓰러지려는 세텔을 부축했다. 일이 잘못 돌아가고 있다는 생각을 하며 인수는 세텔을 불렀지만 세텔은 대답하지 못했다. 경련은 더욱 심해졌고, 급기야 거품을 물기까지 했다.

"크흐흐흐흐."

승리감에 도취된 아이프가 마법진에 마나를 주입하며 음산한 목소리로 웃었다. 그런데 그 웃음소리는 금세 약해질 수밖에 없었다. 무언가 이상했다.

'저놈은 어째서 멀쩡하지?

세텔과는 달리 인수는 영향을 받지 않는 것 같았다. 지금쯤이면 누구든지 발광을 하면서 쓰러져야 정상이 아니던가? 그는 적지 않게 당황할 수밖에 없었다.

정신계 마법진으로 함정을 만드는 것은 그로선 당연한 선택이었겠지만 결과적으론 악수였다. 그는 강인수라는 남자가 에리온도 포기했을 정도로 정신계 마법에 내성이 강하다고는 꿈에도 생각하지 못했다. 그걸 알았다면 그도 정신계 마법으로 제압할 생각은 버렸을 것이다.

아이프는 에리온의 계획은 물론이요, 인수가 어떤 존재인지도 몰랐다. 강인수와 에리온의 관계에 대해서도 마찬가지였다. 그는 에리온에게 집 지키는 한 마리의 개 일뿐이었으니까.

한편 인수는 세텔이 어째서 거품을 물고 쓰러졌는지 알 것 같았다. 오싹할 정도로 불길한 주변의 기와 바닥에서 빛나고 있는 마법진, 그리고 머리가 저릿저릿한 느낌은 과거 에리온이 자신에게 행했던 것과 유사했다.

'정신 공격이구나!'

인수는 서둘러 세텔의 몸속으로 진기를 주입했다. 무극신공의 기운은 사술 같은 외부의 간섭을 몰아내는 특성이 있으므로 그는 어렵지 않게 세텔의 뇌리를 파고드는 사이한 기운을 몰아낼 수 있었다. 절호의 타이밍이었다. 조금만 늦었어도 세텔의 의식은 적지 않은 손상을 입었을 것이다.

인수는 거기서 그치지 않고 필사적으로 쉐도우 페이즈를 끌어내어 바닥에서 빛나고 있는 마법진을 공격했다.

파파파팍!

마나의 흐름이 활발한 곳을 노리고 파고든 몇 줄기의 쉐도우 페이즈에 마법진은 효력을 잃어버렸다.

"크어억!!"

설마 마법진을 파괴할 수 있을 것이라곤 생각지도 못했으므로 아이프는 큰 충격을 받고 괴성을 질렀다. 대규모의 마법진을 운용하던 도중에 마법진이 파괴당하면 그 충격이 고스란히 시술자에게 돌아온다. 엄청난 마나를 들여서 발동시키던 중이라 그 반작용이 보통이 아니었다. 아이프에게 제대로 된 육체가 있었다면 한바탕 피를 토하고 의식을 잃었을 것이 분명했다.

그 틈에 인수는 세텔을 부축하고 몸을 날렸다. 세텔이 인사

불성이 된 이상, 여기서 더 이상 가디언들과 드잡이질을 할 상황이 아니었다. 마침 가디언들이 모두 마법진의 영향권 밖으로 물러선 참이라 도망치기엔 절호의 찬스였다.

"어딜!"

아이프는 몸을 휘청거리면서도 의식을 잃지 않았다. 눈 뜨고 그들이 밖으로 나가도록 지켜볼 수가 없었으므로 그는 얼른 주문을 외워서 인수와 세텔의 탈출을 막으려 했다.

밖으로 몸을 던지는 인수에게 커다란 화염 덩어리가 날아들었지만, 그는 방심하지 않고 반사적으로 검을 휘둘렀다. 검기가 충만하게 맺힌 검에 화염은 두 개로 갈라져 레어의 벽에 충돌하며 크게 폭발했다.

콰쾅!

위력에 등골이 오싹했다. 만약 직격당했으면 뼈도 못 추릴 것 같았다. 금방 막아낸 것은 거의 요행이었다.

인수는 근처에 널브러져 있는 커다란 대마법 방패를 주워 들었다. 그것이라도 있으면 뒤에서 마법을 두들겨 맞아도 크게 다치진 않을 것이란 계산에서 나온 행동이었다.

아이프는 우물쭈물하고 있는 가디언들에게 소리쳤다.

"뭐 하느냐! 얼른 놈들을 잡아! 절대로 도망치게 해서는 안 된다!!"

가디언들은 아이프의 명령에 따라 다시 달려들기 시작했지만, 인수와 세텔은 레어의 밖으로 벗어난 상황이었다. 인수는 세텔을 업고 남은 진기를 모조리 끌어모아 땅을 박차고 나갔다.

외부의 공기가 느껴졌다. 인수는 드디어 레어 밖으로 나선 것이다.

그에겐 이 세상에서 처음으로 바라보는 레어 밖의 풍경이다. 그러나 그는 눈앞의 풍경을 보면서 감탄과 경악이 섞인 한 마디를 뱉었다.

"씨부럴⋯⋯!"

레어 밖은 사나운 눈보라가 몰아치는 겨울이었다. 에리온의 레어가 있는 곳은 뼛속까지 시리는 냉기와 함께 만년설에 뒤덮인 험난한 산의 한 기슭이었다. 정면엔 옛날 같았으면 장엄한 풍경이라고 평할 만했지만 지금은 사정이 다르다.

"잡아라!!"

뒤에선 허겁지겁 그를 잡으려 달려오는 가디언의 무리. 눈앞은 눈과 얼음이 가득한 가파른 급경사. 세텔은 여전히 의식이 돌아오지 않았으니 사면초가라는 상황이 이렇게 어울리는 상황이 어디 있으랴.

세텔을 둘러업은 인수는 레어로 되돌아가느냐, 아니면 죽기를 각오하고 밖으로 도망치느냐를 가지고 고민했다. 냉정하게 생각하면 탈출하면서 너무 많은 여력을 소진하여 버렸기 때문에 더 이상 싸울 자신이 없었다. 아무리 생각해도 죽는 한이 있어도 가파른 경사를 뚫고 도망치는 수밖에는 없었다.

'그러나 어떻게⋯⋯?'

그때 하나의 아이디어가 떠올랐다. 인수는 아까 들고 온 대마법 방패를 바닥에 깔고 손잡이를 움켜쥔 뒤 엉덩이를 밀착시켰다. 생각했던 것보다 자세가 나왔다. 이대로 방패를 썰매처럼 타고 가파른 경사를 돌파할 생각을 해낸 것이다. 그러나 공포감이 엄습했다.

'이건 미친 짓이야!'

제정신이 아니고서는 할 수 없는 행동이란 생각이 들었다. 몇 번이나 차라리 가디언들과 사생결단을 내는 것이 낫다는 생각이 들었지만, 그것도 대책이 없기는 마찬가지. 점점 가까워지는 가디언들의 발소리를 듣고 있자니 마음이 급해졌다.

인수는 짧은 시간 동안 생각했다. 먼저 이대로 이 방패를 썰매 대용으로 사용할 수 있지 않을까 고려했다. 디자인으로 본다면 이런 목적을 고려하지 않았을까 싶을 정도로 제법 그럴싸해 보였다. 크기도 오거같이 커다란 몬스터가 사용할 수 있게 만든 것이라 거의 1.5m에 육박할 만큼 컸고, 손잡이도 큼지막해서 잡기에 좋았다. 가능성이 없어 보이진 않았다.

그러나 바로 한 발짝 앞에 펼쳐진 거의 50~60도는 되어 보이는 엄청난 급경사를 바라보니 오금이 저렸다. 냉기에 이성마저 싸늘하게 얼어붙는 것 같았다.

'방법이 없어.'

결국 인수는 눈을 질끈 감고 손에 들고 있던 대검과 함께 공포에 얼어버린 이성도 집어던졌다.

“에라, 모르겠다!”

그는 바닥을 박차고 급경사를 향해서 방패를 밀었다. 방패는 경사를 타고 움직였고, 속도를 붙이기 시작했다.

쏴아아아아!

상상했던 것 이상으로 맹렬한 가속감! 롤러코스터와는 비교도 할 수 없는 엄청난 스릴감! 함박눈이 주변 정경과 함께 엄청난 속도로 주변을 질주하고, 살을 찌르고 뼛속까지 얼려 버릴 것 같은 냉기가 온몸을 스쳐 갔다.

“우와아악! 젠장하아알!”

안전벨트가 없는 롤러코스터에 오른 사람처럼 인수는 세텔을 업은 채 대마법 방패를 붙들고 소리 질렀다.

한편, 가디언들은 멀어져 가는 그의 뒷모습을 닭 쫓던 개 지붕 쳐다보듯 어찌할 도리 없이 망연자실하게 바라볼 수밖에 없었다.

썰매는 달렸다. 자유를 향해서……. 물론 이대로 지옥으로 직행할 수도 있겠지만.

*　　　　*　　　　*

‘흰 눈 사이로 썰매를 타고 달리는 기분~’ 이런 가사의 노래가 있다. 그다음 가사는 ‘상쾌도 하다’ 가 들어가지만 유사한 상황임에도 인수의 감상은 달랐다.

좌아아아아악!

"무서워어어! 아~악!!"

브레이크도 없이 가파른 설산을 직선으로 주파하는 것은 보통의 용기로 할 수 있는 짓이 아니었다. 인수는 눈물이 나올 정도로 무서워서 자신이 왜 이런 짓을 했는지 뼈저리게 후회하고 있었다.

세텔은 여전히 의식이 없었다. 인수는 진로를 신경 쓰랴, 등에 업혀 있는 세텔이 떨어져 나가지 않도록 붙잡으랴, 썰매를 붙들고 비명을 지르랴 정신이 없었다.

깎아지른 설산의 표면을 타고 지나간다는 것은 스키장의 슬로프를 타고 가는 것과는 전혀 달랐다. 스키장 슬로프는 완만한 경사에 경사면도 잘 닦여서 울퉁불퉁하지 않지만, 이곳은 완전 정반대였다. 두텁게 눈이 쌓인 곳은 곳곳이 심한 굴곡을 만들고 있었고, 바위가 드러난 곳도 있었다. 그런 곳을 지날 때마다 방패는 격하게 진동했다. 몇 번 균형을 잃어 뒤집힐 뻔할 때마다 인수의 얼굴은 새파랗게 질려 버렸다. 그가 아무리 무극신공의 4성에 근접하여 검사지경에 올랐다고 하더라도 이 속도에서 얼음 바닥에 내팽개치면 살아남을 자신이 없었다. 물론 세텔의 목숨도 위험한 건 마찬가지다.

엄청난 속도로 눈발을 가르고 스쳐 지나가니 추위도 보통 견디기 힘든 것이 아니었다. 내공을 끌어올려서 추위를 몰아내긴 했지만 그것도 임시방편일 뿐, 살갖을 얼려 버릴 것 같은 냉기는 고통스러울 뿐이었다.

차아아아악!

브레이크를 잡을 방법도 없이 썰매는 끝이 보이지 않는 기나긴 능선을 타고 내려갔다. 다행히 약간이나마 경사가 약해진 것 같은 기분이 들었지만 속도는 줄어들 줄 몰랐다. 인수는 무섭기도 했지만 이 끝에 까마득한 절벽이나 커다란 장애물이 나타나지 않을까 걱정하며 요동치는 방패의 손잡이를 붙잡고 정면을 응시했다.

인수의 눈에 멀찍이 다가오는 둔덕이 보였다. 직경이 1~2m 정도밖에 안 되는 자그마한 둔덕이었지만, 이대로라면 완전히 그곳을 향해서 일직선으로 돌진할 판이었다.

"커브! 커브으!!"

몸 전체를 옆으로 틀며 체중을 실어서 조금이라도 방향을 틀기를 기대했지만 별 효과는 없었다. 오히려 균형을 잃고 썰매는 요동쳤고, 발라당 뒤집어질 뻔했다.

버둥거리며 눈 바닥을 차고 이리저리 몸을 젖히는 틈에 다행히 조금이나마 방향이 틀어졌지만, 그 뒤에 다른 둔덕이 있었다. 어떻게 놀랄 틈도 없이 썰매는 그 둔덕을 향해 돌진했고, 그것을 점프대 삼아서 하늘로 치솟았다.

"으아아~!"

2초간의 짧은 공중 비행. 인수는 아찔한 체공감에 별의별 생각이 다 들었다. 그동안의 삶이 머리를 스치며 정신이 아찔해졌다.

쿠쿵!

어떻게 겨우 썰매가 바닥에 착지했다. 뒤집어지지 않은 것이 다행이었다. 충격에 전신이 요동쳤지만 겨우 손잡이를 붙들고 자세를 유지할 수 있었다. 인수는 혼백이 잠시 외출을 하고 돌아온 것 같은 감각에 입을 벌리고 아무 말도 하지 못했다. 썰매는 여전히 엄청난 속도로 눈보라를 가르고 쏘아져 나갔다.

"으… 으음……."

하필이면 이런 때에 세텔이 의식을 차리려는 기미를 보였다. 그는 이내 조금씩 의식을 찾으며 말했다.

"이… 인수야, 도대체……."

"형님! 저를 꼭 붙들고 계세요!"

세텔은 잠에서 깨어나듯 의식을 차렸다. 그는 먼저 온몸이 얼어붙을 것 같이 주변 온도가 낮은 데에 놀랐고, 다음엔 주변 풍경이 미칠 듯한 속도로 지나가고 있는 데에 놀랐다.

"…이게 어찌 된 일이냐?!"

"설명할 시간이 없어요! 우… 우악!!"

인수는 옆으로 몸을 틀면서 멀리서 다가온 바위를 가까스로 피해냈다. 짧은 시간 동안이지만 썰매 위에서 필사적으로 버둥거리다 보니 조금이나마 방향을 트는 방법을 깨달은 것이다.

간신히 커다란 바위를 스쳐 지나가고 썰매는 계속해서 눈 위를 스쳐 지나갔다. 세텔은 무서운 속도감에 공포를 느끼며 오들오들 떨면서 물었다.

“탈출…했구나!”

“일단 하기는 했지만요… 으어억! 사… 상황이 좋지만은 않네요!”

“그, 그렇구나.”

덜커덕! 터턱!

한바탕 굴곡이 진 빙판을 스치며 썰매가 요동쳤다. 세텔은 겨우 인수의 등에서 벗어나 아래쪽에 나 있는 손잡이를 붙잡고 침을 삼켰다.

세텔도 눈치가 없는 건 아니니 중간 과정은 나름 짐작했다. 어떻게든 탈출을 성공한 것은 사실인 모양이고, 사정이 어떻게 돌아가는지는 몰라도 대마법 방패를 타고 이렇게 레어 밖으로 도주하고 있었으니까. 그러나 불안한 걸 어쩌겠는가.

“이거 어떻게… 멈출 방법은 있는 거니?”

세텔의 말에 인수는 떨리는 목소리로 되물었다.

“혹시… 속도를 줄이는 마법 같은 건 없나요?”

“…….”

잠시 침묵. 눈보라와 함께 눈 위를 스치는 소리만이 끊이지 않았다. 그때 갑자기 경사가 더욱 심해졌다. 그와 동시에 속도도 더욱 빨라졌다.

쏴아아아악~!

“우아아아아!!”

“살려줘어어!!”

세텔과 인수는 공포에 질려서 하나가 되어 비명을 질러댔

다. 고요한 설산에 두 사람의 비명 소리가 메아리치고 있었
다.

그때 그 처절한 비명 소리에 호응하듯 썰매가 스쳐 지나가
는 경사면의 눈이 흘러내리며 한 무더기의 파도를 그리기 시
작했다. 엎친 데 덮친 격으로, 재수없게도 눈사태가 일어나기
시작한 것이다.

무지막지한 양의 눈이 등 뒤에서 썰매를 추격하기 시작했
다. 눈사태가 부드러운 설질의 눈이기만 하면 얼마나 좋겠는
가? 압도적인 양이라는 것도 문제였지만, 조각조각 튀는 작은
결정뿐만 아니라 갈수록 부피가 늘어나는 눈은 이내 서로 섞
이고 결정끼리 뭉치면서 집채만 한 눈덩이가 되어 썰매를 추
격했다.

쿠콰콰콰쾅!

이대로 있다가는 눈에 파묻히거나 집채만 한 눈덩이에 벌
레처럼 압사당해도 이상할 게 없었다.

"더 빨리! 빨리!"

"엑셀이 없어요!"

세텔이 등 뒤에 닥쳐오는 눈사태에 온몸을 떨며 재촉했고,
인수는 살아남기 위해서 속도를 줄일 생각을 하기보단 직선
활강을 하면서 자세를 낮추고 속도를 올렸다. 상황은 갈수록
나빠졌다. 가뜩이나 눈보라 때문에 앞이 잘 보이지 않았는데
눈사태의 여파로 시야가 좋지 않았다.

"인수야! 우측에 바위다! 조심해라!"

먼저 장애물을 알아본 세텔의 외침에 인수는 살짝 몸을 왼쪽으로 틀었다. 무게 중심이 이동하며 썰매는 방향을 틀었고, 바위를 또 아슬아슬하게 피해낼 수 있었다.

"이…인수야…인수야!"

또다시 멀리서 뭔가를 발견한 세텔이 공포에 완전히 질린 목소리로 소리쳤다. 가뜩이나 정신이 없어 죽겠는데 뭣 때문인가 하고 인수는 얼굴을 덮고 있는 눈 무더기를 털어내고 신경을 집중했다. 그리고 뭔가를 발견하고는 새파랗게 질려 있던 안색이 완전 흙빛으로 변했다.

"어…어… 어떻게 하… 죠……?"

"……."

까마득하게 깎아지른 절벽이 다가오고 있었다. 어떻게 버둥거리며 틀어서 피해낼 만한 규모가 아니었다. 그 너머 희미하게 보이는 곳은 정말 만장단애(萬丈斷崖)라고밖에 할 말이 없는 아득한 낭떠러지. 게다가 뒤에는 해일처럼 닥쳐오는 눈사태의 지옥.

"어쩌죠?"

세텔도 뭐라 입을 열지 못하고 붕어처럼 뻐끔거릴 뿐이었다. 그러나 재차 인수가 앙칼지게 좌절이 섞인 소리를 지르자 대뜸 정신을 차리고 말했다.

"계속 달려나가자!"

"…죽을 거예요!"

인수는 진짜 어떻게 살아남을 방법이 없을지 생각해 봤지만 지옥의 입구처럼 깊게 파여진 낭떠러지는 점점 가까이 다가오고 있었다.

"나를 믿어라!"

"믿는다고 살 수 있으면… 우아악!"

낭떠러지는 어느새 코앞에 와 있었다. 눈을 한 번 깜빡이는 사이 그들은 허공으로 치솟아 올랐다. 아찔한 속도로 허공에 떠오른 두 사람. 인수는 소리쳤다.

"아부지이이!!"

허공으로 떠올라 천천히 추락하기 시작하니 이제 죽는구나 싶었다. 기구한 삶이었다고 자신의 삶을 추억하며 눈물을 흘리는 순간, 갑자기 세텔이 그의 등을 꽉 붙들었고, 돌연 낙하 속도가 엄청난 기세로 줄어들기 시작했다.

"레비테이션!!"

세텔은 그 마지막 순간에 비상 마법을 캐스팅한 것이다.

추락 속도가 줄어들며 두 사람은 중력을 무시하고 허공에 부유하며 절벽을 내려가기 시작했다. 한 이 분가량을 천천히 하강한 두 사람은 잠시 후에 절벽 아래쪽의 완만한 평지 위에 착지했다. 정말 구사일생이 따로 없었다.

겨우 살아남았다는 생각에 그들은 눈 위에 털썩 주저앉았다. 긴장이 풀리니 피로가 몰려온 것이다. 인수는 허탈한 목소리로 불평했다.

"하늘을 날 수 있는 마법이 있으면 진작 써주시지 그러셨어요. 진짜로… 죽는 줄 알았잖아요. 하아!"

인수가 세텔을 탓하자 세텔도 변명거리가 있었다.

“허억…허억……! 방금의 마법이 얼마나 막대한 마나를 소모하는지 몰라서 그러는 거다. 금방… 그것만으로도 마나가 거의 바닥나 버렸단 말이야.”

“…….”

눈사태의 여파로 하늘에서 산산이 흩어진 눈발이 함박눈과 섞여서 쏟아져 내리고 있었다.

“…어쨌든… 살았네요.”

“그래.”

그리고 두 사람은 누가 먼저라고 할 것도 없이 서로 얼싸안고 감동을 나눴다. 아찔한 순간들을 이겨내고 자유가 되어 맨다리로 서서 대지를 밟고 있으니 이 얼마나 좋은가?

많은 시련과 고난을 이겨내고 그들은 결국 탈출한 것이다.

CHAPTER 5
벨크레아로…

BLAST

세텔은 이곳이 대륙 북부에 위치한 샤미트 산맥일 것이라 했다. 워낙에 험준한 고산지대인 데다가 특히 얼음의 땅에 가까운 부분은 이렇게 만년설에 덮여 있다는 것이다.

자유의 몸이 되었다고 기뻐하기엔 아직 일렀다. 그들이 있는 곳은 인간의 발걸음이 닿지 못하는 극한 지대. 무한한 대자연 앞에서 세텔과 인수는 그저 무력한 두 인간일 뿐이었다.

가장 문제가 되는 것은 기후였다. 침을 뱉으면 바로 얼음덩어리가 되어 떨어질 정도의 추위가 대낮에도 계속되었다. 그런 기후를 옷이라고 말하기도 안타까운 얇은 누더기와 맨발로 버텨내는 것은 사람이 할 수 있는 짓이 아니었다.

인수는 무극신공의 기운을 이용해서 한기에서 몸을 보호할 수 있다 하더라도, 세텔은 진기를 활용하는 방법이 전혀 다르므로 정말 오들오들 떨었다. 세텔이 마나를 이용해서 만드는 화염은 공격적이고 폭발적인 것이지, 결코 몸을 따뜻하게 만들 만한 종류는 아니었으니까.

틈틈이 인수가 양강의 기운을 전해줘서 한기를 몰아낼 수는 있었지만, 그래도 얼음의 땅은 혹독하기 짝이 없는 환경이었다. 특히 발이 얼어붙어서 떨어져 나갈 것 같은 동상의 고통은 장난이 아니었다.

멈추면 죽는다. 끝없이 계속되는 눈부신 설원과 깎아지른 얼음 산. 지독한 눈보라를 가르고 그들은 살아남기 위해서 동상에 얼어붙고 있는 몸을 움직여야 했다.

"좀 어떠세요?"

"크… 정말 얼어 죽겠구나."

빈약한 세텔의 체력도 문제였다. 인수도 힘든 것은 마찬가지였지만 어쩔 수 없는 상황엔 세텔을 업고 움직여야 했다. 인수의 성격에 결코 세텔을 내버려 두고 갈 수는 없었다.

평지나 오르막은 걸어서 올라갔고, 중간에 약한 경사가 보이면 다시 방패로 썰매를 타기도 했다.

그렇게 이틀을 쉬지 않고 강행군을 했다. 이런 추위에 잠을 잤다가는 싸늘한 시체로 변할 것이 뻔하므로 계속해서 움직이는 수밖에 없었다.

추위에 시달리고 굶주림에 지쳐서 도무지 견디지 못하겠

다 싶을 때, 그들은 우연히 동굴을 발견했다. 동굴 안은 눈보라가 불지 않으니 가지만 앙상하게 남은 나무를 잘라서 모닥불을 피우면 따뜻하고 아늑한 휴식 장소가 될 것이다.

인수는 근처에 가끔씩 보이던 순록 한 마리를 사냥해 왔다. 그런데 사냥은 둘째 치고, 요리할 도구가 없어서 난처했다. 날고기를 먹을 순 없지 않은가?

궁리 끝에 어떻게든 방법을 만들어냈다. 쉐도우 페이즈를 이용하여 가죽을 벗겨내고 조각조각 해체한 다음, 세텔이 눈을 모아서 화염계 마법으로 녹여 작은 물웅덩이를 만들고 피를 뺀 다음 먹을 만하게 만들었다.

모닥불 나뭇가지에 꽂아서 구워 먹은 순록의 고기는 설익고 피가 뚝뚝 흐르는 데다가 질기기까지 해서 결코 맛있다고 말할 순 없었지만, 에리온의 레어에서 가디언들이 주던 개도 못 먹을 음식에 비하면 성찬이었다.

정말 얼마 만에 실컷 고기를 먹은 것인지 몰랐다. 위의 크기가 줄어서 그런지 조금만 먹어도 배가 가득 찼다.

두 사람은 이틀 정도 머물면서 동굴 속에서 체력과 마나를 회복했다. 동상에 걸린 손과 발은 세텔이 회복 마법을 이용해서 치료했고, 순록 고기를 먹어가며 조금은 원기를 회복했다.

계속되는 산행의 준비도 했다. 죽은 순록의 가죽을 자르고 누더기 안에 옷처럼 걸쳤고, 힘줄을 끈처럼 엮어서 신발을 만들어 추위에 대한 대비를 했다.

고난으로 엮인 관계라 그런지 두 사람의 사이는 피를 나눈

형제보다 더욱 돈독해졌다. 밖의 상황을 지켜보며 산행을 준비하려는 와중에 인수는 궁금함을 이기지 못하고 물었다.

"그런데 형님, 어디로 가실 생각이세요?"

"일단은… 나와 같이 벨크레아 교육원으로 가자꾸나. 일단 학장으로서 교육원이 어떻게 되고 있는지 확인해야 할 테니까."

인수에겐 어디로 가든지 거절할 이유가 없었다. 인수는 고개를 끄덕이며 대답했다.

"알았어요."

세텔은 한 가지 제안을 했다.

"그런데… 강인수라는 이름은 발음하기도 익숙하지 않은데다가 평범하지 못하니 바꿔보는 것이 어떨까? 다른 세상에서 왔다고 말을 하고 다닐 수는 없지 않겠느냐."

"이름을요?"

인수에겐 아버지가 지어준 이름을 바꾼다는 게 찜찜하게 느껴졌다. 그러나 세텔의 말을 듣고 보니 그것도 일리가 있는 것 같았다.

"그럼 어떻게 바꾸는 게 좋을까요?"

"음… 형이 생각을 해봤는데, 강인수이니까… '카이스' 라고 하면 좋을 것 같구나."

강인수와 카이스. 받침을 빼고 그럴싸하게 변형된 이름이었다. 발음만으로 보면 거의 유사하게 들리기도 했다. 세텔은 그 뜻에 대한 설명을 덧붙였다.

“맹렬한 기세를 표현하는 ‘카’ 와 바람을 나타내는 ‘이스’ 가 합쳐지므로 뜻도 좋지 않으냐?”

“음… 그러고 보니 그런 뜻이네요.”

이젠 거의 이 세계의 언어에 익숙해진 인수도 그 말을 듣고 보니 뒤늦게 해석이 되었다. 한국어로 생각한다면 맹렬한 바람. 광풍이나 일진광풍이라고 해석해도 좋을 것이다.

“그것도 나쁘지 않네요. 광풍… 카이스라…….”

강인수, 아니, 카이스는 자신의 새로운 이름에 만족하며 고개를 끄덕였다.

“이제부터 카이스라는 이름에 익숙해져야겠어요.”

*　　　　*　　　　*

카이스와 세텔은 이틀 정도 더 동굴에서 머물면서 체력을 회복한 뒤 서둘러서 다시 움직이기 시작했다. 행여 가디언들이 추격해 올까 봐 두려웠고, 가능하면 최대한 빨리 이 냉지옥에서 벗어나고 싶었기 때문이다.

순록을 몇 마리 더 사냥한 뒤에 가죽을 벗겨 옷처럼 걸치고 신발을 만들어 신으니 움직이기가 한층 수월했다.

경사가 나오면 다시 썰매를 타기도 하고 장애물이 나오면 비상 마법을 이용해서 날아서 지나가기도 하면서 계속해서 산을 내려가니 눈보라도 그치기 시작했다. 온도도 조금씩 높아지는 것이 체감되었다.

이윽고 멀찍이 지겨운 설원 대신 드넓은 초록빛 수림(樹林)
이 보였다. 에리온의 레어에서 탈출한 지 5일째에 이르는 아
침이었다.

"…아마도 저기가 라발 대수림일 거야."

기뻐하면서도 조금은 불안감이 섞인 얼굴로 세텔이 말했
다. 인수는 저 숲도 만만치 않은 장소라는 것을 직감하고 긴
장된 얼굴로 고개를 끄덕였다.

＊　　　＊　　　＊

크레아 대륙 북부 리오즈 왕국의 외곽. 울창하기로 소문난
라발 대수림을 뚫고 두 사람이 모습을 드러냈다.

그 두 사람은 겉으로 보면 문명과는 전혀 연관이 없어 보이
는 미개인으로 보였다. 둘 다 봉두난발을 하고 있는 데다가, 수
염도 제멋대로 자라서 엉망이라 나이를 짐작하기가 힘들었다.

그들의 옷차림은 더욱 가관이었다. 비쩍 마른 몸 위에 짐승
의 가죽 따위를 엉성하게 기워서 걸치고 있었는데, 옷이라고
보기도 힘들 정도였다.

만약 몸에 짐승의 뼈 같은 것으로 장식물을 매달아두고
'우가우가!' 따위를 외쳤다면 영락없는 야만인으로 보일 것
이다.

그 두 사람은 설명할 필요도 없이 카이스, 그리고 세텔이
다. 그들은 극한의 땅 샤미트 산맥을 지나 몬스터와 맹수가

가득한 라발 대수림을 관통하여 빠져나온 것이다.

숲에서 벗어난 것을 확인한 카이스가 한숨을 쉬듯 중얼거렸다.

"힘들었어요."

"그랬지."

두 사람은 라발 대수림에서의 고생을 생각하며 몸서리쳤다. 샤미트 산맥처럼 극한의 추위에 시달리진 않았지만, 추위 이상의 공포가 함께한 곳이었다.

울창한 숲의 어둠 속에 이빨을 감추고 있는 맹수. 시도 때도 없이 나타나는 몬스터. 이것이 대륙에 유명한 라발 대수림 속의 생활이었다.

오지의 명성에 걸맞게 수많은 굶주린 몬스터와 짐승들이 달려들었다. 물론 한두 마리쯤이야 아무런 문제가 아니었다. 그만큼 인수와 세텔은 강했다. 하지만 한 마리를 해치우면 그 피가 다른 몬스터를 불러들였고, 싸움이 시작되면 어느 사이 그들은 근처의 모든 몬스터들과 사생결단을 낼 때까지 싸워야 했다.

맹수와 몬스터늘의 습격 때문에 짐도 제대로 자지 못하고 거의 5일 이상을 숲 속에서 헤맸다.

숙면을 거의 취하지 못하고 몇 차례나 대규모 전투를 벌인 뒤라 피로는 절정에 오른 상태였다. 두 사람은 안심하고 조금이라도 휴식을 취할 수 있을 만한 곳을 찾아보았다.

숲을 벗어나서 조금 더 나아가니 인간의 자취가 남아 있는 소로가 나왔다. 두 사람은 뛸 듯이 기뻐했다. 사람들이 지나 갔다면 머지않아 사람들이 사는 곳이 나온다는 것이 아닌가.

"요리된 음식!"

"편안한 잠자리!"

각기 원하는 것을 생각하며 방향을 잡고 길을 걷기 시작했 다. 그렇게 걷기를 한 시간가량. 뒤에서 말발굽 소리와 함께 말이 투레질을 하는 소리가 들렸다.

두 사람이 기뻐하며 고개를 돌리니 두 마리의 말이 끌고 있 는 마차 두 대가 언덕 넘어서 내려오고 있었다.

세텔은 선두를 지나는 마차를 붙잡고 말했다.

"이보게, 뭣 좀 물어보겠네."

선두 마차를 몰고 있던 마부는 웬 괴인들이 다가와서 말을 거는 것에 잠시 놀랐다. 그러나 놀라는 것도 잠시, 그들의 옷 차림을 보고는 탐탁지 않은 얼굴을 했다. 봉두난발에 수염까 지 엉망으로 기르고, 옷 같지도 않은 차림으로 치장한 카이스 와 세텔은 일개 마부에게도 우습게 보이고도 남았다.

"웁! 무슨 일이야?"

대놓고 반말을 던지고 냄새난다고 코까지 막는 모습이 카 이스의 신경을 거슬렀다. 그러나 일단 세텔이 나서서 이야기 를 걸고 있었으므로 카이스는 뒤에서 예리한 표정으로 마부 를 바라볼 뿐이었다.

"길을 좀 물어보겠네. 에리오트 제국이나 크리온 강 쪽으 로 갈 생각인데 어느 방향으로 가야 되는지 말해줄 수 있겠나? 사실 여기가 어디 근방인지도 명확하게 알지 못하고 있어서 말이네.”

세텔은 최대한 예의를 차려서 물었지만 대답은 싸늘하다 못해서 건방지기 짝이 없었다.

“니들 눈에는 내가 길이나 알려주는 사람으로 보이나?”

미천한 마부가 건방지게 나오니 세텔도 기분이 나빴다. 옷차림이 어떻든 간에 그는 벨크레아 교육원의 학장이자 대대로 백작 작위를 잇고 있는 명가의 가주다. 하늘이 뒤집히는 일이 없는 한 세텔이 일개 마부에게 이렇게 무시당하는 것은 있을 수 없는 일이었다.

그렇다고 세텔의 성격에 ‘나는 귀족이니 미천한 것은 나를 귀족으로 대우하라!’ 라고 말할 순 없었으니 그는 아무렇지도 않은 듯 넘겼다. 행색이 워낙에 초라하니 이렇게 대우받을 만도 하다고 생각한 것이다.

“길을 알려주는 것이 어렵진 않지 않은가?”

야만인 같은 행색에 비해서 말투엔 배운 사람의 티가 묻어나니 마부는 이상하다는 생각을 했다. 그러나 여기서 이렇게 시간 낭비를 하고 있을 틈이 없었다. 서둘러 가지 않으면 해가 지기 전에 목표로 한 마을에 도달하지 못할 상황이었다.

“우리는 바쁘니 다른 사람에게 물어봐!”

그렇게 소리친 그는 말에게나 휘두르던 채찍을 위로 치켜세웠다. 꺼지지 않으면 채찍 맛을 보여주겠다는 위협이었다. 세텔은 예상치 못한 반응에 멈칫했다.

"어디 한 번 휘둘러 보시지!"

카이스가 참다못해 소리치며 앞으로 나섰다. 만약 마부가 자신들을 향해서 채찍을 휘두르는 만행을 저지른다면 쓴맛을 보여줄 생각이었다.

"무슨 일이에요?"

마부 뒤편의 마차 안에서 여성의 목소리가 들렸다. 그리고 문이 열리며 15세에서 16세 정도로 보이는 소녀가 밖으로 모습을 보였다. 하얀 피부와 곱상한 얼굴은 한눈에 보더라도 귀족으로 보이는 옷차림을 한 소녀였다. 그녀의 고용인인 마부는 쩔쩔매며 주인에게 상황을 설명했다.

"헬렌 아가씨, 별거 아닙니다. 이 야만인들이 무례하게도 갑자기 길을 막아서서……."

카이스는 눈을 치켜뜨며 말했다.

"길을 좀 가르쳐 달라고 말하는 게 그 정도로 큰 무례입니까? 우리가 몹쓸 일을 당해서 행색이 이렇지만, 최대한 예의를 지켰다고 생각하는데……."

헬렌이라고 불린 소녀는 어떻게 된 일인지 금방 알아챘다. 길을 좀 알려달라고 한 사람들과 서둘러 길을 재촉하던 마부 사이에 실랑이가 붙은 것이다.

"얼른 알려주고 보내 버리세요. 어차피 우리도 그쪽 근처를 지나가니까 길은 잘 아실 거 아닌가요?"

헬렌은 일이 복잡해지는 것이 싫어서 마부에게 명령하고 고개를 돌렸다. 귀한 집에서 곱게 자란 그녀에겐 카이스와 세텔의 몰골은 흉하다 못해서 혐오감이 일어날 지경이었다.

'어찌 저런 야만인들이 있을 수 있담?'

헬렌이라는 아가씨가 환멸의 표정을 숨기지 않고 고개를 돌리는 꼴을 보노라니 카이스는 더욱 화가 났다.

한국에 있을 때는 그래도 제법 미남이란 말을 들었거늘. 아무리 지금 꼴이 꼬질꼬질한 데다가 머리나 수염이 엉망이라고 하더라도 이렇게 대놓고 멸시받으니 자존심이 상할 만도 했다.

그러나 그까짓 걸로 화를 내는 것도 우습고 해서 카이스는 세텔의 뒤에서 가만히 팔짱을 끼고 서 있었다.

주인이 길을 알려주라고 하자 마부는 세텔에게 대강 길을 설명해 줬다. 인상을 찌푸리며 말하는 꼴을 보아하니 귀찮은 기색이 역력했다.

이쪽으로 가서 어느 방향으로 이동한 후 어디로 가라는 등의 설명을 들었지만 쉽게 이해할 순 없었다. 이쪽 지리는 세텔에게도 익숙하지 않았기 때문이다.

대강 아무렇게나 길을 알려주고 마부는 침을 뱉더니 다시 길을 재촉했다.

"퉤! 재수가 없으려니 별의별 쓰레기 같은 것들이……."

카이스는 발끈했지만 일단 화를 억누르고 알 듯 말 듯한 표정을 하고 있는 세텔에게 물었다.

"형님, 좀 아시겠어요?"

"글쎄, 조금 헷갈리는구나. 그러니까 저쪽으로 가서……."

"으음……."

카이스는 잠시 생각하다가 앞으로 나서서 길을 떠나려는 마차의 앞을 막아선 뒤 마부에게 말했다.

"이봐요, 피차 가는 길이 비슷하다면 우리 좀 태워주면 안 되겠습니까?"

"뭣이?!"

마부가 어이가 없다 못해서 화가 난 표정을 지었지만, 카이스는 계속해서 말했다.

"보아하니 뒤편 마차에는 짐도 얼마 없어 보이고… 빈자리가 꽤 있는 것 같은데요. 당장은 사례할 수 없지만 언젠가는 신세를 꼭 갚을 테니까."

"이놈이 완전히 미쳤구나!!"

간곡히 부탁해도 들어줄까 말까 한데, 당연한 권리마냥 이야기하니 마부도 결국 화가 머리끝까지 치솟았다. 마차 안에서 이야기를 듣고 있는 헬렌도 어이가 없다는 듯 명령했다.

"얼른 쫓아내 버려요."

주인의 허락도 떨어졌겠다, 참다못한 마부가 채찍을 휘둘렀다. 카이스는 인상을 찌푸리고 살짝 비켜서서 얼굴을 향해 날아오는 채찍을 피해냈고, 악이 받친 마부가 재차 채찍질을 하자 이번엔 가만히 서서 채찍을 맞아주었다.

철썩!

꽤 커다란 소리가 나며 채찍이 카이스의 등을 후려쳤다. 카이스는 잠시 멈칫하고는 얼굴을 찌푸리며 말했다.

“이거 아프군요. 그런데 어디서 함부로 채찍질입니까? 내가 뭘 어쨌다고? 안 되면 안 된다고 말을 하면 될 거 아닙니까?”

“이놈이 죽어야 정신을 차리겠구나!”

마부가 핏대를 세우며 채찍을 연거푸 휘둘렀다. 세텔은 카이스가 무슨 생각을 하는지 몰라서 당황하긴 했지만, 그의 실력을 아는 만큼 걱정을 하진 않았다.

‘좀 태워달라고 한 것이 채찍질을 당해야 할 만큼 잘못한 건가?

카이스는 몇 차례 채찍을 피해내곤, 세차게 스치는 채찍을 왼손으로 가볍게 잡고 홱 잡아끌었다. 마차 위에 서 있던 마부는 어쩔 틈도 없이 균형을 잃고 마차 앞으로 고꾸라졌다.

털썩!

마부가 대경하여 땅에서 몸을 일으키자 카이스는 차가운 표정을 지으며 말했다.

“싫으면 싫다고 말하면 되는 것이지 왜 갑자기 사람을 칩니까? 당신 눈에는 우리가 당신 말로 보입니까?”

“이놈이⋯⋯!”

마부가 다시 채찍을 휘두르려고 하자, 카이스는 채찍을 왼손으로 잡아내고 눈을 가늘게 뜨며 말했다. 더 이상 맞아주기엔 기분이 너무 나빴다.

“이봐, 내가 만약 당신처럼 갑자기 사람을 치면⋯⋯.”

퍽!

그리고 예고도 없이 마부의 가슴팍에 기습적으로 주먹을
꽂아 넣었다.

"커헉!"

마부는 숨골을 그대로 강타당하고 그 자리에서 허리를 숙
인 채 연거푸 기침을 했다. 그러나 카이스는 마부를 바라보면
서 물었다.

"거봐. 아프고 기분 나쁘지?"

그리고 인상 쓰면서 말했다.

"아픈 줄은 알면서 왜 사람에게 채찍질이야? 나도 화낼 줄
안다고!"

"…무…무슨…콜록! 어억!"

퍼퍽!

기를 실어서 때리는 것은 아니었지만, 아픈 곳을 골라서 때
리는 카이스의 손속은 인정사정이 없었다. 손으로 명치를 후
려치고 장딴지를 걷어차는 연속 동작에 마부는 고통 가득한
소리를 내지르며 바닥을 데굴데굴 굴렀다.

"그 정도면 충분하다. 그만두어라."

세텔도 아까 자존심이 상했던 탓인지 카이스를 만류하면
서도 잘못했다는 말은 하지 않았다. 카이스는 무정한 얼굴로
마부를 내려다보았고, 그 틈에 무언가가 이상하게 돌아간다
는 걸 깨달은 헬렌이 밖으로 나오며 소리쳤다.

"이게 무슨 짓이야?!"

그녀는 귀족답게 앙칼지게 소리쳤고, 카이스는 손에 들고

있던 채찍을 바닥에 집어 던지곤 대답했다.

"당신 마부가 채찍을 휘두르며 덤비기에 당연한 행동을 취했을 뿐이야. 그럼 '어이쿠, 때려주셔서 고맙습니다' 라고 감사라도 해야 당연한 건가? 당신들 눈에는 우리가 짐승만도 못해 보이던가?"

카이스는 자신이 아무 잘못도 없다는 듯 제스처를 취했다.

그도 마부나 헬렌이 무례하지 않은 태도로 순순히 길을 가르쳐 주고 넘어갔더라면 이렇게까진 하지 않았을 것이다.

태워달라고 말했지만, 마차에 태워줄 것이라고는 애초부터 기대도 하지 않았다. 혹시나 해서 물어본 것뿐이었다.

그런데 돌연 발끈하여 자신들에게 채찍질을 하는 꼴을 보니 화가 났다. 채찍질은 말이나 소 같은 짐승에게나 하는 것이거늘, 최대한 예의를 지킨—솔직히 조금은 억지를 부렸다는 생각이 들긴 했다—자신과 세텔에게 어찌 채찍을 휘두를 수 있단 말인가!

본래 성격이 온순하지도 않은 데다가 이 세상에 넘어와 고생을 하다 보니 독기가 오를 만큼 올랐으므로 카이스도 조금 과하게 행동한 것이다.

그 점은 카이스도 조금은 반성하고 있었다.

마차 안에서도 밖의 상황이 전혀 보이지 않는 것은 아니라 헬렌도 일이 어떻게 된 것인지는 알았다. 그러나 그녀의 관점에서는 아무리 봐도 저 야만인이 억지를 부리는 것으로밖에 보이지 않았다.

“내가 누군지 알고 감히 행패야? 얼른 꺼지지 않으면 호된 맛을 보여주겠어!”

마부가 채찍을 휘둘러서 미안했다는 사과는커녕 혼내주겠다고 강하게 밀어붙이는 그녀의 말에 카이스는 피식 웃으면서 말했다.

“호된 맛이 어떤 맛인데?”

“어디서 감히……!”

자신을 희롱한다고 생각하니 헬렌의 안색은 새빨갛게 달아올랐다. 그러나 그녀의 앞을 마차 옆자리에 앉아 있던 남자가 막아서며 말했다.

“아가씨는 가만히 계시죠. 저런 쓰레기는 제가 알아서 처리하겠습니다.”

“켈벳!”

켈벳은 커다란 덩치의 삼십대 초반의 남자였다. 허리엔 검을 차고 있고, 금속제 흉갑을 단단하게 차려입은 것을 보면 검을 쓰는 검사로 보였다. 헬렌은 켈벳을 상당히 믿고 있었던 모양인지 고개를 끄덕이고는 다시 뒤로 물러섰다.

“카이스야, 도발하지 말고 이제 그만 가자꾸나. 쉽지 않은 상대로 보이니 그만 하거라.”

심상치 않은 느낌에 세텔이 걱정을 했지만 카이스는 별로 걱정 없는 표정으로 켈벳을 바라봤다.

‘마나의 기운이 조금 느껴지는 것을 보아하니 약간이나마 마나를 사용하는 모양이군.’

그러나 직감상 긴장할 수준의 검사는 아닌 것 같다는 결론을 내리고 그는 가만히 팔짱을 꼈다.

켈벳은 카이스에게 다가서며 말했다.

"야만인들이 무례하구나. 너희들은 상대를 잘못 골랐다."

카이스는 여전히 팔짱을 낀 채로 대답했다.

"길 좀 물어보려고 했던 게 그렇게 죄가 되나? 그리고 방향도 비슷하다고 했던 데다가 자리가 남아 보이니 나도 좀 태워 달라고 말할 수도 있잖아? 그런데 싫으면 싫다고 말하면 될 것을 왜 사람을 쳐? 사과를 한다면 우리도 물러서 주지."

켈벳은 기가 막혀서 잠시 웃고 말했다.

"주제를 모르는 놈이군. 크크, 좋아. 마차에 태워주마."

"오, 그래?"

그러나 켈벳은 허리에 차고 있던 검을 뽑아 들며 말을 이었다.

"시체 두 구 정도는 실어도 상관없을 테니까."

켈벳은 겁없고 무례한 저 야만인들을 죽여 버릴 생각이었다. 특히 앞에서 깐죽거리는 젊은 놈을 말이다.

장기간 여행하면서 몸을 풀지 못해서 온몸이 근질거리던 참이라 어디서 산적이라도 나타나지 않는지 기대하던 참이었다. 마침 잘 걸렸다고 생각했다.

카이스는 어이가 없어서 인상을 찌푸렸다.

"이젠 우리를 죽이겠다고? 것참, 어처구니가 없군. 그럼 내가 이기면 어떻게 되는 거지?"

"그럴 가능성은 없다. 죽어라!"

켈벳은 일갈하며 바로 검을 찔렀다. 카이스는 켈벳이 검을 뽑을 때부터 이렇게 나오지 않을까 싶어서 대비를 하고 있었기에 어렵지 않게 그 공격을 피해낼 수 있었다. 켈벳은 단숨에 끝날 것이라고 생각한 공격이 무위로 돌아가자 분노하며 재차 공격을 가했다.

"이놈!"

휘잉!

약간의 검기가 맺힌 켈벳의 검이 호선을 그리며 카이스의 목을 노리고 들어왔다. 그러나 무극신공 4성에 오른 카이스의 안력엔 느릿느릿한 공격일 뿐이었다.

'별거 아니군.'

뒤로 두 발짝 물러서서 공격을 피해낸 카이스는 신나게 허공에 칼질만을 연속하는 켈벳에게 말했다.

"다짜고짜 사람을 죽이려 들다니, 허허. 그런데 무기도 없는 사람을 공격하는 건 보통 예의가 아니지 않나?"

"닥쳐라! 쥐새끼 같은 놈!"

팟!

상당히 빠른 속도로 켈벳의 일검이 카이스의 몸을 향해서 찔러 들어왔다. 바로 뒤에 있는 세텔이 긴장할 정도로 섬전 같은 일격이었다.

그러나 카이스는 전혀 긴장하지 않았다.

'왼쪽? 오른쪽? 왼쪽으로 피하자.'

그렇게 카이스는 찰나의 순간이나마 여유를 가지고 몇 차례나 켈벳의 공격을 가볍게 피해냈다. 켈벳은 무언가가 이상하다는 생각을 하면서도 자신이 조롱당하고 있다는 것을 인정하지 못하고 공격을 거듭했다.

휘잉! 휘잉!

카이스는 공격을 피하면서도 켈벳의 공격 중간에 마나를 어떻게 운용하는지를 바라보면서 검술을 훔쳐보았다.

동작과 마나를 운용하는 것을 보아하니 단전에 축기된 기를 활용하는 단계가 단조로웠고, 공격하는 방법도 지나치게 형에 얽매여 있다는 생각이 들었다. 전신의 세맥을 개발하기보다는 검기를 발출하는 데에 최적화되어 있다고밖에 볼 수 없었다.

'정말 별것 아니군.'

눈을 감아도 피해낼 수 있을 정도로 켈벳의 마나의 움직임이 다음 공격을 알려주고 있었다. 카이스는 더 이상 놀아주는 것도 지겨워서 번개처럼 무극신공의 신법을 전개하여 거리를 좁혔고, 바로 경악하고 있는 켈벳의 턱에 주먹을 날렸다.

퍽!

단 일격이었다. 마나를 실을 필요도 없었다. 켈벳은 그 자리에서 검을 놓치고 뒤로 나자빠졌고, 의식을 잃고 일어나질 못했다.

켈벳은 얼마 전 소드익스퍼트에 올랐을 정도로 강력한 검사였다. 헬렌과 마부, 그리고 그들 일행은 켈벳이 이 정도로 쉽게 당하리라곤 상상도 하지 못했기에 입을 다물지 못하고 멍하게 충격을 견디고 있었다.

카이스는 주먹을 문지르며 세텔에게 말했다.

"형님, 갑시다. 길을 물어보니 채찍질을 하고, 태워주면 안 되냐고 물으니 사람을 죽이려는 마차는 제발 타달라고 빌어도 타기가 싫군요."

"그래."

그리고 두 사람은 마차가 진행하던 방향으로 발걸음을 옮겼다.

마부에게 들은 방향으로 발걸음을 옮기던 도중 세텔이 물었다.

"아깐 조금 심했던 게 아니냐?"

카이스는 고개를 저으며 말했다.

"제가 사는 곳에선 이런 걸 정당방위라고 하죠. 그리고 싸가지가 없는 것들 정신 차리게 하는 데에는 매밖에 답이 없어요."

"…싸가지?"

"뭐 버르장머리나… 장래성 같은 것 말입니다."

세텔은 한바탕 껄껄 웃었다. 그도 마음 한구석에서는 통쾌했다고 생각하고 있었으니 카이스를 탓할 마음은 없었다.

카이스는 혹시 세텔이 기분 나쁘지 않을까 싶어서 슬그머니 물었다.

"원래 귀족들이 저렇게 버르장머리가 없나요?"

세텔도 귀족의 입장이었지만 부정하진 않았다.

"귀족들은 뭐… 출신부터 다르니까 평민들에겐 보통 무례하게 대하지. 네 말대로 싸가지가 없어서 그럴지도 모르겠구나. 영지를 지닌 귀족들은 자신들이 소유한 농노들을 가축보다도 못하게 생각하는 사람들도 있으니까."

소나 말 같은 가축이야 팔면 돈이라도 되겠지만, 농노는 돈도 되지 않으니 가축만도 못하다고 생각하기도 한다며 세텔은 비유를 들었다. 카이스는 내색은 하지 않았지만 서로 전혀다른 시각 차이에 적지 않은 괴리감을 느꼈다.

"그건 그렇다 치고, 흠… 그럼 형님이 처음부터 귀족이라고 신분을 밝히셨으면 좀 달라졌을 수도 있겠네요?"

세텔은 고개를 저었다.

"그럴 수 있었다면 좋았겠지만 증명할 것이 없지. 내가 벨크레아 교육원의 학장인 세텔 에드널이라고 말한다고 그들이 믿을 리가 없으니까. 사실 우리 겉모습이 보기에 우습게 보이는 건 사실이지 않느냐?"

카이스도 그 점은 동의하는 바였다. 세텔은 최우선으로 영망인 외모를 바꾸는 것을 제안했다.

"어디든 도시에 도착하면 먼저 면도도 하고, 머리도 깎고옷을 갈아입도록 하자."

"예, 형님. 그런데……."

카이스는 한 가지를 걱정했다.

그들은 돈이 될 만한 것이 아무것도 없었다. 어디든 돈이 있어야 옷을 사든지 이발을 할 수 있지 않겠는가? 그 점을 물어보자 세텔은 이미 생각해 둔 것이 있었던지 걱정하지 말라고 했다.

"내가 스크롤을 제작하면 길드나 마법 용품점에서 꽤 비싸게 구입해 주니 돈은 걱정하지 말거라. 이래 뵈도 나는 학계에서 인정받는 마법 학자이니까."

스크롤이란, 마법의 효과를 누구든 일순간에 발동시킬 수 있게 만든 마법의 힘이 담긴 두루마기 같은 것이다. 카이스도 세텔의 실력은 잘 알고 있었기에 고개를 끄덕이곤 걱정을 덜었다.

"물론… 그건 마법 용품점이나 길드가 있는 곳에서나 가능한 것이지만."

이틀 정도 그들은 소로를 따라서 걸었다. 험난했던 샤미트 산맥에서 벗어나니 대체적으로 길은 평탄했으므로 여행은 굉장히 수월했다. 사람이 지나다니는 길이라서 몬스터도 거의 보이지 않았고, 그들의 행색이 초라해 보인 덕분인지 도적도 나타나지 않았다.

카이스는 세텔과 함께하는 여행을 즐겼다. 그들이 가는 길에는 샤미트 산맥의 얼어 죽을 것 같은 추위도, 라발 대수림처럼 위험한 맹수와 몬스터도 없다. 생소한 이세계의 풍경을 바라보며 세텔과 여러 가지 이야기를 나누며 계속해서 길을 걷고 또 걸었다.

나무 열매를 따 먹거나 전에 사냥해 뒀던 고기를 구워 먹으며, 그들은 밤에는 푹 쉬고 낮에는 다시 발걸음을 옮기는 과정을 반복했다. 피로가 완전히 가시진 않았지만, 에리온의 레어에서 벗어나서 음식을 풍족하게 먹기 시작하니 체력은 점점 좋아지는 것 같았다.

길을 가던 도중 마차라든지 말을 탄 여행객들이 가끔 스쳐 지나갔다. 세텔이 길을 물어보자 그들도 겉모습을 보고 인상을 찌푸리며 그다지 친절한 태도를 보이진 않았다. 물론 카이스도 그런 사람들에게 시비를 걸 만큼 생각이 없지는 않았다. 그런 대우를 받는 것도 익숙해졌기 때문이기도 했다.

그러나 모두가 카이스와 세텔을 그렇게 대한 것은 아니었다. 한 번은 작은 밭을 경작하는 농민의 집에서 하룻밤 신세를 졌다. 순박한 농가의 사람들은 외모만 보고 두 사람을 홀대하지 않았다. 그들은 따뜻한 음식과 함께 작은 침실을 내어 줬고, 두 사람은 정말 오랜만에 제대로 된 휴식을 취할 수 있었다.

다시 길을 떠나서 5일이 지났다.

그들은 멀리 지평선에 비치는 흐릿한 성곽을 발견했다.

"아마 저기가 에벨 동맹연합의 도시 중에서도 손꼽히는 상업 도시 '카라멘' 이란다. 인구가 2만에 육박할 정도로 큰 곳이지."

“어째서인지 군침이 도는 이름이네요.”

카이스는 달콤한 카라멜을 생각하며 군침을 흘렸다. 배가 고프다 보니 멀리 보이는 흙빛 외벽이 그에게는 카라멜로 보였다.

두 사람은 근처를 여행하는 여행객의 무리에 섞여서 카라멘으로 향했다. 가까이 다가갈수록 지나가는 사람들이 많아졌다. 사람들은 두 사람의 행색이 이상해 보였는지 힐끔거리며 쳐다봤지만, 카이스와 세텔은 아무런 신경을 쓰지 않았다.

*　　　*　　　*

황량한 평야 가운데에 자리 잡은 도시 카라멜, 아니, 카라멘은 많은 사람들이 드나들면서 북적거리는 곳이었다. 그곳을 향해 가는 사람들 중 상당수가 등에 물건을 한 보따리 지고 있을 만큼, 대체적으로 교역을 하려는 상인들이 많이 오가는 도시였다.

정문에 서자 사람들의 발걸음 속도가 늦춰졌다.

두터운 갑옷과 방패, 그리고 날카로운 창을 소지한 병사들이 날카로운 얼굴로 출입자들을 검문하고 있었다. 신중한 표정으로 출입자의 얼굴이나 짐 같은 것을 뒤지는 것을 보아서 철저하게 출입하는 사람들을 확인하는 듯했다.

평소에도 이런 모양이라고 넘어가려고 했지만, 분위기가

제법 살벌해 보이는 데다가 검문당하는 사람들도 오늘따라
왜 이러냐며 당황하는 분위기라 카이스는 궁금증이 일었다.

"원래 이렇게 삭막한가요?"

세텔도 이상하다는 생각을 했다.

"분위기가 조금 이상하구나. 위험 인물이라도 돌아다니는
모양이지."

겁먹을 것이 없으니 두 사람은 당당하게 정문에 들어가려
는 사람들의 행렬에 끼어들었다. 사람을 일일이 확인하고
짐 같은 걸 일일이 확인하였으니 시간이 생각 외로 소모되
었다.

앞의 사람들이 안으로 들어가고 카이스와 세텔의 차례가
되었다. 바로 그때였다.

"거기 잠깐! 멈춰라!"

짐도 없으니 그냥 간단히 통과시켜 줄 것이라고 생각했는
데 반응이 이상했다. 병사들은 어찌할 틈도 없이 카이스와 세
텔을 둘러쌌다.

"무슨 일이오?"

이해하지 못할 상황에 당황하여 세텔이 물었다. 그러나 그
이유는 말해주지 않았다. 병사들 중에서 우두머리로 보이는
남자가 카이스와 세텔의 모습을 꼼꼼히 살펴보고는 옆의 병
사들과 눈짓으로 의견을 교환했다. 그리고 서로 고개를 끄덕
이는 게 두 사람을 긴장하게 했다.

카이스와 세텔을 둘러싼 병사들이 눈짓을 나누고 창을 고

처 잡았다. 당장이라도 공격할 수 있도록 창날을 앞으로 내밀기도 했다. 정문의 분위기가 단숨에 가라앉았다.

'무슨 일이지?

카이스도 바보가 아닌 이상 무언가가 이상하게 돌아간다는 것은 짐작되었다. 그러나 이유는 통 짐작가는 곳이 없었다.

"너희들은 리오즈 쪽에서 온 건가?"

마치 흉악범이라도 잡은 것 같은 표정으로 경비병들의 우두머리가 물었다.

"그렇소."

대답이 나오자마자 그는 병사들에게 포획 명령을 내렸다. 어이가 없어서 두 사람이 어리둥절하는 사이에 그들은 사방에서 디밀어진 창날에 포위당하고 말았다.

"저항하면 목숨은 없다. 순순히 따르도록."

"이게 갑자기 무슨 일이야?!"

가만히 참고 있던 카이스가 화가 난 목소리로 소리쳤다. 그러나 대답 대신 다수의 창날이 그의 목덜미까지 다가섰다. 싸늘한 창날이 피부에 닿으니 지금까지 역경을 겪어온 카이스라도 긴장하지 않을 수 없었다.

"혐의가 없으면 풀어주겠다."

"무슨 혐의지? 착각한 것 같은데……."

"그건 알 필요 없다."

병사들은 강경했다. 카이스는 살짝 세텔의 눈치를 살폈다.

세텔은 카이스와 눈이 마주치자 살짝 고개를 저었다. 섣불리 움직이지 말라고 하는 것이었다.

'성질나네. 이게 또 무슨 일이야?

카이스는 흥분을 가라앉혔다. 목덜미에 닿아 있는 창날이 적지 않게 신경 쓰였다. 까짓거 무극신공으로 호신기공을 끌어올리면 막아내지 못할 것도 아니었지만, 문제는 세텔이었다. 병사들을 제압할 수는 있지만 세텔의 안전을 생각한다면 그럴 수는 없었다.

이내 왜 죄 지은 것도 없는 자신이 탈출을 생각해야 하는지 화가 났다. 카이스는 일단 여기서는 참기로 마음을 먹었다. 상황이 더욱 나쁘게 돌아가면 틈을 봐서 탈출하는 것도 가능할 터이니까.

"좋아, 일단 따르지."

카이스는 결국 세텔과 함께 끌려갈 수밖에 없었다.

세텔과 카이스는 병사들에게 밧줄로 포박당했다. 튼튼해 보이기는 했지만 마법 같은 것이 걸려 있지 않은 보통의 밧줄이었다. 마음만 먹으면 국수 면발 뜯어내듯 끊어버릴 수 있을 것 같았기에 카이스는 일단 마음을 놓았다.

두 사람이 끌려간 곳은 내성의 구석에 마련된 감옥이었다. 세텔과 같은 칸에 감금당한 카이스는 병사들이 떠나가자 분노를 터뜨렸다.

"내가 전생에 무슨 죄를 졌기에 또 감옥에 갇혀야 하지? 젠장! 돌아버리겠네."

잠시 혼자서 투덜거리던 카이스는 세텔에게 물었다.

"형님, 도대체 이게 무슨 일이죠? 설마 이번에도 우리 행색이 초라하다고 이러는 건가요?"

"그럴 리는 없는데… 글쎄, 어째서일까? 나도 이해가 안 되는구나."

세텔도 그 영문을 알 리가 없었다. 행색이 초라하다고 사람을 가두는 곳이 세상에 어디 있단 말인가? 병사들이 그들을 다루는 것은 오히려 수배된 범죄자를 다루는 것과 비슷해 보였다. 그러나 아무리 생각해도 수배될 만한 범죄를 지은 기억이 없었다.

"탈출할까요?"

아까는 세텔의 안위를 생각해서 참았지만 이젠 무서울 게 없었다. 그러나 세텔은 고개를 저으며 일단 기다려 보자고 말했다. 오해가 있을지도 모르는데 섣불리 탈출하면 혐의를 뒤집어쓸 수도 있다는 것이었다.

무언가 불합리한 상황에 빠져서 억울하게 불이익을 겪게 된다면 몰라도, 당장은 움직이지 말고 참자는 것이 세텔의 생각이었다.

'음… 그다지 인권이 존중받는 세상은 아닌 것 같은데……'

카이스는 불안감을 숨기지 못했다. 좋지 않은 예감이 들었다. 가슴 한구석에서 계속 걸리는 것이 있었다.

그들의 의문은 얼마 안 되어 풀렸다. 발걸음 소리가 들리고 몇몇의 사람이 감옥으로 내려왔기 때문이다.

카이스는 그 사람들 중에서 두 명의 얼굴을 알아보고는 혀를 차며 말했다.

"허허허… 참나, 설마 했는데……."

일전에 길을 물어보려고 했다가 잠시 시비가 붙었던 그 귀족 소녀 헬렌과 그녀의 호위 검사 켈벳이 의기양양한 표정으로 그들을 바라보고 있었다. 헬렌은 두 사람의 얼굴을 알아보고는 말했다.

"제가 말한 사람들이 맞아요. 수고하셨어요."

그녀는 경비대장에게 약간의 포상금을 건네며 치하하는 것도 잊지 않았다. 경비대장은 연신 고개를 숙이곤 뒤로 한 발짝 물러섰다.

헬렌은 웃으며 카이스와 세텔을 비웃기 시작했다.

"호호홋! 내가 여기를 지나갈 줄 알았어. 건방진 야만인들 같으니라고. 내가 말했지? 감히 누구를 건드리는 건지 아느냐고."

"것참, 왕싸가지 아가씨군. 허허허."

카이스의 말을 들은 헬렌은 생소한 단어에 고개를 갸우뚱했다.

"싸가지?"

"무지하게 예쁘다는 뜻이지. 킥킥킥."

웃는 표정을 보아하니 뭔가 이상하긴 했지만, 예쁘다는 말을 듣고 싶어할 여자는 없었기에 헬렌은 깔깔거리고 웃으며 말했다.

"이제 와서 살려달라고 아부하는 건가? 정말 애처롭군. 호호호홋! 그렇다고 용서가 될 거라고 생각해?"

"지랄 맞을 정도로 완전 왕싸가지구나!"

내친김에 카이스는 한국어 욕설을 섞어가며 헬렌을 조롱했고, 멍청이라든지 버러지 따위의 한국어를 전혀 다른 뜻이라고 말하며 은근슬쩍 욕설을 퍼부었다.

헬렌은 처음엔 아부를 하는 줄 알고 가만히 듣고 있었지만 표정이나 말투로 좋은 뜻이 아닌 것 같다는 걸 깨닫고는 인상을 찌푸렸다.

"야만인들의 말이라서 그런지 별로 알고 싶지도 않군. 발음도 이상하고."

놀리는 것도 슬슬 질려가자 카이스는 진지한 얼굴로 물었다.

"어이, 싸가지. 우리를 어떻게 할 거지?"

카이스가 계속 반말을 던지자 헬렌은 불쾌한 얼굴로 말했다.

"당신은 존댓말부터 배워야겠어. 야만인이라서 그런지 어투가 천박하기 짝이 없군."

"존댓말을 쓰는 법은 잘 알지. 물론 존댓말은 할 만한 가치가 있는 사람에게만 하는 것이지만."

카이스는 계속해서 속을 긁으며 이죽거렸다. 헬렌은 싸늘

한 표정으로 카이스를 바라보다가 이내 승리감에 젖은 얼굴
로 말했다.

"상관없어. 목이 사라져도 계속 지껄일 수는 없을 테니
까."

"……."

그 말의 뜻은 자명했다. 카이스는 어이없는 얼굴로 말했
다.

"우릴 죽일 생각이군."

헬렌은 교만한 얼굴로 고개를 끄덕이고는 깔깔거리며 웃
었다.

카이스는 어이가 없긴 했지만 속으로 미소를 지었다. 이까
짓 포박에 순순히 당하고 있을 그가 아니었다. 에리온의 레어
감옥에서도 탈출한 그다. 이 정도 감옥을 탈출하는 것은 식은
죽 먹기였다.

마침 가만히 참는 것도 한계에 다다른 참이었다. 카이스는
세텔에게 살짝 전음을 던졌다.

"형님, 나가죠. 더 이상은 못 놀아주겠네요. 저 아가씨에게
버르장머리를 좀 가르쳐 줘야겠어요."

전음을 들은 세텔은 잠시 고민했지만, 그도 이대로 어처구
니없게 죽을 순 없었으므로 고개를 끄덕였다.

카이스는 저 교만함이 배어 있는 귀족 아가씨를 인질로 삼
아서 탈출할 생각이었다. 그리고 천천히 내공을 끌어올리며
포박을 찢어내려고 했다.

저벅저벅.

그때, 감옥 쪽으로 다가오는 다른 사람의 발자국 소리가 들렸다. 카이스는 일단 내공을 거두어들이고 상황을 더 살펴보기로 했다.

두 사람의 호위를 대동하고 삼십대 중반으로 보이는 남자가 나타났다. 차림새를 보니 한눈에 부티가 흐르는 것이 귀족으로 보였다.

그 남자가 바로 이 카라멘 성과 근처 영지를 관리하는 '글로트 백작'이었다.

글로트 백작은 감옥 안에 있는 두 사람을 슬쩍 흘겨보고는 헬렌에게 물었다.

"저 사람들이 네가 말한 그 야만인들이냐?"

"예, 아저씨! 갑자기 우리를 습격한 데다가… 저를 모욕하고… 어쨌건 절대로 살려둘 수 없을 정도로 악독한 놈들이에요!"

"음… 어찌 되었건 간에 잡았다니 다행이구나."

카이스와 세텔이 수배자 목록에 오르고 체포된 이유는 당연히 헬렌 때문이었다.

야만인들에게 수모를 당했다고 생각한 헬렌은 도도한 자존심에 상처를 받았고, 그 수모를 어떻게 해서든 갚을 생각이었다. 그녀는 마차를 타고 먼저 카라멘에 도착했고, 아버지로부터 친분이 있던 글로트 백작에게 그들을 수배해 달라고 때를 쓴 것이다.

글로트 백작은 예전부터 헬렌의 아버지와 친분이 있었기 때문에 헬렌의 부탁을 저버릴 수 없었다. 일방적으로 들은 말이라 전후 사정은 명확하겐 모르더라도 일단은 그녀의 부탁을 들어줄 수밖에.

한편, 카이스는 이야기를 듣고 있자니 우스울 뿐이라 킥킥거리며 웃음을 터뜨렸다. 그 스스로도 전혀 잘못이 없다고 생각하진 않았지만, 저렇게 주장하는 꼴을 보고 있노라니 웃음이 안 나올 수 없었다.

"킥킥킥킥."

"뭐가 웃기나?"

일전에 카이스의 주먹 한 방에 뻗어버린 켈벳이 살기가 가득한 얼굴로 소리쳤다. 그러나 카이스는 웃음을 멈추지 않았다. 웃기니까 웃는 건데 어쩌란 말인가? 카이스는 싸늘한 목소리로 말했다.

"더 이상은 못 봐주겠군."

카이스가 이쯤에서 일을 저지르려고 마음을 먹은 그때였다. 옆에서 가만히 지켜보고 있던 세텔이 깜짝 놀라며 글로트 백작에게 소리쳤다.

"글로트? 아! 너는 라마프 글로트가 아니냐?"

"응?"

"라마프가 맞구나!"

세텔이 글로트 백작에게 자신을 못 알아보겠냐고 소리쳤다. 카이스는 예상하지 못한 전개에 의문을 느꼈고, 다른 사람들도 마찬가지였다.

글로트 백작도 무언가 이상한 느낌이 들었기에 가까이 다가서서 세텔의 얼굴을 확인해 보았다.

머리도 엉망에 수염도 너무 길어서 바로 알아볼 순 없었다. 그러나 유심히 세텔의 얼굴을 바라보노라니 정확하게 기억나지는 않았지만 어째서인지 낯이 익었다.

"…에……?"

글로트 백작이 기억이 가물가물한 얼굴을 짓자 세텔은 호통을 쳤다.

"이 녀석! 벌써 잊었느냐?!"

머리카락이나 수염 때문에 금방 알아보진 못했지만 글로트 백작은 과거를 추억하며 그가 아는 사람들의 얼굴을 하나하나 떠올렸고, 결국 세텔의 얼굴을 알아봤다.

과거 그가 소년이던 시절, 벨크레아 교육원에서 수학할 때 그에게 가르침을 줬던 세텔을 결국 떠올린 것이다.

"세, 세텔… 에드널 교수님?! 세텔 교수님이 아니십니까?"

"그래! 이 녀석이 스승의 얼굴은 기억하는구나!"

갑자기 사제(師弟) 상봉으로 전개될 줄은 감옥의 누구도 예상하지 못했다. 카이스는 물론이요, 병사나 헬렌까지 당혹스런 얼굴로 그 두 사람을 바라볼 수밖에 없었다.

"교수님께 인사드립니다!"

글로트는 당장 옛 스승에게 예법에 맞게 인사를 올렸다. 너무나 뜻밖의 만남에 당황했던 참이라 그는 세텔이 지금 감옥 속에서 꽁꽁 포박당한 상태라는 것도 잊어버렸다.

"그런데 도대체 어인 일로 이렇게 되신 겁니까? 듣기로는 전에 행방불명이 되셨다고 들은 것 같은데……."

"말하자면 참 길지."

"아, 내가 이러고 있을 때가 아니지! 여봐라!! 얼른 포박을 풀어드리지 않고 뭘 하느냐!"

병사들이 허둥지둥 다가와서 진땀을 흘리며 세텔과 카이스의 포박을 풀었다.

"이분은 누구십니까?"

카이스의 정체를 물어보자 세텔은 친동생이나 마찬가지인 사이라고 간단히 대답했다. 글로트는 두 사람에게 큰 죄를 지었다고 사과하며 말했다.

"교수님, 여기서 이렇게 인사드리는 것은 예의가 아니니 얼른 응접실 쪽으로 드시지요!"

병사들은 그때부터 세텔과 카이스를 극진히 모실 수밖에 없었다.

헬렌과 켈벳은 뒤에서 똥 씹은 얼굴을 하고 침묵을 지킬 뿐이었다.

*　　　*　　　*

감옥에서 벗어나 세텔과 카이스는 응접실에서 글로트 백작에게 극진한 대접을 받았다. 글로트 백작은 잘못한 게 있어서 그런지 여러 가지를 신경 써주려고 노력했다.

카이스는 오만하기 짝이 없던 헬렌이 어떤 표정을 지을지 보고 싶었으나, 그녀는 면목이 없었는지 모습을 감춰 버렸다. 거짓말을 했던 것이 들키자 일단 꽁무니를 뺀 것이다.

'아깝군! 버르장머리를 고쳐 주려고 했는데.'

카이스는 한편으론 실망했지만 헬렌이 속으로 얼마나 창피할지 상상해 보니 기분이 나쁘지만은 않았다.

"필요하신 건 없으십니까?"

"우리가 오늘 아무것도 먹지 못해서 배가 고프구나. 식사를 준비해 줄 수 있겠느냐?"

두 사람이 제일 먼저 원한 것은 식사였다. 글로트 백작은 요리사들을 불러서 산해진미가 가득한 진수성찬을 차려줬다. 상다리가 휠 정도로 말이다.

음식에서 풍겨 나오는 향기가 이성을 마비시킬 정도로 강렬했다. 카이스와 세텔은 요리가 나오자마자 굶어 죽은 귀신이 붙은 것처럼 먹어치우기 시작했다. 체면은 식욕 앞에서 사라진 지 오래였다.

레어에 갇혀 있을 때에는 음식이라고 말할 수 없을 것을 먹고살았고, 탈출한 이후엔 떫은 열매나 덜 익어서 피가 흐르는 고기로 연명해 온 그들이다. 그런 꿈에서나 그리던 산해진미가 눈앞에 있으니 어찌 눈이 뒤집히지 않을 수 있겠는가? 접시 위의 음식들이 게 눈 감추듯 사라져 갔다.

"교수님, 천천히 드십시오. 원하시면 얼마든지 더 대접해

드리겠습니다."

지켜보는 사람이 이렇게 먹다가는 어디 탈이 날 것 같다고 걱정할 정도였다.

비쩍 마른 몸에 거지같은 몰골로 허겁지겁 음식을 씹고 있는 세텔을 바라보노라니 글로트 백작은 안쓰러운 마음이 들었다.

'도대체 얼마나 고생을 하셨기에…….'

그는 벨크레아 교육원에서 수학하던 소년 시절을 떠올렸다. 어느덧 세월이 십 년도 넘게 지난 일이었다.

백작가의 차남으로서 가문을 이을 걱정을 하지 않았던 글로트는 마법에 대한 열정을 지니고 있었다. 그러나 열정은 있으되 재능이 없었다. 사람들은 그에게 자질이 없으니 마법사의 꿈을 버리라고 했다.

그때 사람들이 뭐라고 하든지 끈기있고 착실하게 그를 지도해 줬던 것이 바로 세텔 교수였다. 세텔은 글로트가 가지고 있는 마법에 대한 열정을 높이 평가했다. 글로트는 세텔을 존경했고, 그 기대에 부응하기 위해서 더욱 열정을 불태웠다.

"훌륭한 마법사는 결코 재능으로 완성되는 것이 아니라 노력으로 완성되는 것이다."

그렇게 열변을 토하던 세텔의 모습은 그에게 아직도 잊혀지지 않았다.

글로트는 세텔의 가르침에 힘입어 5서클은커녕 4서클도 정복하지 못할 것이라고 했던 사람들의 예상을 뒤엎고 보란 듯 5서클 마스터 급 마법사가 될 수 있었다. 비록 지금은 영지를 관리하느라 바빠서 발전이 멈춘 상태이지만, 그는 두고두고 세텔 교수의 은혜를 잊지 않았던 것이다.

그가 기억하는 세텔 교수는 근엄하면서도 위엄이 넘치는 인물이었다. 그러나 지금 식사를 하고 있는 사람은 갖은 고생에 멸치처럼 마르고 꼬질꼬질한 중년으로밖에 보이지 않았다. 물론 그렇다고 스승을 공경하는 마음이 사라진 것은 아니었다. 약간 측은한 감정이 생겼을 뿐이다.

'그렇게 위엄 있으시던 분이 어떤 일을 당하셨기에 저렇게 되셨단 말인가?

그는 가만히 앉아서 두 사람의 식사가 끝나기만을 기다렸다. 두 아귀의 식사는 끝나가고 있었다.

"후우우, 정말 잘 먹었구나."

"잘 먹었습니다. 맛있었어요."

배가 빵빵해질 때까지 진미를 맛본 두 사람이 식기를 놓자, 식사가 끝나기를 기다리고 있던 하인들이 그릇을 치우고 차를 내왔다. 그들은 따뜻한 차를 음미하며 대화를 나누기 시작했다.

아까부터 궁금증을 이기지 못하고 있던 글로트 백작이 물었다.

"도대체 무슨 일을 겪으신 겁니까?"

세텔은 차를 음미하며 잠시 뜸을 들이다가 말했다.

"듣고 싶으냐?"

글로트 백작이 바로 고개를 끄덕이자 세텔은 이야기를 꺼
냈다.

세텔의 이야기는 카이스가 이 세상에 넘어오기 전의 일부
터 시작되었다.

세텔이 사건에 연루된 것은 꽤 오래되었다. 벨크레아 교육
원의 학장을 맡은 지 얼마 되지 않아서 언제부턴가 대륙 이곳
저곳에서 학생들이 행방불명되는 사건이 일어났다.

처음에는 크게 이슈화되지 않았지만 실종되는 사람이 많
아지고 그 대다수가 귀족이니 자연스레 시끄러워질 수밖에
없었다. 이내 행방불명된 이들에게서 공통점이 드러났다. 그
들은 선천적인 제논 수치가 6,000을 넘어서는, 흔히 말하는
기재(奇才)들이었던 것이다.

모두들 아무런 이유도 흔적도 없이 연기처럼 사라져 버렸
고, 이후에는 소식이 완전히 끊겨 버렸다. 십 년이 넘도록 행
방불명자는 줄을 이었고, 수십 명이 넘는 행방불명자가 생겼
다.

음모론이 줄을 이었고, 조사단이 흔적을 찾았지만 성과가
없었다.

벨크레아 교육원에서도 몇 명의 행방불명자가 나타나니
세텔도 조사를 시작했다. 그러나 그도 별 성과를 거두지 못

했다.

그런데 2년 전, 어처구니없게도 세텔 본인이 납치당해 버린 것이다.

세텔은 납치당했던 당시엔 정말 막막했었다고 당시의 심정을 토로했다. 무엇 하나도 희망이 없었으니까.

"허! 도대체 그런 사건을 저지른 놈들이 누구입니까? 그리고 무슨 목적으로 그랬죠?"

이야기에 몰입한 글로트 백작이 그 이후로 어떻게 되었는지 알려달라고 재촉했다. 세텔은 그 일련의 행방불명 사건과 자신이 납치된 것이 같은 사건이라는 보장은 없다고 말한 뒤, 계속해서 이야기를 들려주었다.

다음은 카이스도 같이 겪었던 일이니까 잘 알았다. 에리온의 레어에서 2년에 가까운 세월 동안 감금당하고, 천신만고 끝에 탈출하여 샤미트 산맥과 라발 대수림을 지나서 여기까지 온 것이다. 세텔은 그 과정을 흥미진진하게 이야기했다.

사람을 가르치던 사람이라 입담도 좋았기에, 세텔이 쉴 새 없이 이야기해 주는 아슬아슬한 탈출극은 글로트 백작의 손에 땀을 쥐게 만들었다.

세텔은 몇 번이나 카이스를 칭찬했다.

"이 친구의 도움이 가장… 컸지. 여기 이 카이스가 내 생명의 은인이란다."

"젊은 나이에 정말 대단합니다. 이야기만 들어도 얼마나 활약했는지 알 것 같군요."

"뭘요. 하하하!"

카이스는 머리를 긁적이며 어울리지 않게도 겸손하게 웃을 뿐이었다. 그런데 글로트 백작이 불쑥 물었다.

"그런데 카이스 씨도 납치당하신 것이라면 어느 가문의 자제 분이시죠?"

"예?"

미처 생각하지 못했던 정곡을 찌르자 카이스는 선뜻 대답하지 못하고 우물쭈물했다. 다른 차원에서 넘어온 것을 알리지 않기 위해서 이름까지 바꿨는데 진실을 말할 수는 없지 않은가.

다행히 세텔이 재빨리 대답해 줬다.

"실은 카이스는 에리온에게 정신계 마법을 통해서 고문당했기에 과거의 기억을 모조리 상실했지. 그래서 기억하고 있는 것은 이름뿐, 그 외의 것은 아무것도 모르고 있단다."

"아, 그러셨군요. 제가 괜한 것을 물었습니다. 정신계 마법이라니 정말 극악하기 짝이 없는 짓을 당하셨군요."

성급한 변명이었건만 글로트 백작은 그대로 믿어버렸다. 카이스는 속으로 몰래 한숨을 쉬었다.

세텔은 탈출 이후 여기까지 여행한 이야기를 마저 들려주며 이야기를 마무리했다. 헬렌과의 일이 어떻게 되었던 것인지 역시 확실하게 이야기해 줬다. 글로트 백작은 그 대목에서 잠시 얼굴을 붉히며 사과했다.

"후우, 상상할 수도 없을 만큼 엄청난… 일을 겪으셨군요."

이야기를 끝까지 들은 글로트 백작은 감탄할 뿐이었다. 정말 놀라지 않을 수 없는 이야기들이었다.

이야기를 듣노라니 어느덧 해가 지고 한밤중이 되었다. 글로트 백작은 두 사람이 오랜 여행으로 피곤할 텐데 괜히 자신 때문에 쉬지 못하는 것이 아닐까 생각하며 대화를 일단 마무리 지었다.

"뭐든지 시킬 것이 있으면 하녀들에게 말씀하시면 됩니다. 그럼 저는 물러나겠습니다."

글로트 백작은 세텔과 카이스에게 얼마든지 쉬어가도 좋다고 말하며 방을 내주었다.

"고맙구나. 바쁠 텐데 시간을 빼앗아서 미안했다."

"무슨 말씀이십니까. 여기가 교수님 댁이라고 생각하고 편히 쉬십시오."

글로트 백작은 세텔과 카이스에게 인사를 하고는 쌓여 있는 업무를 보기 위해서 사라졌다.

두 사람은 먼저 2년 동안 쌓인 때를 벗기기로 했다. 하녀들은 서둘러 욕실에 목욕 준비를 해줬다.

화려한 백작가의 욕실에 하녀들이 길어놓은 따뜻한 탕 속에서 피로를 풀고 온몸을 씻어내니 개운함은 말로 설명할 수 없을 정도였다.

"후아~ 살아 있길 잘했다는 생각이 드네요."

"동감이다. 피로가 풀리는구나."

허물을 벗겨내듯 몸에 쌓인 때를 벗겨내던 도중 카이스가
말했다.

"그런데… 그 헬렌이라는 아이 말인데요."

"왜 그러느냐?"

카이스는 불만이었는지 투덜거리기 시작했다.

"언제 어떻게 사과하러 나타날까 했는데, 건방지게도 코빼
기 한번 비치질 않네요. 멋대로 누명을 씌우고 사람을 죽이려
고 했던 것이……."

세텔은 빙그레 웃으며 물었다.

"사과하면 용서해 줄 생각이었니?"

"글쎄요. 뭐, 그것까지 생각해 보진 않았는데… 어쨌든 손
이 발이 되도록 빌어도 화가 안 풀릴 텐데 무시하고 있으니
화나지 않으세요?"

"당연히 화나지. 그런데… 이렇게 하면 어떨까?"

세텔은 슬쩍 웃으며 헬렌에게 호된 맛을 보여줄 한 가지 계
획을 말했다. 카이스는 세텔의 말을 듣고는 킥킥거리며 말했
다.

"그거 좋은데요? 킥킥킥."

"표정이 볼 만할 거야."

두 사람은 복수를 다짐하며 욕실을 나섰다. 그리고 누더기
가 따로 없는 옷이나 짐승의 가죽 따위를 모조리 내다버리곤
말끔한 새옷으로 갈아입었다.

다음은 이발을 하고 면도를 할 차례였다. 하녀들에게 말하

니 얼마 지나지 않아서 이발사가 도구를 들고 올라왔다. 두 사람은 엉망진창인 머리카락을 말끔하게 이발하고 턱을 뒤덮은 수염을 밀어버렸다.

"음… 이제 좀 사람같이 보이는군."

카이스는 거울을 보며 중얼거렸다. 거울에는 수척해 보이긴 했지만 꽤 준수한 얼굴이 비치고 있었다. 워낙 오랫동안 보지 못해서 그런지 얼굴이 낯설 지경이었다.

"오… 꽤 잘생겼구나! 몰라보겠어."

콧수염을 멋지게 손질하고 안경까지 끼고 있는 중년의 남성이 카이스에게 말을 걸어왔다. 낯설긴 했지만 두말할 것 없이 그는 세텔이었다.

"하하, 먼저 말을 걸지 않으셨으면 저도 형님을 못 알아봤을지도 모르겠네요. 형님도 멋지십니다."

"오십이 다 되어가는데 멋져 봐야 뭘 하겠느냐. 너는 아직 젊고 얼굴도 잘……?"

이야기를 하다 말고 세텔은 눈을 동그랗게 뜨고 카이스를 바라봤다. 그리고 몇 번이나 눈을 깜박이고 눈을 비비며 못 볼 것을 본 것처럼 카이스의 얼굴을 바라봤다.

"왜… 그러세요? 제 얼굴에 뭐가 묻었나요?"

"아니… 그런 건 아닌데……."

세텔은 다시 말하다 말고 가까이 다가와서 카이스의 얼굴을 이리저리 훑어봤다.

'갑자기 왜 이러신담?'

왜 이러는지 이해가 되지 않아서 카이스가 갸우뚱하자 세텔은 잠시 생각하다가 물었다.

"이건 혹시나 해서 하는 말인데… 설마 우리가 에리온의 레어에서 만나기 전에 본 적이 있었던 건 아니겠지?"

"그럴 리가 있겠어요?"

카이스는 그게 무슨 말이냐며 대답했지만 세텔은 계속 생각에 잠겼다. 아무리 봐도 어디서 본 얼굴이었다. 아니, 그냥 어디서 비슷한 사람을 봤을지도 모른다고 넘어가기엔 지나칠 정도로 낯이 익었다.

"왜 그러세요? 혹시 저랑 닮은 사람을 만난 적이 있으세요?"

"글쎄, 그걸 지금 생각하는 중인데……."

세텔은 알고 지내던 사람이나 지금까지 가르쳐 왔던 제자들을 하나하나 떠올리며 생각해 봤지만 아무리 생각해도 그 중에서 카이스와 닮은 사람은 없었다.

'수염을 밀기 전에 얼굴을 보면서 익숙해졌던 탓일까.'

세텔은 일단 그렇게 생각하기로 했다. 그런데 바로 그 순간, 번개처럼 한 사람의 얼굴이 뇌리를 스쳐 지나갔다.

"헉!!"

자신도 모르게 그는 경악을 내뱉었다. 그리고 세텔은 자신이 떠올린 기억 속의 얼굴과 카이스의 얼굴을 대조해 본 뒤 떨리는 목소리로 말했다.

"카… 카일… 대공……?!"

“예?”

세텔이 뒤늦게 떠올린 것은 과거 100년쯤 전에 대륙을 활보했던 대영웅 카일 대공의 초상화였다.

벨크레아 교육원에는 역사 속 위인들의 초상화가 걸려 있는 홀이 있었는데, 그곳을 지나다니면서 초상화를 몇 백 번이나 보다 보니 뇌리에 깊게 남은 것이다.

놀라운 것은 그 초상화에 그려진 카일 대공의 얼굴과 카이스의 얼굴이 우연이라고 치부하기엔 지나칠 정도로 닮았다는 것이다.

“무슨 말이에요? 무슨… 대공?”

세텔이 갑자기 이상한 얼굴을 하며 자신을 보고 생소한 이름을 외쳐 대니 카이스는 어리둥절했다.

그러나 세텔은 놀란 가슴을 진정시키고 곧 자신이 생각한 것이 얼마나 어이가 없는지 깨달았다.

카일 대공은 누구나 모르는 사람이 없을 정도로 위대한 영웅이다. 세텔도 어린 시절부터 절대적인 검술로 대륙을 활보했던 카일 대공의 영웅담을 들었다. 그러나 100년 전에 대륙을 뒤흔든 인물이라는 것이 문제였다. 시대 차이가 너무 났다.

‘카이스와는… 나이 차이가 너무 많이 나겠군.’

우연히 닮은 것이라고 억지로 스스로를 납득시키고 넘어가려 했지만 카이스가 계속해서 물어왔다.

“카… 어쩌고 대공이 왜요? 저랑 닮았어요?”

“그건 말이다……”

세텔은 자신이 어째서 카이스의 얼굴을 보고 놀랐는지 이유를 설명했다. 간단히 100년 전 카일 대공이라는 인물이 있다고 말하고, 자신이 기억하는 카일 대공의 초상화가 카이스와 너무 닮아서 놀랐다고 말이다.

“그게 무슨 소리세요?”

카이스는 어이가 없어서 피식 웃었다. 그러나 이내 무언가를 깨닫고는 표정을 바꿨다.

‘설마……?’

세텔은 그런 기미를 모르고 머리를 긁적거리며 말했다.

“한순간에 네가 카일 대공이 아닐까 싶었으니… 내가 생각해도 참 어이가 없구나. 하하하!”

“……”

그렇게 중얼거리던 세텔은 카이스의 얼굴이 심상치 않아 보이는 걸 뒤늦게 깨달았다. 카이스는 잠시 생각하다가 세텔에게 가까이 다가와 물었다.

“설마 그 카일 대공이라는 사람… 오른쪽 뺨에 작은 점이 있지 않아요?”

그 초상화를 떠올리고 세텔은 고개를 끄덕였다.

“그러고 보니… 그랬던 것 같기도 하구나.”

“저랑 닮았다는 것이 확실해요?!”

“…그래. 아마도……”

“……”

"혹시 카일 대공이 너와 아는 사람이란 말이냐?"

카이스는 골똘히 생각하다가 얼이 빠진 표정으로 고개를 끄덕였다.

집에 걸려 있던 빛바랜 아버지의 사진. 사람들은 그 사진을 보고 아버지와 참 판막이처럼 닮았다고들 이야기했었다. 게다가 세텔이 말한 인물이 카일이라는 이름이면 답은 하나밖에 없었다.

카이스는 떨리는 목소리로 말했다.

"오래전에 실종된… 제 친아버지의 이름이… 강일이지요."

"강… 일?"

"강인수인 제 이름이… 카이스로 되었다면… 아마도 아버지 강일의 이름은……."

세텔도 그 유사성을 깨닫고 소리쳤다.

"카일!!"

카이스는 얼이 빠진 얼굴로 고개를 끄덕거렸다.

충격이 가라앉기까지 약간의 시간이 필요했다. 잠시 후 세텔은 떨리는 목소리로 말했다.

"이건… 놀라지 않을 수 없는 일이구나."

충격적인 진실에 목소리가 떨리고 손이 부들부들 떨릴 지경이었다. 사실 여부를 의심하지 않는다면 역사상 최강의 검사, 그랜드마스터 급의 절대적인 영웅의 아들을 앞에 두고 있는 것이 아닌가!

'그러고 보니 에리온이… 카이스를 납치한 것도 충분히 이해가 되는구나.'

검이든 마법이든 재능은 피로써 이어진다. 그것이 이 세상의 섭리다. 그렇기에 천민은 천민일 수밖에 없고, 귀족이 달리 귀족이 아닌 것이다. 카일 대공 정도로 강한 인물의 피를 이어받은 카이스의 재능은 보장되어 있다고 봐도 좋은 것이다.

"나도… 어린 시절부터 그분의 영웅담을 들으며 자랐지."

세텔은 천천히 카일 대공에 대한 이야기를 시작했다.

*　　　*　　　*

100여 년 전, 카일이라는 이름의 검사가 나타났다. 그가 어디서 태어났는지, 어떻게 검을 수련했는지, 출신이 어딘지 등의 이야기를 아는 사람은 아무도 없었다.

불분명한 출신에 비하여 그의 실력 하나는 확실했다. 어느 사이 소드마스터 급의 힘을 넘어선 절대 강자로서 위명을 떨치기 시작했던 것이다.

그를 탐내던 세력이 많았지만 그는 누구의 편을 들거나 누군가의 수하가 되지 않았다. 언제나 독자적으로 행동했고, 수련 검사마냥 대륙을 떠돌아다니며 숱한 무용담을 남겼다. 누구의 편도 들지 않았다는 건 아닐지도 모른다. 그는 대다수의 힘없는 사람들의 편을 자처했다고 하니까.

그에 대한 무용담은 밤새도록 이야기해도 모자랄 정도로 많다. 무용담만큼 셀 수 없는 싸움을 겪었지만 그에게 패배란 없었다. 그는 마수를 퇴치하고 국가의 분쟁을 해결했으며, 영지민을 핍박하는 악덕 영주에게 처벌을 내리는 등, 숱한 선을 행했다. 그를 따르는 추종자가 많이 생긴 건 당연할지도 모른다. 지금도 카일 기사단이라는 이름으로 그의 뜻을 따르는 최강의 검사들이 존재하고 있으니까.

카일의 활약 중에서 가장 유명한 것은 리마고원과 리즈대사막이 있는 곳에서 1,000년 동안 자리 잡고 있던 대제국 리마 제국의 침략 전쟁에서의 활약이다.

당시 리마 제국은 수단과 방법을 가리지 않고, 심지어 몬스터까지 동원하여 대륙 전체를 상대로 정복전쟁을 벌였다. 오랫동안 국력을 쌓아온 리마 제국의 힘은 오랫동안 평화에 젖어 있던 크레아 대륙을 완전히 뒤엎기에 충분했다.

서민들의 삶이 완전히 붕괴되고, 전화(戰禍)의 소용돌이에 휩싸인 사람들은 눈물지었다. 어느 세상이든 전쟁이란 어디든 그런 것이다.

성 리온 제국의 항복을 받아내고 중앙의 크리온 강까지, 거의 대륙의 반을 정복하며 치고 나가던 리마 제국은 사막 기사단을 필두에 내세우고 파상공세를 펼쳐 진격했다. 그 공세는 점령지를 쥐어짜 병력을 충당하여 처음에 비해 더욱 강해진 상태였다. 그나마 온건한 힘을 지닌 라이덴 제국이 그 공세를 막아보려고 했지만 그들도 패배만을 계속할 뿐이었다.

사람들은 한탄했다. 간악한 리마 제국의 손에 대륙이 무너지고 암흑기가 오리라고 모두들 예상했었다.

그때 침묵을 지키고 있던 카일 대공과 그를 따르던 카일 기사단이 나섰다. 그들은 고전하고 있던 에리오트 제국과 라팔 마법연맹, 그리고 패전한 나라의 힘을 한곳에 규합하였고, 연합군을 구성하고 반격을 시작한 것이다.

연합군의 선두엔 언제나 카일 대공이 있었다. 연합군은 리마 제국 병력의 진군을 막아냈고, 역으로 밀어냈다.

그리고 대륙사에 길이 남을 황금평야 방어전.

양 세력의 최정예가 목숨을 걸고 물러설 수 없는 한판 승부를 벌였다.

처절한 전투의 끝. 연합군은 승리했다. 리마 제국의 최정예 사막기사단과 폭풍기마대를 괴멸시키는 큰 전과를 얻었고, 기세를 뒤엎는 데 성공한 것이다.

카일 대공이 당대 대륙 최강의 기사이자 연합군에겐 공포의 대상인 사막기사단장과 부단장을 맨손으로 해치운 이야기는 아직도 뭇 사람들의 입에서 떠나지 않았다.

이후 사기가 오른 대륙연합군은 리마 제국을 역습, 치열한 격전을 치른 끝에 멸망시키고 크레아 대륙은 평화를 찾게 된 것이다.

*   *   *

카이스는 굳은 표정으로 아무 말 없이 세텔이 들려주는 카일 대공의 이야기를 듣고 있다가 물었다.

"…리마 제국과의 전쟁 이후엔 어떻게 되었죠?"

"그분을 왕으로 추대하려는 움직임도 있었다고 해. 하나 그런 데에 관심을 가지실 분은 아니지. 연합군 측에서 제안한 대공의 작위와 대륙의 구석에 작은 영지를 받으시곤 그곳에 정착하셨단다."

"…그리고요?"

"이후는 나도 확실히 모르겠구나."

세텔도 이후의 행보는 몰랐다. 전쟁의 부상이 악화되어 죽었다는 말도 있고, 아직 죽지 않고 살아 있다거나 천계에 올라갔다는 숱한 소문이 무성했지만, 정확한 진실은 저 너머에 있었다.

가장 궁금하게 생각했던 '어째서, 어떻게 아버지가 이 세상에 넘어왔었는가' 와, '마지막에 아버지는 어떻게 되었는가' 는 알 수 없었지만, 카이스는 대강 아버지가 무슨 일을 했는지는 알 수 있었다.

하지만 쉽게 받아들이기엔 너무 갑작스러운 이야기였다.

'아버지가 그렇게 대단한 영웅이었다고?

카이스는 뜻밖의 진실에 말문을 잃었다. 그러나 오래전에 행방불명된 아버지의 흔적을 찾았다는 것이 그의 마음을 들뜨게 했다.

카이스는 세텔에게 카일 대공에 대해서 여러 가지 이야기를 계속해서 들었다. 전설에나 나올 것 같은—사실 이미 전설이다—숱한 무용담을 듣는 그의 가슴은 두근거리며 뛰었다. 그리고 어쩌면 아버지를 만날 수도 있다는 생각이 그를 설레도록 했다.

문제는 100년이나 전에 활동했다는 아버지가 아직까지 살아 있느냐는 것이었지만…….

하녀에게 술을 한잔 가져다 달라고 하니 금방 꽤 괜찮은 술을 몇 병 가져다 줬다. 두 사람은 호사스런 술잔을 기울이며 이야기를 나눴다.

"감옥 속에서 둘이서 술 한잔하자고 약속한 게 엊그제 같은데… 벌써 거의 2년이 지났네요."

"세월 참 빠르구나."

생각만 해도 구역질 나는 레어의 감옥과 샤미트 산맥의 설원 등등을 안주 삼아 그들은 친형제처럼 나이도 허물어 버리고 술을 즐겼다.

"이 술은 참 달짝지근하니 좋군요."

목을 스치는 화끈한 느낌을 본다면 도수가 낮진 않은 것 같았는데, 쓴맛보단 단맛이 강했기 때문에 음료수처럼 쉽게 넘어갔다. 오랜만에 즐기는 술이라서 그런지 금세 얼굴이 붉어졌다.

“맛보다는 향을 즐겨보거라. 향 또한 일품이란다.”

오랜만에 느끼는 취기가 두 사람의 긴장을 풀리게 했다. 술이 들어가면 조금씩 품어뒀던 이야기도 나오는 법이다. 세텔은 본래 생각하고 있던 것을 털어놓았다.

“원래 벨크레아에 도착하면… 카이스 너를 양자로 삼고 후계자로 발표할 생각이었단다. 그리고 가능하면 에드널 백작가의 일원으로서 이후에 벨크레아 교육원을 맡아주길 바랐지.”

“하하하… 그럼 저도 졸지에 귀족이 되는 건가요?”

세텔은 고개를 저으며 단호히 말했다.

“그러나 이젠 그럴 필요가 없어졌어.”

“왜요?”

세텔은 취기에 약간 붉어진 얼굴이었지만, 진지한 표정으로 이유를 설명했다.

“네 신분은 만약 증명할 수만 있다면… 카일 대공 자제가 된단다. 카일 대공이 세상에 없다면 너는 카일 대공국의 주인이 될 자격이 있으니 일이 잘 풀리면 바로 대공의 작위를 받을 수도 있지. 그건 작은 나라의 왕에게 뒤지지 않는 위치에 오른다는 말이란다.”

“음……..”

카이스는 아무 말도 하지 못했다. 솔직히 그는 아직 과거 아버지의 업적이 얼마나 대단한 것인지, 그로서 세상 사람들에게 얼마나 존경을 받고 있으며, 대공이라는 위치가 얼마나

높은 작위인지 상상을 하지 못했다.

남의 이야기 듣듯 한 번 들은 것으론 실감이 나지 않았다.

게다가 그 아버지의 업적과 지위가 자신에게 상속될 수도 있다고 생각하니 기쁘기보단 갑작스러웠고 어안이 벙벙했다. 한국에서 만년 빈곤 음악가이던 그가 갑자기 다른 세상에선 대공작의 작위를 물려받을 수도 있는 귀족이 되다니…….

'참 세상 일은 모를 일이야.'

인생은 새옹지마(塞翁之馬)라는데 정말 그 속담 그대로 삶이란 예측하기 힘든 것이라는 생각에 카이스는 어이없어 웃었다.

"내가 생각하기엔 카일 대공국의 카일 기사단에 도움을 얻어보는 것이 좋을 것 같다. 세상에 알려지지 않은 카일 대공의 이후 행방도 아마 그들이라면 알고 있을 테지."

"으음……."

발상은 좋았지만 실현 가능성이 걱정이었다.

"제가 카일 대공의 아들이라는 걸 그들이 쉽게 믿어줄까요?"

세텔의 생각도 마찬가지였다.

"쉽진 않겠지. 나야 물론 추호도 의심하지 않지만, 다른 사람들은 그저 얼굴이 닮았다는 이유만으로 너를 카일 대공의 아들이라고 쉽게 인정하진 않을 거야."

세텔의 말대로 세상이 그렇게 쉬울 리가 없다. 웬 남자가 갑자기 나타나서 100년 전에 활동하던 카일 대공의 친아들이라고 말하면 그들이 곧이곧대로 믿어줄 가능성이 얼마나 되겠는가? 아무리 얼굴이 닮았다고 하더라도 일이 그렇게 쉽게 풀리길 바라는 건 무리였다.

카이스는 세텔의 빈 잔에 술을 한잔 따라주고 곰곰이 생각하다가 결론을 내리곤 말했다.

"생각해 봤는데, 당장은 제가 카일 대공의 아들이라고 말하고 다니는 것이 좋을 것 같지는 않아요. 믿어주지도 않을 것이고."

세텔도 고개를 끄덕였다. 다른 사람들에게 카일 대공의 아들이라고 당당하게 말하고 다니기엔 카일 대공의 명성이 너무나도 드높았다. 딱히 증명할 만한 것이 없는 이상 도리어 반발을 불러일으킬 가능성이 컸다.

"그러면 어떻게 할 생각이니? 일단 원래 생각대로 나와 같이 벨크레아 교육원으로 가볼 생각이냐?"

"그게 좋을 것 같아요."

여기서 카이스가 기댈 수 있는 사람은 세텔 이외엔 없었다. 아직 카이스는 이 세상에 대해서 모르는 것도 많고, 익숙해져야 할 필요도 있었다. 아직은 그에게 세텔이 필요했다.

"그다음은 어떻게 할 생각이니?"

"으음……."

카이스는 아무것도 모르는 세상에서 어떻게 해야 할지, 무엇을 목표로 해야 할지 고민해 보았다. 당장은 하나밖에 떠오르지 않았다.

"일단은… 계속해서 강해질 방법을 찾아볼 거예요. 수련에 집중해 보려구요."

"그래, 그것도 좋겠지."

이야기를 나누는 사이에 밤이 깊었다. 두 사람은 내일을 기약하며 이만 잠자리에 들기로 했다.

방에는 편안하고 부드러운 이불과 베개가 있는 침대가 두 개 있었다. 세텔은 몸을 뉘이자마자 바로 잠들었지만, 카이스는 약간이나마 취기가 오른 상태에서도 가부좌를 틀고 몸속의 내공을 일주천하는 것을 잊지 않았다.

태만은 퇴보를 부른다. 당연한 진리다. 꾸준히 수련해서 진기의 정순함을 키우고 전신 세맥을 개발해야 했다.

훗날 에리온에게 한 방 먹여줄 미래를 생각하며 카이스는 그날을 위해서 힘을 모았다. 그리고 일주천을 끝낸 후, 달콤한 수면에 빠져들었다.

*　　　　*　　　　*

한숨 푹 자고 일어나니 하녀들이 응접실에 식사를 준비해 놓았다고 전했다. 글로트 백작에게서 극진히 모시라는 명령을 받은 탓에 하녀들은 둘도 없는 귀빈으로 두 사람을 모셨다.

간단히 씻고 응접실에서 식사를 마칠 때쯤, 글로트 백작이 다시 모습을 보였다. 그는 세텔과 카이스에게 안부를 물어본 뒤 살며시 말했다.

"헬렌이 얼마 전에 있었던 일을 사과한다고 전해달라 하더군요."

웃고 있던 세텔이 그 말을 듣고 인상을 찌푸리며 화를 냈다.

"그 헬렌이라는 아이가 네 딸이냐?"

"아닙니다. 그냥 친분이 있는 집안의 아이입니다."

"허허, 어이가 없구나. 얼마나 버르장머리가 없으면 너에게 대신 사과를 시킨단 말이냐! 직접 찾아와서 무릎 꿇고 빌어도 모자랄 판에!"

옛 제자를 앞에 두니 세텔은 위엄이 넘치는 태도로 돌변했다. 언제나 상냥하고 부드러웠던 모습과는 전혀 딴판이라, 카이스는 세텔에게 이런 면모도 있다는 걸 처음 알았다.

"교수님, 그 아이의 생각은 제게 사과를 대신 시키려는 것이 아니라……."

"시끄럽다! 그 아이는 도대체 어떤 가문의 누구의 자식이기에 이렇게 버르장머리가 없단 말이냐!"

글로트 백작은 스승이 완강히 화를 내는 데에 당황하며 말했다.

"에벨 동맹연합… 로제프 백작가의 아이입니다."

세텔은 그것만 듣고도 바로 헬렌의 부모가 누구인지 유추해 냈다. 20년이 넘도록 벨크레아 교육원에서 각국의 귀족들을 가르쳤으니 대륙 이곳저곳에 모르는 사람이 없었기 때문이다.

"로제프 백작가라면… 오호라, 루안. 그 녀석의 딸이구나! 그러고 보니 루안이 너와 동기였었지? 허허허, 자식 교육을 엉망으로 시켰구나! 루안 그 녀석을 만나면 혼쭐을 내야겠어!"

"교, 교수님… 그러니까… 제 말은……."

글로트 백작은 식은땀을 흘리며 헬렌 대신 변명을 해주려고 노력했지만, 그는 과거 소년 시절 교육원에서 세텔의 호통에 쩔쩔매던 시절처럼 지금도 진땀을 흘릴 수밖에 없었다.

한편 헬렌은 응접실 밖에서 눈치를 보고 있었다. 틈을 보다가 적당한 시기에 고개를 숙이고 들어가서 죄송했다고 사과를 할 생각이었던 것이다.

그러나 생각했던 것과는 달리 응접실 안의 분위기가 살벌하게 변하자 그녀는 나서지도 도망치지도 못하고 발을 동동 굴릴 수밖에 없었다.

'그 야만인 중에 하필이면 그 유명한 벨크레아 교육원의 학장님이 있을 줄 내가 어떻게 알았겠어? 재수도 없지.'

그래도 그녀는 천성이 오만한지라 결코 잘못했다는 생각은 하지 않았다. 오히려 자신의 운이 나빠서 이렇게 되었다고 속으로 투덜거릴 뿐이었다.

그러는 틈에 응접실 안의 상황은 더욱 나빠지고 있었다.

"허허허! 정말 어처구니가 없구나!"

세텔은 계속해서 역정을 냈다.

당시 길을 물어볼 때 카이스의 행동이 솔직히 지나친 감은 있었지만 헬렌과 마부, 그리고 호위 검사의 반응도 좋지 않았던 건 사실이 아닌가? 짐승 취급하듯 채찍을 휘두르고, 그녀의 호위는 무기도 지니지 않은 카이스에게 죽이겠다고 칼을 휘둘렀으니 어떻게 보더라도 잘못은 그쪽에 있었다.

그것뿐만 아니라 자신을 희롱하고 공격했다고 거짓으로 수배까지 내려서 일방적으로 잡아들인 이후, 참수를 시키려고 했으니 생각하면 할수록 기분이 나쁘지 않을 수 없었다.

계속되는 세텔의 호통에 글로트 백작은 꿀 먹은 벙어리가 되어 망신을 당하고만 있었다.

글로트 백작은 괜히 헬렌을 위해서 중재에 나섰던 것을 뼈저리게 후회했다. 사실 그가 크게 잘못한 것은 없었다. 헬렌이 들어야 할 호통을 자신이 듣고 있으니 그도 조금씩 헬렌을 감싸주는 마음을 잃어가고 있었다.

가만히 앉아 있던 카이스도 세텔의 추궁에 합류했다.

"만약… 그때 감옥에서 백작님이 세텔 형님의 얼굴을 못 알아봤다면 우리는 바로 참수당했겠지요?"

카이스가 아픈 곳을 찌르자 글로트 백작은 사색이 되었다.

"…아, 아니네! 나는 그렇게 쉽게 참수 명령을 내리지 않아! 전후 사정이라든지 증언 같은 것을 면밀히 확인하고 난 다음에야……."

"오해가 있을 거라고 해도 들어주지도 않고, 전혀 우리 이야기를 들어주려고도 하지 않던데요?"

글로트 백작은 당장 그 멍청하고 사람 보는 눈이 없는 정문 경비대장을 해임시키겠다고 말하곤 슬쩍 응접실 밖을 바라봤다. 더 이상 버틸 수가 없었다. 얼른 헬렌이 나와서 손이 발이 되도록 빌기를 바란 것이다.

그러나 기다리고 있기로 한 곳에 그녀는 없었다. 상황이 나빠 보이자 도망쳐 버린 것이다.

상황이 이렇게 돌아가면 응당 나서서 잘못했다고 말해야 할 텐데 그냥 도망가 버렸으니 결국 글로트 백작도 화가 머리 끝까지 치솟았다.

잔뜩 흥분한 글로트 백작은 헬렌이 묵고 있는 방으로 향했다. 방금 세텔에게 혼쭐이 난 탓에 그는 침착이라는 단어를 잊은 상태였다.

친한 친구의 딸이라고 귀엽게 봐주려고 했지만, 헬렌이 들어야 할 호통을 자기가 뒤집어쓰게 되니 화가 나지 않을 수 없다. 게다가 헬렌이 상황이 좋지 않다고 도망쳐 버려서 일이 더 꼬여 버렸기에 그의 분노는 배가 되었다.

"헬렌은 어디 있느냐?!"

글로트 백작이 헬렌의 시녀 한 명을 붙잡고 도끼눈을 뜨며 물어보자, 시녀는 벌벌 떨면서 안쪽 방에서 쉬고 있다고 말했다.

씩씩거리며 안쪽 방으로 바로 들어서려는 그때, 한 사람이 앞을 막아섰다. 헬렌의 호위검사 켈벳이었다. 그는 조심스럽게 헬렌이 지금 몸이 좋지 않아 누구도 만나고 싶어하지 않는다고 말했다. 그러나 그게 꾀병인 줄 모를 글로트 백작이 아니다.

"비켜라! 네가 상관할 게 아니다!"

글로트 백작은 흥분을 죽이지 못하고 켈벳을 떠민 뒤, 안으로 문을 열고 들어갔다. 아니나 다를까, 헬렌은 침대 위에서 이불을 뒤집어쓰고 숨을 죽이고 있었다.

"네 이 녀석!! 내가 이 나이를 먹고 너 때문에……!"

바로 그때였다.

"우와아앙! 글로트 아저씨이!!"

헬렌은 이불에서 튀어나와서 글로트 백작에게 안겨왔다. 그리고 퉁퉁 부은 얼굴에 눈물을 흘리며 대성통곡을 했다. 한바탕 분노의 잔소리를 퍼부으려고 했던 글로트 백작은 예상 밖의 전개에 멈칫할 수밖에 없었다.

헬렌은 글로트 백작에게 안겨서 굵은 눈물을 펑펑 흘리며 억울하고 또 억울하다며 변명인지 하소연인지 구별 안 되는 말을 늘어놓기 시작했다. 이 세상에도 여자의 눈물은 꽤 강력한 무기였기에, 글로트 백작도 화를 누그러뜨리고 헬렌을 달래야 했다.

"그래, 화 내지 않을 테니 일단 말해보거라."

헬렌은 몰래 씨익 웃음을 짓고는 겉으론 여전히 처연한 얼굴로 눈물을 흘리며 말했다.

"으흑흑… 아저씨… 그 사람들 다 거짓말쟁이에요. 저 정말 억울해요."

헬렌에겐 자신의 결백을 주장하는 것 외엔 상황을 벗어날 방법이 없었다. 일방적으로 잘못을 인정했다간 지울 수 없는 오점이 남을 수도 있었기 때문이다. 사실 자신이 잘못했다는 생각을 하지 않기도 했다. 그녀는 진심으로 억울했던 것이다.

그녀는 끝까지 무고하다고 주장하면서 미리 준비하고 있던 소녀의 비기를 사용했다.

바로 눈물이 그득한 눈망울로 글로트 백작을 바라보는 것! 이름 하여 '이렇게 순수한 소녀의 눈동자와 눈물에 추호라도 거짓이 담겨 있을 것 같나요?' 라는 비기였다.

과연 비기는 비기인지라 글로트 백작의 표정은 거의 풀렸다. 거기에 헬렌이 서러움을 이기지 못하는 채 눈물을 뚝뚝 흘리며 꺼이꺼이 울기 시작하니 글로트 백작은 추궁하기보다는 등을 토닥이면서 달래기 시작했다.

헬렌은 그 기세를 타고 울먹이며 떨리는 목소리로 세텔과 카이스가 자신에게 얼마나 몹쓸 짓을 했는지 이야기하기 시작했다. 물론 그 대부분은 거짓이나 과장된 것이었고, 자신이 조금이라도 잘못한 기분이 있는 것은 쏙 빼먹은 이야기였다.

가만히 이야기를 듣고 있던 글로트 백작은 이야기를 끝까지 듣고 잠시 생각하다가 말했다.

"그래, 좋아. 그럼 우리 여기서 정리를 한번 해보자. 네 말에 의하면 마차를 타고 길을 가는 도중에 갑자기 두 사람이 나타나서 길을 가로막았고, 다짜고짜 마부를 두들겨 팼다 이거지? 그리고 네가 나와서 왜 그러냐고 물어보니까 너를 욕하고 희롱했으며… 네 호위를 갑자기 기습하여 쓰러뜨리곤 돈을 훔쳐서 도망쳤다 이거냐? 그래서 카라멘에 와서 나에게 수배해 달라고 떼를 쓴 거고?"

일목요연하게 정리해 보니 억지가 확 드러났지만 틀림없이 자신이 말한 그대로라 헬렌은 여전히 눈물을 글썽이며 고개를 끄덕였다.

"…예."

글로트 백작의 눈매가 다시 가늘어졌다. 그는 이미 세텔과 카이스에게 그 사건에 대한 전모를 확실히 들은 참이었다. 그는 철없는 헬렌보다는 세텔 교수를 믿었다. 어느 것이 현실에 가까운지는 불을 보듯 뻔했다.

잠시 생각하던 그는 헬렌에게 기회를 줬다.

"나는… 네 아버지와 알고 지낸 지 오래되었다. 물론 너도 네 어머니 뱃속에 있을 때부터 지금까지 꾸준히 지켜보았지."

“그… 그러셨지요.”

글로트 백작은 날카로운 눈초리로 헬렌을 노려보며 말했다.

“그런 너와의 정을 생각해서 다시 묻겠다. 금방 네가 했던 말이 정말이냐?”

헬렌은 조금 겁먹긴 했지만 주장을 번복하진 않았다.

“저… 정말이에요!”

글로트 백작은 속으로 크게 실망했다. 그러나 다시 한 번 일말의 기대를 가지고 더욱 진지하고 매서운 눈초리로 헬렌에게 물었다.

“이번엔… 네 아버지와 나의 정을 생각해서 묻겠다. 그 말에 조금의 거짓도 없느냐?”

헬렌도 자신이 의심당한다는 걸 모르진 않았지만, 이제 와서 ‘사실 조금은 거짓말이에요’ 라고 말할 순 없었으므로 주저하지 않고 대답했다.

“예. 정말…….”

빡!

“꺅!”

말이 끝나기도 전에 글로트 백작은 헬렌의 머리에 꿀밤을 먹였다. 인정사정 봐주지 않고 때렸기에 헬렌은 그게 어찌나 아팠던지 거짓 울음이 아니라 아파서 정말 울음을 터뜨릴 정도였다. 헬렌이 진짜로 울든지 말든지 글로트 백작은 분노하며 소리쳤다.

"이 녀석, 정말 못써 먹겠구나!! 내가 이렇게까지 말했는데 네 아버지까지 팔아먹다니! 지금 상황이 어떤지 전혀 모르겠느냐!"

글로트 백작은 그야말로 폭풍처럼 헬렌에게 잔소리를 쏘아붙였다. 만약 헬렌이 그의 딸이었으면 한두 대 맞는 것으로 끝나지 않았을 것이다. 세텔에게 혼난 것에 괘씸죄까지 보태서 글로트 백작은 눈에서 불똥을 튀기며 분노를 토해냈다.

"으아앙! 전 억울해요!!"

헬렌은 울먹이면서 최대한 항변해 보았지만 더 이상 변명이 통하지 않았다. 결국 몇 대나 꿀밤을 맞고 난 뒤에야 진실을 털어놓았다. 물론 그 와중에도 몇 번이나 거짓말을 시도하다가 욕을 먹은 건 설명할 필요도 없었다.

"글로트 아저씨가 그 상황이라도 저랑 똑같이 행동하셨을 거예요! 저는 정말 억울해요!"

진실을 이야기하고도 헬렌은 버럭 성질을 냈다. 글로트 백작도 상황을 그려보니 억울한 마음을 전혀 이해하지 못하는 건 아니었지만 잘못은 명백했다. 특히 수배를 내려 체포한 뒤 감옥에서 참수하겠다고 깔깔거린 것은 큰 실수였다.

"후우… 어쩔 수 없구나. 나와 같이 가자. 네 바보 같은 말을 믿었던 나도 책임이 있으니."

헬렌은 글로트 백작이 왜 그렇게 사과에 집착하는지 이해하지 못하고 물었다.

"왜 그렇게 사과하시려는 거예요? 같은 나라의 귀족인 것도 아니고… 그냥 옛날 스승일 뿐 아닌가요?"

글로트 백작은 헬렌의 무지함에 혀를 차며 말했다.

"생각해 보거라. 그분을 스승으로 모시는 귀족이 어디 나 하나뿐이냐? 내 주변만 보더라도 수십이 넘는 귀족들이 있어. 특히 수도의 길렌 후작만 보더라도 내 2년 선배이고, 그 동생은 나와 동기이지. 만약 이 사건이 그들 귀에 들어가는 날에는… 네 아버지나 내가 동문회에서 선배들에게 어떤 말을 들을지 상상이 안 가느냐?"

그는 상상만 해도 몸이 떨리는지 부르르 떨며 이야기했다. 헬렌도 생각해 보니 심상치 않은지라 안색이 새파랗게 질릴 수밖에 없었다.

"얼른 가자!"

두 사람은 서둘러 세텔과 카이스가 묵고 있는 곳으로 향했다. 헬렌도 마음을 고쳐먹고 진심으로 사과할 생각이었다. 그러나 사과하겠다는 그들의 계획은 뜻대로 되지 않았다.

가는 날이 장날이라고, 하필 세텔과 카이스가 자리를 비운 것이다.

"아까 전에 외출하신다고 말씀하셨습니다."

글로트 백작과 헬렌은 고개를 푹 숙이고 다시 돌아갈 수밖에 없었다.

카이스는 세텔과 카라멘의 번화가에 물건을 구입하러 나

왔다. 이 세상의 번화한 거리를 본 것은 카이스에겐 처음이
었다. 네온사인이 번쩍이고 차가 지나다니는 한국의 거리
와는 전혀 달랐지만, 그래도 나름의 활력이 넘치는 곳이었
다.

야채나 과일 같은 걸 늘어놓은 잡화상에서부터 여행자와
상인, 그리고 장을 보러 나온 사람들로 시끌벅적했다.

'문명이나 과학이 발전한 세상은 아니군.'

이 차원의 문명은 카이스가 들어왔던 지구의 중세의 모습
과 닮은 점이 있는 것 같았다. 물론 그가 역사나 중세에 해박
한 편은 아니었지만, 영화 같은 매체에서 보아왔던 모습과 유
사해 보였다.

세텔은 먼저 마법 용품점에 미리 제작해 둔 매직 스크롤 몇
개를 팔았다. 마법사라고 누구나 스크롤을 만들 수 있는 게
아니므로, 세텔이 만든 스크롤은 꽤 후한 값을 받을 수 있었
다.

스크롤을 판 돈으로 세텔은 쓸 만한 마법 지팡이를 하나 골
랐고, 카이스에겐 장검 하나를 사주었다. 전설의 무구 같은
수준은 못 되더라도 세심하게 만들어진 검이었다.

그 외에 옷이라든지 이것저것 물건을 구입해서 돌아가는
도중에 카이스가 말했다.

"그 헬렌이라는 아이, 형님 생각대로 우리가 없는 사이에
사과하러 왔을까요?"

"왔었겠지. 분명 지금쯤 안절부절못하고 있을걸?"

세텔은 생각만 해도 우스운지 잠시 킥킥거리며 웃은 뒤에
말했다.

"두고 보거라. 한 달 안으로 분명 아버지와 함께 선물을 한
보따리 들고 찾아올 테니까."

"형님도 짓궂은 면이 있으시네요."

그때였다. 카이스는 이야기 도중 무언가를 발견하고 발걸
음을 멈췄다. 그리고 고개를 돌렸다. 그의 시선은 금방 스쳐
지나간 가게의 간판으로 향했고, 곧 뚫어지게 그 간판을 바라
봤다.

"왜 그러느냐?"

"……."

세텔은 카이스가 바라보는 것이 무엇인지 보았다. 음각으
로 장식되어 있는 나무 간판이었다. 초록색 넝쿨이 휘감은 간
판은 녹색 이끼가 끼고 금이 가서 허름하기 짝이 없었지만,
'악기점' 이라고 새겨진 글자는 아직 선명했다.

카이스는 홀린 것처럼 악기점으로 발걸음을 옮겼다. 그러
나 그는 허탈하게 멈춰 설 수밖에 없었다. 남아 있는 것은 간
판뿐이고 정작 중요한 악기점은 망한 지 오래인 듯했다. 잡
동사니 몇 개만 황량하게 남아 있는 텅 빈 가게가 그를 반겼
다.

문득 사무칠 정도로 음악이 그리웠다.

'그리워…….'

어쩌다가 이 꼴이 되긴 했지만 그는 무엇보다 음악을 사랑

했다. 빈곤했지만 기타를 치고 피아노를 치고 작곡을 하며 꿈을 키워가는 것만으로도 행복했던 뮤지션이었다.

'나는 지금 여기서 뭘 하고 있는 거지?'

카이스는 쓸쓸한 얼굴로 세텔과 함께 발걸음을 옮겼다.

*　　　*　　　*

카이스는 꿈을 꾸었다. 꿈속에서 그는 카이스가 아닌 강인수라는 이름으로 불리던 과거로 돌아가서 공연을 하고 있었다.

익숙한 라이브 클럽에서 공연을 시작한 인수는 무아지경에 빠져서 기타를 연주하며 노래를 불렀다. 비록 꿈이라고 하더라도 그의 기분은 말로 표현할 수 없을 정도로 좋았다.

사고로 병원에 입원해 버린 밴드 멤버들도 언제 그런 일이 있었냐는 듯 그대로였고, 야족의 종자들이 부숴 버린 기타도 멀쩡했다. 과거의 즐거웠던 기억을 더듬고 있는 것이었으니 모든 것이 순조로웠던 시절 그대로였다.

변한 것은 인수 그 자신밖에 없었다.

오랫동안 잊고 있었던 기분이 되살아났다. 혈관을 타고 전율이 흐르고 진정 살아 있다는 느낌이 들었다. 과거 자신이 무엇을 위해서 살아갔는지 목적을 찾은 것만 같았다.

베이스와 드럼 소리에 맞춰서 인수는 자신의 애기(愛器)인 레스폴을 연주하며 마음껏 마력을 뽐냈다. 무대 위에 올라선 뮤지션은 관객을 사로잡아야 한다. 음악에 기를 실어서 사람들의 마음을 울고 웃게 만들 수 있는 그에겐 절대적으로 관객을 사로잡을 수 있는 능력이 있었다.

관객들의 반응은 좋았다. 모두들 인수의 의도에 따라서 환호했고, 손을 번쩍 들며 그의 연주에 대답해 줬다.

연주가 종반에 접어들고, 클라이막스를 향해 질주했다. 드럼의 비트 소리가 높아지고 앰프를 거쳐서 스피커에서 폭발하는 기타 소리는 천둥마냥 라이브 클럽을 사로잡았다. 분위기는 한창 고조되고 있었다.

투캉!

연주가 절정에 오른 바로 그 순간, 엄청난 굉음이 주변을 뒤덮었다. 그리고 정전된 것처럼 주변은 침묵과 시커먼 암흑 속으로 빠져들었다.

당황하는 것도 잠시, 바로 뒤에서 으스스한 목소리가 들려왔다.

[네 꿈은 끝났어.]

깜짝 놀라며 인수가 뒤를 돌아보자, 멀쩡히 연주하던 베이시스트가 돌연 피투성이가 되어 비웃듯 말했다. 바로 옆에선 드러머도 비슷한 몰골로 선언했다.

[아마 두 번 다시 시작될 수 없을 거야.]

"뭐?!"

콰쾅!

또다시 굉음이 연속되었고, 시야는 다시 어둠에 묻혔다. 잠시 후 증오스럽기 짝이 없는 목소리가 들렸다.

[어차피 인간도 아닌 주제에! 호호호홋!]

에리온의 목소리가 들리고 꿈속의 풍경은 레어의 감옥마냥 회색빛 어둠에 묻혔다. 이미 상식적으로 이해할 수 있는 상황이 아니었다. 그러니 꿈이겠지만.

쿠오오오!

돌연 몬스터들의 괴성이 울려 퍼졌다. 갑자기 기타는 사라지고 인수는 커다란 대검을 쥐고 얼이 빠진 표정으로 서 있었다. 꿈이라는 걸 자각하지 못해서인지 귀신에 홀린 기분이었다.

관객들이 서 있던 곳에서 관객 대신 수십, 수백 마리의 몬스터들이 나타났고, 기다렸다는 듯 인수에게 덤벼들었다.

파팟!

인수는 살아남기 위해서 반사적으로 대검을 휘둘렀다. 금빛 기운이 맺힌 대검은 반원을 그리며 어둠을 갈랐고, 검기에 스친 몬스터들은 진흙 인형마냥 무너져 내려갔다.

그러나 몬스터들은 파도처럼 다시 밀려와 끝도 없이 덤벼들었다. 인수는 계속해서 검을 휘둘렀다. 검을 멈추면 몬스터들에게 짓밟힐 것만 같은 공포감이 그를 지배했다.

검광이 몬스터들의 살을 찢고 뼈를 가르며 뜨듯한 피가 튀었다. 손은 이미 진득한 피에 젖어 붉게 변했고, 전신은 몬스터들의 체액에 젖어서 엉망진창이 되었다. 그러나 끝이 보이지 않았다.

“으아아아아!!”

자신도 모르게 비명을 질렀다. 몬스터들은 끝도 없이 튀어나오고 있었다. 그렇게 한참을 정신없이 검을 휘두르노라니 주변이 갑자기 끝없이 펼쳐진 설원의 낭떠러지로 돌변했다. 그리고 아찔한 속도로 인수는 추락을 시작했다.

[꿈은 끝났어!]

마치 악마가 속삭이는 것처럼 기괴한 목소리가 추락하고 있는 인수를 조롱했다.

[음악으로 세상을 바꾸겠다고? 터무니없는 꿈이었지.]

“닥쳐!!”

[인정해. 이제 너의 앞길은 네 손처럼 진득한 피로 물들어 있겠지.]

“닥치란 말이다!! 나는 아직 포기하지 않았어!!”

인수는 처절한 목소리로 소리쳤다. 그때 누군가 자신을 부르는 것이 느껴졌다. 처음엔 낯설다가 차츰 친숙하게 느껴지는 목소리였다.

…이스! 카이스! 왜 그러느냐?!

“이 목소리는……?”

정신 차려라!!

“세텔… 형… 님?”

그리고 그는 꿈에서 깨어났다.

“괜찮으냐?! 갑자기 네가 엄청난 비명을 질러서 깜짝 놀랐다!”

"…꿈… 이었구나."

카이스는 한숨을 쉬면서도 금방 꾸었던 꿈을 떠올리며 몸을 떨었다. 꿈에서 깨어났는 데도 너무나도 생생하게 기억이 남았다. 그를 비웃던 악마 같은 목소리가 아직도 귓가를 맴도는 듯했다.

"도대체 무슨 꿈을 꿨기에 그러느냐? 후우, 식은땀을 정말 엄청나게 흘렸구나."

세텔은 물을 한 잔 권하며 걱정스레 물었다. 카이스는 그냥 단순한 악몽이었다고 세텔을 안심시켰다. 세텔도 가끔 에리온의 레어에 관련된 악몽을 꿨었기에 내심 그 심정을 이해했다. 그리고 다시 누워서 잠을 청했다.

한편 카이스는 다시 잠을 청하기 전에 꿈에 대해서 생각해 봤다.

과거 음악에 미쳤던 강인수와 지금의 카이스. 둘 다 동일한 인물이라는 건 부정할 수 없다.

그러나 그는 변했다. 이름도 바꿔 버렸고, 한국어 대신 크레아 대륙 공용어를 사용하고, 음악에 대해서는 이미 잊어가고 있었다.

'나는 그렇게 소중했던 과거의 꿈을 벌써 잊어버린 건가? 도대체 지금 나는 뭘 하고 있는 거지?'

목적은 이미 알고 있었다. 수련해서 강해지고, 에리온에게 복수하고, 아버지의 행방도 찾아야 했다.

하지만 카이스는 꿈을 바라보며 살아왔던 자신이 어느새

이렇게 변해 버렸다는 것에 큰 충격을 받았다. 아무리 갑작스럽게 많은 일을 겪었다곤 하지만, 변해도 너무나도 변했다. 꿈을 좇던 그는 어디 갔단 말인가?

'꿈… 꿈이라……'

카이스는 가만히 생각하다가 한 가지 재미있는 점을 발견했다.

'이곳도 이상이나 소망 같은 것을 말할 때의 꿈과, 잠잘 때 꾸는 꿈의 발음이 완전히 같군. 마치 한국어의 꿈과 영어의 Dream의 뜻이 같은 것처럼……'

그 공통점이 재미있기도 했지만, 생각해 보면 참 씁쓸하게 느껴졌다. 사람의 소망이 담긴 꿈을 수면 중에 스치는 환상처럼 덧없는 것으로 바라본다는 것은 얼마나 냉소적인가? 어느 세상이든 꿈이라는 단어에서 전해지는 느낌은 희망적이기보다 지독할 정도로 냉소적이었다.

[네 꿈은 끝났어.]

아직도 귓전에서 그 말이 떠나지 않았다. 아직도 들리고 있는 것 같은 기분이 들 정도였다.

'젠장!'

그렇지 않다고 반박하고 싶었지만 아무리 생각해도 현실은 비관적이었다. 고향으로 돌아갈 방법은 보이지 않는데다가, 세텔에게 듣기론 이 세상은 끔찍할 정도로 음악을 천시하는 모양이었다. 베토벤이나 모차르트처럼 누구나 알 만한 음악가가 단 한 명도 없는 세상이라니! 하기야 음악을 하는 사람이 많으면 이렇게 번화한 상업도시의 악기점이 망할 리도 없었다.

마음속이 복잡했다. 다시 잠을 청하려고 해도 복잡한 상념들이 뒤얽혀 잠을 잘 수 없게 했다.

그렇게 밤이 깊어만 갔다.

*   *   *

아침이 밝았다. 카이스는 자다가 깬 이후로 거의 잠을 자지 못했다.

머릿속이 복잡했다. 뒤늦은 향수(鄕愁)에 빠진 것 같았다. 에리온에게 납치당해서 이 세상에 온 지 2년이 넘는 세월이 지났는데, 이제 와서 갑자기 이럴 것이라곤 그도 생각하지 못했다.

평소에도 말수가 많은 편은 아니었지만, 그날따라 조용히 생각에 잠겨서 아무 말도 하지 않으니 세텔은 카이스의 몸이 나쁘지 않은가 걱정했다. 그러나 카이스는 그냥 머릿속이 복잡할 뿐이라 말했다. 세텔도 계속해서 카이스가 괜찮다고 하니 더 이상 물어보지 않았다.

아침 식사를 마치니, 세텔이 예상한 그대로 글로트 백작이 헬렌과 호위검사 켈벳을 데리고 사과를 하러 왔다. 헬렌은 세텔의 눈치를 보며 글로트 백작이 시키는 대로 자신의 잘못을 시인하고 용서를 빌었다.

연신 고개를 숙이며 죄송했다고 용서해 달라고 하는 것을 보니 심경의 변화가 생기긴 한 모양이었다.

"교수님, 헬렌도 진심으로 뉘우치고 있으니 이만 용서해 주시는 게 어떻습니까?"

이 정도 괴롭히면 충분하다고 생각했으므로 세텔은 이제 그만 고개를 끄덕이며 사과를 받아주었다. 쓸데없는 데에 계속 시간을 낭비할 필요가 없었다.

한편 카이스는 의자에 앉아서 멍한 표정으로 가만히 허공을 바라보고 있을 뿐이다. 아직 머릿속에서 번뇌가 사라지지 않았다. 상황이 어떻게 돌아가든 자신과는 상관없다는 표정이었다.

헬렌은 세텔에겐 진심으로 사과를 했다고 치더라도, 카이스에겐 여전히 불만을 지닌 상태였다. 사실 일을 꼬이게 만든 것은 카이스였으니 세텔보다 카이스가 미운 것은 당연했다.

쉽게 세텔에게 용서를 받자, 그녀의 마음속에서 자신도 모르는 사이에 본성이 고개를 내밀기 시작했다. 오만하고 겁대가리없는 본성이 만용을 부리기 시작한 것이다. 헬렌은 카이스를 바라보며 슬쩍 말을 던졌다.

"카이스 씨였죠? 그쪽은 솔직히 제게 사과해야 할 것이 있지 않나요?"

"헬렌!"

글로트 백작이 갑자기 무슨 소리를 하느냐고 소리쳤지만

헬렌은 막무가내였다.

"제가 사실 세텔님께 죄송하긴 한데, 저기 카이스라는 분에겐 잘못했다는 생각이 안 들거든요. 오히려 사과를 받아야겠다고 생각해요."

"……."

그러나 카이스는 아무런 대답도 하지 않았다. 처음부터 헬렌이 뭐라고 말하든 전혀 귀를 기울이지 않고 있었기에 자신에게 말을 하고 있다는 것도 모르고 있었던 것이다.

헬렌은 인상을 확 찡그렸다.

'지금 나를 무시하는 거야?

이렇게 심한 모욕을 당하다니……. 헬렌이 높은 톤으로 카이스의 이름을 말하고 다시 불만을 토로하자, 카이스는 겨우 시큰둥하게 반응을 보였다.

"뭐… 날 불렀나? 왜?"

"저한테 사과하실 게 있으시지 않아요? 솔직히 일이 이렇게 된 것은 카이스 씨의 책임도 있다고 보는데요?"

카이스는 생각할 것도 없다는 듯 건성으로 대답했다. 저 싸가지없는 아가씨랑 대화하고 싶은 생각은 추호도 없었다.

"몰라. 있겠지. 미안해. 그럼 됐지?"

"뭐라고요?!"

헬렌은 다시 발끈했다. 그녀에겐 카이스의 멍한 반응이 자신을 도발하는 것 같았다.

‘도대체 어느 귀족가의 자제이기에 이렇게 예의가 없담?

글로트 백작이나 세텔이 대하는 것을 본다면 귀족인 것 같긴 했다. 그러나 어느 가문인지 밝히지 않은 데다가 카이스라는 이름은 들어본 적도 없지 않은가? 헬렌은 씩씩거리며 분노를 삭이지 못했다.

미천한 가문―그냥 착각일 뿐이지만―의 인간이 자신을 무시하고 있다고 생각하자, 분노를 참기가 힘들었던 것이다.

주인의 분노를 이해한 호위기사 켈벳이 앞으로 나섰다.

“사과한다면 예의를 보여야 하지 않소!”

켈벳은 애초부터 카이스가 귀족이라는 생각을 하지 않았다. 교육받은 귀족은 특유의 품위 같은 것이 있는데, 카이스는 그런 품위는커녕 예의를 전혀 모르는 것 같았다. 그는 세텔의 단순한 호위 정도로 생각했던 것이다.

“갑자기 이게 무슨 짓이냐?!”

참다못한 세텔이 나섰다. 어제부터 카이스가 좀 이상한 것 같긴 했는데, 헬렌과 켈벳이 갑자기 카이스를 걸고넘어지자 가만히 보고 있을 수만은 없었던 것이다.

헬렌과 켈벳은 잠시 멈칫했다. 세텔이 그를 비호하고 나오니 꿀 먹은 벙어리가 될 수밖에 없었다.

헬렌은 화가 나고 분해서 눈물을 보일 정도였다.

카이스는 자신 때문에 일이 다시 시끄러워지자 고요한 눈동자로 켈벳을 바라보며 물었다.

“그래, 사과하지. 내가 잘못한 점도 분명히 있어. 이제 되었나? 모자라면 무릎이라도 꿇어줄까?”

빠드득!

켈벳은 이를 갈았다. 저 빈정대는 태도는 명백한 도발이었다. 그는 더 이상 참지 못하고 허리춤에 차고 있던 검을 풀고 검집을 뽑아서 던지며 외쳤다.

“당신에게 결투를 신청한다! 아가씨를 모욕한 죄, 내가 용서하지 않겠다!”

카이스는 피식 웃음을 터뜨렸다. 갑자기 웬 얼어 죽을 결투란 말인가? 그는 주인이 모욕을 당하면 호위가 대신 결투를 청하기도 한다는 이 세상의 관습을 전혀 모르고 있었던 것이다. 그의 상식으론 이해하지 못하겠지만 흔히들 일어나는 일이었다.

“결투는 무슨……. 그 실력으로? 그냥 네가 이겼다고 쳐.”

켈벳은 불같이 화를 냈다.

“놈!! 검을 차고 있는 남자가 자긍심도 없느냐? 검을 뽑아라!”

시선이 모두 카이스와 켈벳에게 쏠렸다. 세텔도 아무 말 하지 않고 카이스의 반응을 살폈다. 세텔은 카이스의 실력을 알고 있었기에 걱정할 게 없었다.

“어떻게 하죠?”

세텔에게 전음을 던지자 세텔은 간단히 고개를 끄덕였다. 걸어온 결투를 도망칠 이유가 없다. 쓴맛을 보여주라는 것이다.

카이스는 의자에서 일어나서 세텔이 사준 장검을 잡으며
말했다.

"좋아. 안 그래도 스트레스가 심했는데… 마침 잘되었어."

갑작스런 결투는 당사자끼리 승인을 하니 서둘러 준비되
었다. 준비라고 해봐야 별건없다. 장소와 시간을 정하고, 참
관인을 정하는 것이면 끝이었다.

당연히 참관인으로 나선 것은 카라멘 영주 글로트 백작과
벨크레아 교육원 학장 세텔 에드널 백작—잘 언급이 안 되긴
하지만 세텔의 작위도 확실히 백작이다—이었다.

시일은 오늘 당장. 장소는 글로트 백작가 앞의 공터였다.

"이길 수 있겠어?"

몸을 풀고 있는 켈벳에게 헬렌이 걱정하며 물었다.

"제 실력을 아시잖습니까?"

켈벳은 자신있게 대답했으나 헬렌은 걱정이 이만저만이
아니었다. 이긴다면 그보다 통쾌한 일이 없겠지만, 만약 여기
서 지기라도 한다면 말 그대로 개망신이 따로 없었다.

"전에 한 번 졌었잖아?"

처음 만났을 때 일방적으로 허공에 칼질하다가 주먹 한 방
에 뻗어버린 이야기를 꺼내자, 켈벳은 그건 그저 방심해서 일
어난 일이라고 변명했다.

"그까짓 놈에게 지지 않을 겁니다. 그때는 정말 별것 아닌
놈이라고 생각해서 당한 겁니다."

“변명은 필요없어. 날 위해서 저놈에게 쓴맛을 보여줘.”

켈벳은 당연히 그럴 것이라며 고개를 끄덕였다.

한편, 카이스는 자리에 앉아서 운기행공을 하고 있었다. 방해되지 않도록 멀찍이 떨어져서 바라보고 있는 세텔은 몇 번이나 본 장면이었음에도 속으로 감탄을 연발했다.

‘언제 봐도 대단하구나. 마나 집중 마법진을 이용한 것도 아닌데 어떻게 자력으로 저렇게 빨리 마나를 흡수할 수 있을까?’

마나를 소모하면 자연히 마나가 회복되기까지 사람에 따라서 다르지만 보통 2~3일 정도가 필요한 게 상식이다. 주변 마나의 밀도를 높게 만드는 마법진 같은 것을 이용하더라도 최소한 하루는 필요하건만, 카이스에겐 그런 상식이 통하지 않았다.

운기행공을 마친 카이스가 자리에서 일어나자 세텔은 검을 건네며 당부의 말을 했다.

“조심해라.”

“괜찮아요. 저번에 실력을 봤는데 별거 아니었어요.”

“나도 별로 걱정은 안 하지만 만일의 경우도 있을 수 있는 데다가, 그게 본 실력은 아닐 테니까.”

세텔은 결투의 암묵적인 규칙에 대해서 간단히 설명했다. 첫째, 가능하면 살수는 쓰지 않을 것. 둘째, 결과에 승복할 것. 셋째, 행여 잘못되더라도 원망하지 않을 것. 규칙이라 말할 필요도 없이 단순했다.

"어쨌건 이기면 모든 게 해결된다 이거군요. 그건 그렇고, 참 별의별 일을 다 겪네요. 안 그래도 머릿속이 복잡해 죽겠는데."

"네게 어지간히 앙심을 품었던 모양이지. 그리고 앞으로는 형이 예법 같은 걸 가르쳐 줄 테니까 행동에 조금이라도 신경을 쓸 수 있도록 하자. 계속 이런 결투에 휘말릴 수는 없지 않느냐? 내가 계속 네 편만 들어줄 수 있는 것도 아니니까."

카이스는 고개를 끄덕였다.

그리고 결투의 시간이 되었다. 결투 장소에서 두 사람은 준비를 마치고 서로 마주 봤다.

켈벳은 금속제 갑옷으로 어깨와 복부 등, 중요 부위를 방어하고 있었지만 인수는 얇은 옷 외엔 아무것도 입지 않았다. 갑옷 따위를 걸쳐서 움직임을 방해하는 것보다 그냥 움직이기 편한 것이 좋았다. 애초에 마나 유저끼리의 대결에선 갑옷 따윈 별 효과가 없기도 했다.

결투의 관습에 따라서 결투를 신청한 켈벳이 먼저 간단히 자신의 소개를 했다. 이름과 스승, 그리고 자신의 제논 수치와 목적을 말하는 것이 그 관습이었다.

"나는 켈벳 바이그. 토르빈 출신의 기사 바할님을 스승으로 모시며 나의 제논 수치는 익스퍼트에 이르러 9,000이다. 우리 아가씨의 명예를 위해서 그대를 응징하겠다."

카이스도 이미 절차가 어떻게 되는지 들었으므로 여전히

심드렁한 표정으로 입을 열었다. 그는 도대체 왜 웃기지도 않는 이딴 광대 놀음을 해야 되는지 이해가 되지 않았다.

"나는 카이스. 스승은… 말해봐야 믿지 않을 거고. 제논 수치라는 건 아직 재어본 적이 없어서 모르겠어."

지켜보던 사람들은 카이스가 자신의 내력을 숨기는 것에 대해 의아하게 생각했다. 글로트 백작은 그냥 정신 조작으로 머릿속이 뒤죽박죽해서 그러려니 했고, 세텔만이 진짜 이유를 알고 있을 뿐이었다.

세텔은 뒤늦게 한 가지가 궁금해졌다.

'그러고 보니 카이스의 제논 수치는 얼마나 될지 궁금하군. 다음에 한번 측정해 봐야겠어.'

제논 수치는 마나 유저로서의 기본적인 자질이나 강함을 나타내는 데 사용하는 가장 일반적인 척도인데, 그는 아직 카이스의 제논 수치가 얼마나 될지 재어본 적이 없었다.

"그럼, 시작하게."

곧 참관인인 글로트 백작이 시작 선언을 하자, 기다리고 있던 켈벳이 빠른 속도로 검을 찔러 들어왔다. 본래 시작하기 직전 한 번 검을 부딪치는 의례가 있었지만 그는 무시하고 공격을 시작했다.

카이스는 특별한 자세를 취하지도 않고 몸을 틀어서 찔러 들어오는 공격을 피해냈다. 켈벳도 예전에 카이스에게 당했던 기억이 있어서인지 전혀 방심하지 않고 연달아 공격을 시도했다.

슉!

속도도 매서웠지만 매 공격마다 담고 있는 마나의 양도 우습게볼 것이 아니었다. 특히 베기보다는 찌르기가 일품이었다. 처음 만났을 때와는 완전히 딴판이었기에 카이스는 조금은 긴장하기 시작했다.

'예전보다 훨씬 빨라졌군. 이게 본 실력인가?'

전처럼 불시 기습으로 낭패를 당하지 않기 위해서인지 켈벳은 계속해서 거리를 유지하고 엄청난 공세를 펼쳤다.

방심했다간 몸에 커다란 바람 구멍이 날 지경인지라 카이스는 잡생각을 버리고 안력을 집중하며 공격을 피해냈다. 의식과 감각이 확장되고, 찰나의 순간이 길게 늘어났다.

매 초마다 거의 두세 번씩 찌르기가 들어왔다. 그러나 카이스는 초인적인 반사 신경과 몸놀림만으로 공격을 피해냈다.

사실 카이스의 검도에 대한 깨달음이나 기를 다루는 능력은 탁월하더라도 검술 실력은 별 볼일 없다. 그러니 어설프게 검을 이용해서 막아내는 것보단 그냥 안전 범위로 몸을 피하는 게 더 편했다.

켈벳의 공격이 순간 찌르는 동작에서 횡으로 그어지며 방향을 바꿨다. 카이스가 계속해서 피하고 있으니 회피 방향으로 공격을 변화시킨 것이다.

채챙!

카이스는 검을 옆으로 들어서 겨우 공격을 막아냈다. 금속

성과 함께 사방에 불꽃이 튀었고, 손목으로 충격이 전해졌지만 크게 위협적이진 않았다.

"언제까지 도망만 칠 생각이냐?!"

켈벳이 소리쳤다. 그는 자신의 공세가 워낙에 매서워서 피하는 것만으로도 정신이 없을 것이라고 멋대로 짐작했다. 처음엔 별 걱정 없이 지켜보고 있던 세텔도 방어나 회피를 반복하고 있는 카이스의 모습을 보고 긴장했을 정도였다.

그러나 카이스의 사정은 뭇 사람들의 예상과는 좀 달랐다. 그는 다른 생각에 공격을 주저하고 있었다.

'이놈은 나를 죽일 생각에 급소만 노리는데, 이러고도 살수를 쓰지 않는 게 규칙이라고? 농담이겠지.'

이렇게 피해내는 것이 가능하다면 반격을 왜 못하겠는가? 독하게 마음만 먹었으면 벌써 초반에 위력만으로 끝장냈을 것이다.

하지만 카이스는 섣불리 강수로 대응했다가 상대가 덜컥 죽어버리지 않을까 싶어서 손을 대지 못했다. 마음 같아선 확일을 저질러 버리고도 싶었지만 상대가 몬스터도 아니고 사람이니 선뜻 손이 나가지 않았다.

그 틈에도 켈벳의 맹공이 이어졌다. 카이스는 계속해서 검기가 번득이는 검광을 피하기만을 했고, 겉으로 보기엔 완전히 수세에 몰린 듯했다.

'제길! 열받아! 내가 왜 이런 놈이랑 싸우고 있어야 하냔 말이야!'

헬렌을 비롯해서 결투를 지켜보는 대부분의 사람이 켈벳의 승리를 예상하던 그 순간. 카이스는 홧김에 진기를 잔뜩 주입해서 검을 내리그었다.

그게 첫 공격이자 반격이었다.

날카로운 금빛 검광이 대기를 가르고 처음으로 서로 공격이 충돌했다.

카캉!

불꽃이 팍! 하고 튀었고, 두 검은 그들 사이에 멈춰서 검날을 파르르 떨었다.

켈벳의 얼굴이 흙빛이 되었다.

'뭐야, 이놈은? 방금 공격은 뭐였지!'

단 일격을 겪었을 뿐이지만 그가 감당할 수준의 공격이 아니었다. 위력도 속도도 수준이 달랐다. 지금 서로 충돌한 검의 상태만 보더라도 그걸 증명했다.

카이스의 장검은 켈벳의 검에 반쯤 박혀 있었다. 마나가 충만했던 검기를 모조리 상쇄하고 검을 반쯤 쪼개 버린 것이다.

화들짝 놀라서 검을 거두는데 들러붙은 검이 쉽게 떨어지지 않았다. 카이스는 그 틈을 놓치지 않고 켈벳의 복부에 발차기를 날렸다.

퍽!

켈벳은 예기치 못한 공격에 뒤로 나가떨어지긴 했지만, 검은 놓치지 않았다. 검을 놓치면 여기서 끝장이었다. 경력이 담긴 발차기도 아닌 데다가, 갑옷이 충격을 줄여줬으니 타격이 크지도 않았다.

그 틈에 카이스가 끝장을 내려고 달려들었지만 켈벳은 재빠르게 자리에서 일어섰다.

"쳇."

카이스는 혀를 한 번 차고는 검을 고쳐 잡고 천천히 켈벳에게 다가섰다.

한 방에 겁을 잔뜩 집어먹은 켈벳은 자신도 모르게 뒤로 한 발짝 물러섰다. 아까까지 일방적으로 공격을 감행했던 그의 표정은 완전히 구겨져 있었다. 한 번의 반격에 겁을 집어먹은 것이다. 겁먹은 표정을 읽은 카이스가 물었다.

"항복할 생각 없나?"

"웃기지 마라!"

그는 다시 전의를 불태우며 소리쳤다. 여기서 포기한다는 것은 죽음보다 더한 수치가 아니던가.

켈벳은 심호흡을 하며 자세를 취했다. 그는 자신이 담을 수 있는 최대한의 마나를 담아서 최대한 강력한 기술을 사용할 생각이었다.

'검도 한계에 있고, 이번 공격으로 승부를 낸다!'

마나를 최대한 퍼부으면서 켈벳은 비장의 기술을 준비했다. 스승에게 전수받은 최강의 기술로 승기를 잡겠다는 것이었다.

가만히 지켜보고 있던 카이스는 켈벳에게서 심상치 않은 양의 마나가 움직이는 것을 보며 본능적으로 뭔가 무서운 것이 온다는 걸 깨달았다. 그러나 깨달았을 때엔 기술이 발동된 뒤였다.

팟!

처음엔 지겹도록 보아온 초고속 찌르기라고 생각했다. 카이스는 여태까지 그랬듯 옆으로 흘려내려고 했지만, 그 찌르기는 지금까지 보였던 것과는 달랐다.

하나의 검영(劍影)이 두 개로 늘어나고, 순간 네 개로 늘어나며 현란한 검광을 뿌려댔다. 눈 깜빡할 사이에 수십 개로 늘어난 검의 잔상은 동시에 카이스를 향해서 찔러 들어오고 있었다. 무엇이 허상이고 무엇이 실제인지 구별이 되지 않았다.

파파파팟!

상식을 벗어난 공격에 카이스의 정신은 순간 얼어붙었다. 피해낼 방법도 없어 보였다. 그러나 그의 몸은 살아남기 위해서 본능적으로 움직이고 있었다.

상당한 내공을 끌어올려 검에 쏟아 부으며 카이스는 좌 하단에서 우 상단으로 검영을 모조리 쓸어내듯 검을 휘둘렀다. 단순한 베기일 뿐이었지만, 번개처럼 휘둘러지는 카이스의 검에는 한 줄기의 선명한 검사가 맺혀 있었다.

카카카카캉!

강렬한 이명이 울렸다. 그리고 허공을 향해서 검의 파편과 반쪽난 검끝이 튀어 올라갔다. 켈벳의 검이 두 조각 나 있었다. 카이스의 검사가 켈벳의 기술을 막아내고, 끝내 검까지 부숴 버린 것이다.

‘그, 그걸 막아내다니……!’

비장의 기술이 막혀 버리고 검까지 부서져 버리니 켈벳은 눈앞이 캄캄했다. 그러나 카이스의 검에서 빛나는 검사를 확인했기에 그는 결국 자신이 카이스보다 한 수 아래라는 걸 내심 승복할 수밖에 없었다.

“오오옷!”

구경하는 사람들에게서도 뒤늦게 탄성이 터져 나왔다.

쩔그렁.

‘졌군. 좋은… 승부였어.’

검의 파편이 바닥에 떨어지니 켈벳은 패배를 시인하기로 마음먹었다.

물론 이후에 카이스에게서 무언가가 날아들지 않았다면 말이다.

퍼억!

별이 번쩍했다. 충격에 의식이 흐려졌다. 켈벳은 자신이 뭐에 맞았는지 알아낼 수 있었다. 켈벳의 검이 부서지자 카이스는 어이없게도 자신의 검을 바닥에 내던지고 바로 주먹을 날린 것이다.

카이스의 무식한 공격은 계속되었다.

퍽! 퍽!

카이스의 주먹은 복부를 후려치고 바로 켈벳의 가슴을 연타했다. 갑옷을 뚫고 뱃속까지 파고드는 공격에 고통스런 비명을 지르며 상체를 숙인 켈벳은 무슨 이런 일이 있을 수 있나는 생각을 했지만 카이스는 거기서 멈추지 않았다.

"죽는 줄 알았잖아!!"

카이스는 그렇게 소리치고는 그 자리에서 반회전을 하며 켈벳의 머리통에 인정사정없이 돌려차기를 먹였다.

퍼억!

켈벳은 그 한 방에 꼴사납게 뒤로 나자빠졌다. 그리고 거품을 물고 정신을 잃었다.

정신을 잃기 직전까지 그는 결투의 결과가 이렇게 되리라곤 꿈에서도 생각하지 못했을 것이다. 물론 그것은 그걸 지켜보고 있던 다른 사람들도 마찬가지였다.

"……."

모두 입을 벌리고 다물 줄 몰랐다. 분명 멋진 대결이긴 했지만 마지막 마무리가 말 그대로 상상을 초월했던 탓이다.

카이스는 바닥에 내던져 둔 검을 도로 들고 투덜거리며 세텔에게 돌아왔다. 세텔은 얼떨떨한 표정으로 말했다.

"수, 수고했다."

"십년감수했어요."

"……."

켈벳이 당해 버리자 헬렌은 더 이상 아무 말도 하지 못했다. 망신도 이런 망신이 어디 있겠는가? 앙심은 사라지지 않았지만 헬렌은 입을 다물고 켈벳을 데리고 자리를 피할 수밖에 없었다.

이 사건으로 그녀의 성질머리가 고쳐지진 않겠지만, 적어도 조금은 정신을 차릴 것이다.

어찌 되었건 조금, 아니, 많이 특이한 이 결투가 이후 크레아 대륙에 널리 퍼지게 될 카이스 전설의 시작이었다.

그 결투를 본 사람들은 카이스와 세텔이 벨크레아로 떠난 이후 입을 모아 이렇게 말했다고 한다.

살면서 결투 도중 멀쩡한 무기를 버리고 맨주먹과 발차기로 사람을 때려잡는 황당한 결투는 처음 보았다고.

*　　　*　　　*

세텔과 카이스는 그날 부로 카라멘을 떠났다. 글로트 백작은 벨크레아로 떠나는 그들에게 솜씨 좋은 마부가 딸린 마차를 내어주었다. 물론 여행 도중에 먹을 식량이나 물품도 마찬가지였다.

튼튼한 말이 끄는 마차를 타고 가니 덜컹거리긴 했지만 걷는 것보다는 훨씬 빠른 속도로 갈 수 있었다. 앉아서 갈 수 있으니 편한 건 두말할 나위가 없다.

세텔은 일전의 결투에 대해서 이야기하며 혼자 웃기도 했고, 이후에 또 사건이 터질까 싶어서 귀족들의 예법에 대해서 설명을 해주기도 하였으나 카이스는 그 이야기에 그다지 집중할 수 없었다.

그는 여전히 여러 가지 생각에 잠겨 있었다.

카이스가 계속해서 멍하게 있으니 세텔은 결국 무슨 생각을 그렇게 하느냐고 물었다. 카이스는 더는 숨기지 않고 세텔에게 자신의 고민을 털어놓았다. 옛날 생각이 나서 머리가 좀 복잡하다는 것이었다.

그는 뒤늦게 카이스가 자신의 세상에서 음악을 하다 왔다고 말했던 걸 기억해 냈다. 검을 사용하던 모습과 카일 대공의 친아들이라는 이미지가 강렬하게 남아서 까맣게 잊고 있었던 것이다.

'생각해 보면 카이스가 이상해진 것도 그때 망한 악기점을 봤을 때부터였군.'

세텔은 부드럽게 웃으며 말했다.

"음악 생각이 난 모양이구나."

"사실 그렇기도 하고요."

자신이 어떻게 도움을 줄 방법이 없을까 생각하던 세텔은 잠시 후에 말했다.

"벨크레아에는 꽤 오랫동안 큰 골동품점을 운영하고 있는 상인이 있단다. 나도 오래 거래를 했었지. 가진 물건 종류도 많고 물건도 잘 구해주니 아마 악기도 구할 수 있을걸? 나만 믿어보아라. 거기선 구하지 못할 물건이 없으니까."

그 말을 들은 카이스의 표정은 금세 밝아졌다. 그리고 기타라든지 피아노의 형태를 설명하면서 행여 비슷한 것을 본 적이 있느냐고 물었다. 세텔은 그런 쪽에 관심이 없었지만 잠시 기억을 더듬고서 뒤에 비슷한 형태의 악기를 본 적이 있다고 대답했고, 카이스는 뛸 듯이 기뻐했다.

"만약 비슷한 게 없더라도 공방에 주문해서 만들면 되는 것 아니겠느냐?"

"예."

그때부터 카이스는 시름에 젖어 있던 얼굴을 조금이지만 풀었다. 그저 작은 희망을 찾았을 뿐이지만 카이스에게 활력소가 되기엔 충분했다.

그렇게 카라멘에서 떠난 지 사 일째. 여행은 순조로웠다. 약간 멀미 기운이 있고, 중간에 멈춰서 볼일 작은 것과 큰 것을 볼 때마다 조금 곤란해지는 것만 제외한다면 카이스는 거의 적응했다고 해도 과언이 아니었다.

해가 뜨면 움직이고, 해가 머리 꼭대기에 솟으면 잠시 쉬어가며, 해가 지면 휴식을 취한다. 이것이 여행의 규칙이다.

마차를 탄 사람은 별로 피곤하진 않지만, 말은 엄연한 생명체이므로 쉬어야 하고 풀을 뜯든 여물을 먹든지 해야 했다.

해가 지고 그들은 적당한 장소를 찾아서 하룻밤을 보낼 준비를 해야 했다. 평소에는 마을이나 민가에서 해결하지만 언제나 그럴 수 있는 건 아니니까.

세텔은 예정을 설명했다.

"내일 오후엔 토레비넨 강에 도착해서 크리온 강을 운행하는 배를 타야 할 거다. 선상 여행을 해야겠지. 그 끝에는 고대하던 벨크레아가 있을 거야.”

“그럼 노숙은 이게 마지막이겠군요.”

“오늘 밤만 고생하자꾸나.”

간단히 식사를 마무리하고 그들은 하룻밤을 지낼 준비를 했다. 잠은 마차에서 자면 되지만 시기가 겨울이니 안감 같은 것을 덧대서 외부의 찬바람을 막을 준비를 해야 했다. 물론 그래도 추운 건 마찬가지지만 얼어 죽진 않을 것이다.

마부가 준비하는 동안 카이스는 밖에서 분주하게 몸을 움직이며 수련을 시작했다.

제일 먼저 시작한 것은 근력 운동이었다. 요 며칠 잘 먹긴 했으나 그의 몸은 오랜 감금 생활 때문에 여전히 삐쩍 말라 있었다. 몸에 근육을 좀 붙여야 했다.

기를 이용하면 근력, 순발력과 지구력이 비교도 안 될 정도로 향상되긴 하지만 그것도 그의 근육에서 나오는 것이다. 근육이 증가하면 되면 기를 보태서 발휘할 수 있는 힘도 크게 강해진다. 단련의 이유는 충분하다 못해서 반드시 필요했다.

그는 추운 날씨를 잊고 땀을 뻘뻘 흘리며 몸을 단련했다. 팔굽혀펴기를 하고 윗몸일으키기를 하는 등, 당장 맨몸으로 할 수 있는 근력 단련 운동은 대부분 시도했다.

얼마 전부터 느끼는 것이지만 정말 체력이 너무 떨어졌다 싶었다. 군대에 있을 때만 하더라도 팔굽혀펴기 100회쯤은 우습게 했던 그다. 다들 혀를 내두르는 유격 훈련의 고문 PT체조도 수월하기 그지없었다. 그러나 팔굽혀펴기 30회를 넘기지 못하고 근육이 비명을 지르는 것이 느껴졌다. 약해진 자신의 몸에 너무나도 허탈했다.

'정말 앞이 깜깜하구나.'

3세트를 정해서 한 시간 정도 땀을 뻘뻘 흘리며 체력과 근력 단련에 투자한 뒤, 그는 이어서 운기행공을 했다. 진기를 축기하는 데에도 투자를 아낄 수 없었다. 백회혈을 돌파하고 새로운 세계로 나아가기 위해서는 더욱더 많은 내공이 필요할 것이 분명했다.

일주천을 거의 마치고 마무리 단계에 들어섰을 때, 카이스는 얼마 전 켈벳과의 결투를 떠올렸다. 여러모로 느낀 점이 많은 결투였다.

'쉽게 이길 수 있는 상대였는데……'

생각해 보면 실력 차이는 확연했다. 겨우 검기를 사용하기 시작했던 켈벳에 비해서 카이스는 검사지경에 있는 실력자가 아니던가. 차원이 한 단계 낮은 상대였다.

그때 단호하게 상대를 상처 입히거나 죽일 각오를 했더라면 결투는 일순간에 끝났을 것이다. 그러나 그러지 못했으니 문제다. 그러나 그 각오를 여기서 생각만으로 뜯어고친다는 것은 쉽지 않았다.

카이스는 자신이 결코 강자가 아니라는 걸 깨달았다. 특히 검술에 대해서는 초보자라는 것도 마찬가지다.

'그러고 보니 그 찌르기 하나는 일품이었지. 기관총을 연사하듯 찔러댔으니… 검술이라는 것도 심오한 세상이야.'

카이스는 기억에 선명하게 남아 있던 그 대결을 떠올리며 자신도 모르게 자리에서 일어나 검을 잡았다.

'그가 이런 자세를 취하고… 이렇게 했던가?

휘잉!

켈벳의 가공할 만한 찌르기를 떠올리며 엇비슷하게 자세를 흉내내봤지만 그냥 그가 할 수 있는 찌르기와 별반 차이가 없었다. 그러나 카이스는 기억을 계속해서 더듬어보았다.

'자세를 조금 더 낮게 하고 보폭을 조금 옆으로 벌려서……'

횡!

카이스는 계속해서 기억 속의 이미지와 자신의 자세를 교정하면서 찌르기를 시도해 보았다. 조금이나마 찌르기에 동반되는 파공음이 날카로워지고 속도도 빨라진 것 같긴 했지만 켈벳의 찌르기에는 미치지 못했다.

기를 활용하는 능력이나 속도 같은 전체적인 수준은 분명 자신이 우위에 있음에도 말이다.

'검기를 싣는 데에만 집중하지 말고… 기의 움직임을 모방해서 시도해 볼까? 그리고 회수할 때의 자세는……'

수십, 수백 번을 시도하자 그는 약간의 요령을 찾아낼 수 있었다. 먼저 기의 운용법을 모방하기 시작하니 카이스의 찌르기는 마치 폭발할 것처럼 뻗어 나가는 기세를 얻었고, 요령을 깨닫자 잠시 후에는 상당한 진전을 얻을 수 있었다.

슈욱!

슉!

번개처럼 뻗어 나가고 돌아올 때도 마찬가지다. 가장 중요한 것은 기를 적시적소에 활용하여 탄력을 주는 것이었다.

어느 틈에 카이스의 찌르기 기술은 이제 켈벳의 것에 비해도 전혀 손색이 없는 수준으로 올랐다. 아니, 애초에 검도에 대한 깨달음이 더욱 뛰어났으므로 바람을 가르는 소리는 더욱 강맹하고 날카로웠으며, 순간에 담는 검기의 양도 갈수록 늘어났다.

"타핫!"

팟!

일검에 주변의 공기가 움직이는 것이 느껴졌다. 근처를 맴돌던 날벌레가 그 돌풍에 휩쓸려 날아가 버렸다.

켈벳이 만약 지금의 찌르기를 보았다면 그는 놀라다 못해 기절초풍했을 것이다.

"좋아. 다음은……."

또 혼자서 이상한 짓을 하나보다 라고 생각한 무지한 마부와, 검술에 대해선 그다지 조예가 없는 세텔은 지금 어떤 일이 일어나는지 정확하게 이해하지 못하고 있었다.

카이스는 무아지경의 세계에서 기억을 더듬으며 찌르기를 하고 있었다. 무슨 일을 하는지 궁금해서 지켜보고 있던 세텔은 무언가가 심상치 않다는 생각을 하기 시작했고, 이윽고 놀랄 수밖에 없었다.

파팟!

카이스의 찌르기는 계속해서 변화하고 있었다. 이윽고 한 번의 찌르기에 두 개의 잔상이 허공을 수놓았고, 잠시 후엔 네 개로, 그다음엔 여덟 개로 늘어났다.

그걸 확인한 세텔은 입을 다물지 못하고 있다가 이내 혼잣말을 했다.

"무슨 일이 일어나는 거지?"

잠시 후에야 세텔은 무슨 일이 일어나는지 이해했다.

카이스와 켈벳과의 대결 도중, 승부를 가른 마지막 충돌이 기억난 것이다. 카이스가 사용하고 있는 것은 바로 켈벳이 마지막에 보여준 비장의 기술이었다.

세텔은 자신도 모르는 사이 소름이 돋았다.

카이스는 진화하고 있었다. 가공할 만한 속도로 말이다.

그렇기에 과거 그의 아버지 카일 대공이 말했던 것이다.

시대를 잘못 만난 천재라고.

CHAPTER 6
벨크레아의 골동품 상인의 기록

BLAST

나는 벨크레아에서 작은 골동품 잡화점을 운영하고 있는 평민 출신의 상인으로 이름은 '카브'라고 한다.

남이 볼지도 모를 자기소개는 일단 집어치우지. 일단 남이 보라고 쓰는 것이 아니라 내가 보려고 쓰는 것이니까(그래도 이름을 남기는 것은 혹시나 모르는 마음 때문이다).

몇 번째 일기인지도, 얼마 만에 다시 써 내려가는 것인지도 기억하기 힘들지만, 오랜만에 나에게 필기구를 잡게 한 사건이 있었기에 오랜만에 여기에 기록하려고 한다.

나의 기억이 희석되기 전에 조금이라도 선명하게 그 사건의 감상을 떠올릴 수 있을 때 말이다.

학문의 도시 벨크레아! 수많은 위인을 낳은 역사의 도시. 과거에도 현재에도 미래에도 전장과 모험과 암약의 일선에 활동할 인물들을 배출하는 지식과 깨달음의 도시.

많은 사람들은 내가 사는 이곳 벨크레아를 그렇게 부른다. 일개 골동품이나 잡화를 취급하는 나 역시 그 점엔 동의한다.

그런 곳에서 골동품을 팔고 있으면 많은 사람들이 뭔가 신마시대의 보물이라도 팔고 있지 않은가 생각하며 신기하게 생각하곤 한다. 물론 20년의 세월을 장사하면서 그런 물건을 입수해 본 적이 없는 건 아니지만, 주 수입원은 그다지 쓸모없는 집안의 장식물이나 여행객에게 추억을 남길 만한 기념품이었다.

그가 찾아온 날, 그날은 잊을 수가 없다. 아직도 선명하다. 마치 방금 일어난 일처럼.

"에셀라모르(깨달음이 함께하길)."

코를 얼릴 것 같은 추위가 맹위를 떨치던 오후, 누군가 가게 문을 열고 들어오면서 그렇게 말했다.

에셀라모르. 벨크레아가 생기기 전부터 이 지방에 내려오던 고대어 인사. 학문의 도시답게 과거부터 저런 인사가 관례적으로 사용되고 있지만 사실 현지인이 저런 인사를 쓰는 경우는 드물다. 동경을 품고 있는 뜨내기 여행객이나 감회에 부풀어서 에셀라모르를 외치곤 했던 것이다.

'어서 옵쇼!' 라고 굽실거리며 뜨내기에게 바가지를 씌울

생각을 하는 게 평소의 반응이겠지만 그날따라 망할 마누라
가 장사가 되지 않는다고 바가지를 긁어서 기분이 나빴던 탓
에 나는 손님에게 건성으로 에셀라모르라고 답했다.

손님은 역시 현지인은 아닌 듯 생소한 얼굴이었다. 이제 막
이십대를 넘긴 정도의 나이일까? 비쩍 마르고 조금은 성깔이
있어 보이긴 했지만 인물은 이국적이었음에도 상당히 잘생긴
편의 청년이었다.

그에게 인상적으로 기억되는 것은 지나치게 검다는 생각
이 드는 그의 머리카락과 눈동자였다.

그는 예상대로 이리저리 눈을 돌리면서도 어디에 뭐가 있
는지 모르는 눈치였다. 나는 뭔가 바가지 씌울 방법을 궁리하
며 말을 걸었다.

"손님, 뭘 찾으십니까?"

"에… 찾는 물건이 있는지 보려고 왔는데……."

그 손님이 말을 마치기도 전에 연이어 문이 열리고 바로 다
른 손님이 들어왔다. 분명 그의 일행일 것이다.

"에셀라모르!"

이번에 에셀라모르를 외치며 들어온 손님은 예상 밖으로
뜨내기가 아니었다. 도리어 유명인이라 바로 누군지 알 수 있
었다.

"학장님!"

그는 바로 가장 큰 고객인 벨크레아 교육원의 학장인 세텔
에드널 백작이 아닌가? 아니, 정확하게는 2년 전의 학장이다.

과거 갑자기 행방불명이 되어서 한바탕 난리가 났었다. 그의 행방에 대해서 별의별 소문이 난무했었다.

근래에 다시 나타났다는 소문이 들리긴 했는데, 정말 돌아왔을 줄은 소문에 민감한 나도 긴가민가하던 참이었다.

어쨌든 갖은 아양을 떨며 나는 세텔 학장에게 인사를 했다.

"아이고, 학장님, 어서 오십쇼! 정말 오랜만에 뵙습니다! 한참 뵙기가 힘들더군요. 뭔가 바쁘신 일이 있으셨던 모양입니다. 그사이 비밀리에 뭔가 대단한 연구를 하셨던 건가요?"

그는 웃으며 답례하곤 그사이 뭔가 심상치 않아 보이는 물건이 들어오지 않았냐고 물어본 뒤, 같이 온 손님을 자신의 의형제인 카이스라고 소개했다.

'나이 차가 많이 나는 의형제로군.'

부자지간이라고 봐도 이상해 보이지 않는데 의형제라니. 뭐, 귀족들 사이엔 가끔씩 있는 일이긴 하니까 나는 의문을 접어뒀다.

"학장님의 의형제이신 카이스님이란 말씀이십니까? 아, 앞으로 잘 부탁드립니다."

카이스라는 남자는 슬며시 웃으며 인사했다.

"카이스입니다. 저도 잘 부탁드립니다. 카브 씨 이야기는 형님께 많이 들었습니다. 오랫동안 이곳에 계셨고, 없는 게 없으시다죠?"

"하하하, 뭐, 제 입으로 말하긴 뭣하지만 그렇습니다."

다행히 카이스의 성격은 까다롭지 않은 모양이었다. 권위

감만 심한 다른 귀족이나 교수들과는 달랐기에 나는 좋은 고객이 늘었다는 생각에 굽실거리며 기뻐했다. 귀족들의 씀씀이는 평민과는 비교할 수 없으니까 잘 보여서 나쁠 건 없다.

"그런데 이번엔 어인 일로 찾아오신 겁니까? 뭔가 찾으시는 물건이 있으신지요?"

두 사람은 조금 의외의 것을 요구했다.

"악기… 라고 하셨나요?"

악기를 보러 왔다는 것이다. 골동품 가게에 악기를 사러 오다니……. 지금 생각해도 조금 어이가 없긴 하지만, 5년 전에 근처에서 망한 잡화점을 인수할 때 그런 물건을 조금 사들인 기억이 있기에 나는 고개를 끄덕이며 물건을 보여줬다.

"이쪽에 있는 것들이 일단 가게에 있는 악기입니다. 종류별로 대강 두세 개씩 구비하고 있지요. 창고에도 물건이 더 있긴 합니다."

아는 게 없으니까 호객도 할 수 없었고, 그저 물건을 보여줄 수밖에 없었다.

세텔 학장은 뒤에서 가만히 서 있었고, 카이스는 먼지투성이가 된 선반 구석을 뒤지며 뭔가 찾는 물건이 있는 것처럼 잠시 이것저것 고르기 시작했다. 그러면서도 '여기 것은 좀 신기하게 생겼네' 라고 중얼거리는 게 조금은 이상했다.

잠시 후에 그는 놀란 표정을 지으며 악기를 하나 골라내고 요리조리 돌려보며 자세도 취해보고 만족스러운 표정을 짓는 것 같았다.

“와!”

동그란 원통형 울림통에 길쭉한 목이 붙어 있는 악기였는데, 목에서 길게 여섯 줄의 현이 당겨져 있는 형태였다.

“어떻습니까? 마음에… 드십니까?”

“그럼요! 고향에 온 기분 같네요.”

그걸 ‘기타’와 비슷하다며, ‘기타’란 이상한 이름으로 부르며 카이스는 무지하게 기뻐했다. 신기할 정도로 마음에 드는 물건을 찾은 것처럼 말이다. 생각해 보면 조금 이상한 반응이다 싶긴 하다.

카이스는 악기의 모가지를 짚고 뚜둥뚜둥 현을 퉁겨보며 잠시 헐렁하게 매어 있던 현을 조이고 풀며 조정하는 것 같았다. 그렇게 만지작거리던 그는 조금 불만인 듯 고개를 젓기도 했지만, 결국 괜찮다고 생각했는지 금방 고개를 끄덕이며 기뻐했다.

“이걸 사죠. 얼맙니까?”

“아, 돈은 필요없습니다. 거래해 온 지 십 년이 되어가는데 그동안 신세진 것도 있고 하니까 이 정도쯤이야 공짜로 드려야죠.”

세텔 학장도 나섰다.

“그건 너무 미안한데. 운 좋게도 내 동생이 딱 마음에 드는 걸 찾았으니 고마워서라도 내가 돈을 줘야 안 되겠나?”

“아닙니다. 안 그래도 사려는 사람이 없어서 먼지만 쌓여가던 물건인데요. 그냥 다음에 교육원 내에 좋은 건수라도 있으면 연락을 주시면 됩니다.”

더 큰 걸 바라고 하찮은 걸 주려는 속셈이었지만, 그들은 그걸 호의로 받아들이는 모양이었다.

둘 다 사람이 좋았다. 나로선 잘된 일이다.

“카브 씨, 고맙습니다. 성의를 봐서 잘 쓰도록 하지요. 아, 그리고 이건 혹시나 해서 물어보는 건데, 어떤 악기가 있는지 알 수 있을까요? 여긴 없는 것 같지만 형태는 이렇게 생겼는데…….”

카이스는 잠시 그림까지 그려가면서 꽤 덩치가 있을 것 같은 악기를 설명하기 시작했다.

그가 알기론 ‘피아노’라는 이름이라 하는데 여기의 이름은 아마 다를 것이라면서 설명했고, 가만히 설명을 듣고 보니 근처 주점의 구석에 처박혀 있던 한 악기가 떠올랐다. 형태가 조금 다르긴 했지만 의자에 앉아서 길쭉한 건반을 누르는 건 비슷했다.

그 위치를 설명하자 두 사람은 잘되었다고 웃음 지으며 기뻐했다.

‘술집에 악기가 있다는 걸로 저렇게 기뻐하다니……. 세텔 학장은 적어도 음악이라는 하류 문화를 즐길 사람이 아닌데 동생을 만나서 사람이 변했나 보군.’

그때 나의 생각은 그랬다. 이후에 다가올 충격은 상상도 하지 못하고 말이다.

두 사람은 나에게 뭔가를 알아봐 달라고 부탁하곤 가게를 나섰다. 돈이 남는 장사는 아니었지만 나는 골칫덩이나 다름 없는 물건을 하나 내다 버린 셈 쳤다.

그러고 보니 지금 생각해 보면 그때부터였다.

도시 벨크레아의 평온하던 일상에 하나의 바람이 불어오기 시작했던 것이 그때부터가 아닌가 싶다.

*　　　*　　　*

단체로 뭔가에 홀렸는지 이후 세텔 학장과 카이스가 한때 음유시인을 했거나 주점이나 무도회에서 음악을 연주했던 사람을 알려달라고 했고, 아는 만큼 알려준 지 10여 일이 지났을 무렵.

벨크레아엔 뭔가 기묘한 소문이 돌았다. 소문이야 으레 도는 것이지만 이번에는 조금 특이했다.

"정말 놀랍더라니까?"

"나도 모르는 사이 눈물이 흘렀고, 끝나고 난 뒤에는 한참 동안 눈물이 멈추지 않아서 놀랐지."

"음악이 그럴 수 있다는 건 상상도 해보지 못했어."

돌연 괴인이 출몰한 모양인데, 특이하게도 누군가가 연주하는 '음악' 에 대한 소문이었다. 듣자 하니 소문의 근원지는 벨크레아 교육원의 근처에 있는 여관 '북풍' 인 것 같았다.

소문이란 것은 이따금 그 여관 객실의 한곳에서 생각지도 못했던 음악이 들려오기 시작했다는 것에서 시작되었고, 누군가가 연주하는 듣지도 보지도 못했던 음악이 너무나도 감미로우면서 아름다우며 심금을 울린다는 내용이었다.

처음엔 뜬소문으로 넘어갈 내용이라고 생각했다. 소문에 민감하면서도 토박이로서 이곳 사정을 잘 아는 나 역시도 특이한 소문이라는 생각 외엔 그다지 흥미를 느끼지 못했으니까.

그러나 밑져야 본전이라고, 여관 근처에서 그 음악을 들어보려고 갔던 한가한 녀석들은 이후 그 음악에 대한 열렬한 추종자가 되었고, 침이 마르도록 그 음악과 연주자에 대한 칭찬을 늘어놓기 시작했다.

오죽하면 북부 광장의 털북숭이 도깨비로 유명한 대장장이 미노츠가 그 음악을 듣고 한참 동안 눈물을 그치지 못했다고 하겠는가? 그 녀석과 어릴 때부터 오랫동안 알고 지냈던 나로선 도무지 믿기지 않는 이야기였다. 그 녀석이 눈물을 줄줄 흘리고 있는 모습이라니……. 너무 어울리지 않아서 우스울 지경이다.

어쨌건 북풍에 '음악의 신'이 강림했다는 말까지 들리기 시작한 지 며칠 후, 그 소문의 당사자가 북풍 근처의 주점에 모습을 드러냈다.

내가 거기 있진 않았지만 소문에 의하면 그는 주점 구석에 처박혀 있던 악기인 '보엔'을 천천히 훑어봤다고 한다. 그리고 뭔가 감을 잡듯 건반을 가지고 놀다가 잠시 후에 한 곡을 연주했고, 연주가 끝난 뒤엔 음악을 들은 그 일대의 모든 사

람들이 그의 열렬한 추종자가 되어버렸다는 말을 들었을 뿐
이다.

그런 사건이 일어났으니 당연한 것이지만 소문은 더 이상
은밀할 것도 없이 입에서 입을 타고 공공연하게 퍼지기 시작
했다.

덩달아서 그의 정체가 누구인지도 들려오기 시작했는데,
혹시나 했던 그의 정체는 예상대로 세텔 학장의 의동생인
카이스인 모양이었다. 숙박 일지에 적혀 있는 신분이 그랬
고, 들려오는 인상착의도 내 기억 그대로였으니까. 그 정도
로 시커먼 눈동자와 머리카락을 지닌 사람이 얼마나 있겠는
가?

궁금증이 가득해진 다음날 밤. 종일 여기저기를 돌아다니
던 카이스가 다시 그 주점에 나타났다는 소식을 듣고 나는 마
누라에게 가게를 맡기고 당장 거기로 달려갔다.

비수기라서 그런지 주점은 소문을 확인하려는 사람들로
가득 차 있었다. 술을 마시지 않아도 주변을 기웃거리는 사람
들도 셀 수 없이 많았다.

솔직히 요즘 주변이 조용하긴 했으니까 흥미를 가지는 것
도 무리가 아니다. 그걸 확인하고자 하는데 돈이 드는 것도
아니니까.

예상대로 카이스가 주점 안에 있었다. 세텔 학장의 모습이
보이지 않는 걸로 보아 그는 의동생을 내버려 두고 일단 교육

원 안으로 들어간 모양이었다.

카이스는 몇몇 사람들과 이야기를 나누며 평민들에게 인기 있는 잡곡 증류주인 '코발'을 마시고 있었는데, 다른 귀족들처럼 고급 포도주만을 고집하는 허영을 부리지 않는 것이 또다시 마음에 들었다. 귀족치고는 정말 드문 성격이다.

"카이스님, 여기서 뵙는군요."

능청 떨며 인사한 나를 보자 그는 웃으며 맞아줬다.

"…아, 골동품 가게의 카브 씨 맞죠? 에셀라모르!"

"에셀라모르. 기억해 주시는군요."

"그때의 기타는 잘 쓰고 있습니다. 마음에 들어요. 그리고 소개해 주신 음악가들도 다들 만나봤는데 많은 걸 배웠네요. 카브 씨 덕분입니다."

그는 나에게 공손하게 고개를 숙여 예를 표했다. 그러니 나는 깜짝 놀랄 수밖에. 귀족이 평민에게 이렇게 고개를 숙이다니……. 나를 당혹스럽게 만들기에 충분한 일임에 틀림없었다.

"아이고, 아닙니다! 뭐, 그까짓 걸 가지고 이렇게……. 고개를 드세요. 아무리 성격이 좋으시더라도 저 같은 평민에게 함부로 고개를 숙이시면 제가 부담스럽습니다."

그러나 고마운 걸 고맙다고 하는 건데 무슨 상관이냐며 카이스는 웃었다.

그렇게 그와 이야기를 나누는 사이, 주점은 이상하게도 조용했다. 내 뒤통수를 찌르는 시선에 주변을 둘러보니 주점의 대부분의 손님들이 입을 다물고 나와 카이스를 주목하고 있었다.

사람들의 시선에 놀라서 내가 머뭇거리는 사이, 카이스는 슬쩍 자리에서 일어서며 중얼거렸다.

"자, 그럼 술도 한잔 걸쳤겠다, 한번 놀아볼까? 흠, 저기 저 피아노, 아니, 보엔이었던가요? 제가 좀 연주해도 괜찮지요?"

기다리고 있었는지 점장은 카이스에게 마음대로 연주하라고 했다. 도리어 그래 달라고 부탁하는 분위기였고, 나를 포함한 다른 기다리는 손님들 역시 기대하는 바였다.

카이스는 보엔 앞에 앉아서 건반 커버를 젖히고 즐거운 표정을 지으며 말했다.

"생각보다 관객도 모였겠다, 그럼 멋진 달빛과 호응을 기념하며 한 곡 연주해 보겠습니다."

박수 치는 사람들 앞에서 살며시 웃은 뒤 카이스는 연주할 곡을 소개했다.

"이번 곡은 독주곡, 흔히들 '월광' 이라고들 하지요."

그리고 천천히 건반에 손을 올리고 연주하기 시작했다.

카이스의 손이 보엔의 갈색 나무 건반을 노니는 광경은 특별히 화려하지도 아름답지도 않았다. 그의 얼굴도 준수한 편이긴 하지만 결코 아름답다고 생각될 얼굴은 아니었다.

단, 귀를 통해 받아들이는 음악이 섞이니 어떻게 분위기가 그렇게 달라질 수 있을까? 그때 연주되기 시작한 음악을 나는 평생 잊을 수 없을 것이다. 지금도 나의 뇌리를 맴돌고 있을 정도니까.

아주 천천히 단조롭지만 진지하고 무거운 분위기로 시작된 그의 연주는 천천히 한 단계씩 높낮이를 변화하며 주변 사람들의 가슴을 찔렀다.

'이렇게 놀라울 수가!'

음악은 그저 귀로 듣는 거라고 생각했었다. 여태까지 여러 가질 들어본 경험상으로도 그건 진실이라고 생각했다. 그러나 그의 음악은 귀가 아니라 마치 나의 마음속에 직접 울리는 것 같았다.

그 불가사의한 음률을 나의 보잘것없는 글 솜씨로 표현하지 못하는 것이 안타깝다. 그때의 느낌도 감상의 극히 일부분이라도 전하지 못하지만…….

단 하나는 확실히 말할 수 있다. 그의 음악이 나의 상식을 완전히 뒤집어엎었다는 것이다.

음유시인이 낡아 빠진 영웅담이나 사랑 이야기만을 지껄이는 반주와는 질적으로 수준이 달랐다. 그건 그저 이야기꾼이 사용하는 하나의 요소일 뿐이지만, 그때 카이스의 연주는 진짜 음악의 진면모이자 가능성, 아니, 진정한 극의라고 생각되었을 정도니까.

그때, 그저 소름이 돋기만 한 게 아니다. 마치 음악과 내 마음이 완전히 하나가 된 것 같은 기분. 쓸쓸한 음악에 맞춰서 나도 모르게 가슴이 쓰라릴 정도로 가라앉았다.

그의 말대로 그것은 월광, 달빛이란 제목이 완벽하게 어울리는 선율이었다. 어린 시절 기분이 좋지 않을 때 홀로 다락에 올라서 창문 틈으로 스며드는 차가운 달빛을 바라보던 기억을 되살리며 나는 한편으론 무한한 감동을 느끼면서도 속에서 북돋는 슬픔에 눈물을 흘렸다.

마흔이 넘어서 울었다는 게 자랑할 이야기는 아닌 걸 안다. 그러나 나만 그런 것은 아니었다.

주점 안에 들어와 있는 사람이든, 근처에서 기웃거리는 구경꾼이든 모두 쥐 죽은 듯 숨을 죽이고 나와 같은 반응을 보이고 있었으니까.

그건 이상할 정도로 불어난 감정을 이기지 못한 눈물이기도 했고, 상상도 하지 못했던 대가(大家)를 만난 것에 대한 놀라움과 존경이 섞여 있는 것이기도 했다.

지금 생각해 보면 그건 그저 달인의 경지에서 나오는 기교가 아니라, 마법에 가까운 뭔가가 아니었나 싶은 생각이 들기도 한다. 목소리로 뱃사람을 유혹하여 잡아먹는다는 세이렌 같은 마력을 담은 것 말이다.

길게 느껴지면서도 너무나도 짧은 그의 연주가 끝나고, 보엔에서 일어난 카이스가 살며시 웃으며 연주의 끝을 알렸지만 쥐 죽은 듯 조용한 주변은 서로 침 삼키는 소리도 구별할 것 같았다.

저벅저벅.

연주를 마치고 자리로 돌아오는 그의 발걸음 소리가 그렇게 무정해 보일 수 없었다. 모두들 나와 같은 생각을 하고 있었다.

'설마 이대로 끝인가? 단 한 곡으로?'

서로 마주 보는 사람들의 눈은 그렇게 말하고 있었다. 지금의 이 감상과 여운을 조금이라도 더 음미하고 싶기도 했지만 이런 경험을 단 하나로 마치고 싶지 않았다.

잠시 후, 용기를 내서 내가 한 곡을 더 부탁해 봤다. 카이스는 내 요청에 웃으며 대답했다.

"앵콜입니까? 하하하! 박수도 없이 말이에요?"

감상에 빠져 있던 관객들이 뒤늦게 우레와 같은 갈채를 보냈다. 그 박수에 고개 숙여 답례한 카이스는 웃으며 말했다.

"그냥은 못해드리고, 딱 한 가지 조건이 있습니다."

"그게 뭡니까? 말씀하십시오."

카이스는 빙그레 웃으며 그 조건을 말했다. 돈을 요구하더라도 들어줬겠지만 그의 요구는 생각 외로 소박했다.

"코발이나 한잔 사세요."

앞 다투어 사람들이 술을 주문하고 카이스에게 술을 권했다. 웃으며 술을 나눈 카이스는 붉어진 얼굴로 웃으며 이어서 경쾌하게 연주를 시작했다.

잘 익은 술이 권해지고, 음악이 분위기를 익게 하는 밤. 그
날 모두들 밤이 새도록 노래를 부르며 시간을 즐겼다.
　나는 평생 그날을 잊지 못할 것이다.

　크레아력 1007년 열 번째 만월이 뜨는 날, 골동품상 카브
기록.

『일진광풍』 1권 끝

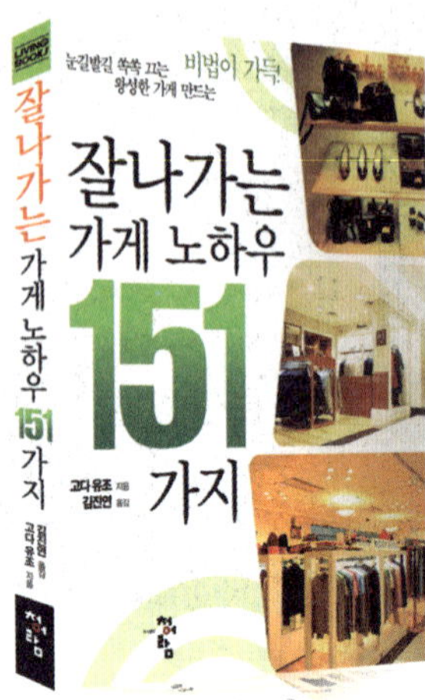

눈길발길 쏙쏙 끄는 **비법이 가득!**
왕성한 가게 만드는

잘나가는 가게 노하우 151 가지

고다 유조 지음
김진연 옮김
가격 9,800원

물건이 팔리지 않는 시대!
왕성한 가게 만드는 비법이 가득!

가게 안에 웅덩이를 만들어라
조명만 조금 바꿔도 매출이 팍 늘어난다
보기 쉽고, 집기 쉬운 가게 배치는 '경기장 형'이 최고 등등
가게에 실제로 적용했을 때 매출이 오른 노하우만 알차게 수록
외관, 입구, 배치, 내장, 조명, 디스플레이에서 사원교육까지

도움이 되는 '발견'이 가득가득.
당신 가게를 회생시키기 위한 소중한 책!

유행이 아닌 자유추구 —
www.chungeoram.com

초등학생이 반드시 읽어야 할 좋은 책 49권

각 학년별로 초등학생이 반드시 읽어야할 좋은 책을
선정하여 통합논술의 기본이 되는 '올바른 독서법'을
일깨워 줍니다.

교과서와
함께하는
초등학교 통합논술

초등1학년 | 값 12,000원 / 초등2학년 | 값 9,500원 / 초등3학년 | 값 11,000원 / 초등4학년 | 값 9,500원 / 초등5학년 | 값 9,500원 / 초등6학년 | 값 11,000원

♣ 혼자 할 수 있어요.

엄마가 책 읽는 방법을 가르쳐 주어도 좋아요.
독서지도하는 선생님이 가르쳐 주어도 좋답니다.
"초등 교과서와 함께하는 **통합논술 시리즈**"는
아이 스스로 독서할 수 있도록 꾸며진 책이에요.
엄마와 선생님은 요령만 가르쳐 주시면 된답니다.

♣ 교과서의 중요한 내용이 총정리되어 있어요.

각 학년별로 중요한 교과 내용이 함께 수록되어 있어요.
초등학생은 교과서 내용을 충실하게 공부해야 합니다.
아울러 그와 병행한 독서가 대단히 중요하지요.
"초등 교과서와 함께하는 **통합논술 시리즈**"는
두가지 방법 모두 알려준답니다.

♣ 이 책은 훌륭하신 선생님들이 함께 쓰신 책이랍니다.

동화작가 선생님들이 쓰셨어요. 소설가 선생님도 쓰셨답니다.
국어 논술독서지도 선생님들도 함께 쓰셨지요.
"초등 교과서와 함께하는 **통합논술 시리즈**"는
엄마의 마음으로 모든 선생님들이 함께 꾸민 책이랍니다.

입소문을 통해 아는 분은 다 알고 계십니다!
올 한해 공인중개사 최고의 화제작!

1~2권 합본 | 이용훈 지음
3~4권 합본 | 이용훈 지음
5~6권 합본 | 이용훈 지음
용어 해설 | 이용훈 지음

수험생 기본 필독서
만화 공인중개사

제목 : 만화공인중개사 쓰신 분에게 감사드립니다.

학원을 두 달 다녔어요. 근데 과연 그 숫자 외우기 그런 게 몇 문제나 나올까 생각을 했어요.
아니라는 생각이 드네요. 학원강의를 뒤로하고 서점을 갔어요. 내 머리에 가장 이해될 수 있는
책이 없나 하구요. 거기서 만화를 발견했어요. 무조건 세 번 봤어요. 3개월 걸렸어요. 문제집을 보라고
했는데 그건 시행을 못했어요. 근데 합격을 했네요.
어떻게 감사의 말을 해야 될지……
도서관에서 만화책 들고 다니니까 사람들이 비웃더라구요. 만화책으로 공인중개사를 공부한다고
미친 사람처럼 보더라구요. 근데 그거 다 감수하고 했던 내가 자랑스럽습니다.
어떻게 감사의 말을 해야 할지… 정말 감사합니다.
부디 행복하세요. 제 나이 41살에 좋은 스승을 만난 것 같습니다.
엎드려 감사드립니다.

−본사 홈페이지에 독자분이 올린 메일 中 에서 발췌−